KB042268

포식의 군주

포식의 군주 6

초판 1쇄 인쇄일 2017년 4월 15일 | **초판 1쇄 발행일** 2017년 4월 19일

지은이 풍류랑 | **펴낸이** 곽동현 | **담당편집 팀장** 이범수
편집부 신연제 이윤아 홍현주 김유진 조서영 임소담 정요한

펴낸곳 (주)조은세상 | **출판등록** 제 2002-23호
주소 경기도 연천군 미산면 청정로 1355
TEL 편집부 02)587-2966 | FAX 02)587-2922
e-mail bukdu@comics21c.co.kr

풍류랑 ⓒ 2016
ISBN 979-11-5832-965-5 | ISBN 979-11-5832-810-8(set) | 값 8,000원

포식의 군주

풍류랑 현대판타지 장편소설

NEO MODERN FANTASY STORY

6

북두
(주)좋은세상

CONTENTS

포식의
군주

1. 회중시계

포식의 군주

1. 회중시계

"은신이라는 스킬이 생겼네?"

서일웅은 눈앞에 떠오른 스텟창을 읽고는 떨떠름한 표정을 지었다. 스킬 설명만 읽으면 무슨 게임에서 쓰는 기술 같았다.

'진짜 이게 된다는 건가? 어떻게 쓰지?'

스킬 종류 중에는 시동어, 즉 기술명을 외쳐야 발동하는 시동형 스킬과 생각만으로 적용되는 의식형 스킬이 존재했다.

가령 은숙이 날리는 매직 미사일이나 수현의 라이트닝 스피어 등의 타격형 마법은 무언가를 쏘거나, 날리는 제스처와 함께 스킬의 이름을 불렀을 때만 시전 된다.

반면 슬아가 가진 가속이나 도약, 혹은 유화의 주먹 연타 같은 스킬을 기술을 동작을 취하며 머릿속에 떠올리는 것만으로 전개되는 식이었다.

그가 받은 은신 스킬은 후자.

일웅이 반신반의하며 스킬을 머릿속으로 떠올리자 그 순간 신체가 반투명하게 흐릿해지더니 주변 색과 동화되었다. 마치 온몸에 위장페인트가 발라진 것 같았다.

한참을 주의 깊게 쳐다보고서야 손가락이 움직이는 것을 깨달았다. 본인 손이었는데도 너무 감쪽같아 도무지 분간이 가지 않았다. 특수부대에서 위장술에 대해 심도 있는 훈련을 받은 그였지만 이 정도로 완벽한 위장술은 처음이었다.

'헉! 뭐야? 이거 진짜 되잖아?'

일웅이 조심스럽게 한 걸음 내디뎠다.

스스로 의식하지 않았는데도 발걸음 소리하나 들리지 않는 완벽한 기도비닉 상태가 유지되었다. 마치 발레리노가 사뿐사뿐 무대 위를 밟는 것 같았다. 날랜 고양이도 이렇게 조용히 걷진 못할 것이다.

스킬에 대해 머릿속으로 떠올렸을 뿐인데 완벽한 보호색에 소리마저 차단된, 문자 그대로 '은신'의 효과가 발휘되었다.

감탄하고 있던 서일웅은 문득 뭔가 떠오르는 듯 평소 차고 다니는 전자시계의 초시계를 누르고 시간을 기록했다.

늦게 누른 타이밍을 감안했을 때, 설명에 나온 것처럼 정확히 3분간 은신이 유지되는 것 같았다.

시간이 지나자 자연스레 본래 모습으로 돌아왔다. 스텟창을 확인해 보니 스킬 옆에 모래시계 형상이 돌아가며 재사용 대기시간이 30분 남아있다고 표시되었다.

스킬의 효과를 몸소 확인한 일웅은 심각한 표정으로 고민에 빠졌다. 그는 노련한 특수부대의 장교 출신. 극한의 상황에서도 멘탈을 유지할 수 있는 고도의 훈련을 거친 사내였다.

그런 그가 현 상황을 냉철하게 분석해냈다.

'…믿기 어렵지만 나에게 초능력이 생긴 게 분명하군.'

어차피 몬스터가 하늘에서 쏟아지고, 괴물이 사람을 잡아먹는 세상이다. 각성을 막 시작했을 때 온몸이 빛에 휩싸이던 현상, 그리고 우연히 스텟창의 존재를 발견했을 때부터 그는 뭔가를 직감하고 있었다.

'몬스터가 떨어지고 3일 뒤…. 인간에게 그것을 이겨낼 능력이 주어진 게 확실하군. 신은 우리에게 시련을 주면서 동시에 그것을 극복할 힘도 같이 주었단 말인가?'

주말 종교행사에 차량 선탑 자격으로 종교시설에 방문한 적은 많았지만, 서일웅 대위는 본래부터 철저한 무신론자였다. 누구보다 이성을 믿었고, 신앙이란 초기 인류가 남긴 미개한 정신작용의 발로라고 여겼다.

그러나 인간의 이해를 넘어선 일련의 사건들이 반복되자,

11

자신도 이젠 '신의 개입'에 대해 인정하지 않을 수 없었다. 하루아침에 세상이 뒤집혔다. 이보다 확실한 증거가 어디 있단 말인가.

'만약 그렇다고 한다면 정말 고약한 신이지 않은가? 능력만 주어도 될 것을 꼭 고난까지 함께 줘야 했을까…'

덕환의 시체를 조심스레 수습한 서대위는 며칠 전 돌을 맞이한 자식과 사랑스러운 부인을 떠올렸다. 전역한 상관을 뵈러 휴가차 서울에 나왔다가 미복귀 된 자신을, 허름한 군인아파트에서 목 빼고 기다릴 가족을 떠올리자 도저히 이대로 있을 수 없었다.

'그래. 뭐가 어떻게 돌아가는 건지 몰라도 어쨌든 내게 주어진 능력을 최대한 이용해 이곳을 탈출하고 말겠다. 이대로 갇혀 죽을 순 없어.'

어차피 이해할 수 없는 영역을 붙잡고 씨름해봐야 답은 나오지 않는다.

고대 사람들에게 번개는 신이 내리는 징벌이었고, 이웃 섬나라에서 지진은 땅속의 거대한 전기뱀장어가 요동을 치는 것이라 믿던 시절도 있었다.

이렇듯 인간은 이성으로 불가해한 현상을 마주할 때, 자신의 이해 범위 안에서 생각할 수밖에 없다. 이것이 실제로 신의 축복이건 저주건 혹은 그냥 아무 생각 없는 장난이건 그것은 중요한 게 아니었다.

'굳이 이해할 필요는 없어. 그저 받아들일 뿐이다.'

남다른 현실 적응력으로 인지 부조화를 극복한 일웅은 곧 의문에 몇 가지 의문에 사로잡혔다.

"근데 왜 덕환과 나는 특성이 달랐던 거지? 혹시 사람마다 각기 다른 특성이 주어지는 것일까?"

왼쪽 귀를 만지면 스텟창이 떠오른다는 사실을 우연히 깨달은 그는, 간호하던 덕환의 스텟도 마저 확인했다. 분명 동시에 하얀빛에 휩싸였으니 그에게도 변화가 생겼을 거란 추측이었다.

포스 10, 쉴드 10까진 같았다. '스킬 없음'도 마찬가지. 그러나 마지막에 나오는 특성 부분과 그에 대한 설명은 판이하게 달랐다.

덕환이 받은 특성은 '질주 본능'.

밑으론 '몬스터나 소환수에 탑승할 경우 20% 빠르게 이동할 수 있다.'라는 짧은 설명이 적혀 있었다.

추측건대 탑승할 수 있는 몬스터라는 것은, 자신을 기절시켜 둥지로 데려온 드래곤 같은 종류를 의미하는 것이리라.

전투기만큼 커다란 날개를 가진 괴물 위에 올라타는 것을 상상하자 땀이 삐질 흘러나왔다.

'그딴 건 공짜로 태워줘도 사양할 것 같은데….'

그리고 자신이 받은 특성, 바로 몬스터의 지배자. 설명은 그럴듯했다. 1분간 바라보기만 해도 몬스터의 정신을 지배할 수 있다니….

하지만 곰곰이 생각해보면 도무지 말도 안 되는 특성이었다.

대관절 어떤 몬스터가 1분간 눈싸움만 하고 있다는 말인가? 쳐다보는 즉시 눈알을 빼먹지 않으면 다행이다. 몬스터에게 인간은 한낱 먹잇감일 뿐이니까.

결론부터 얘기하면 실제 일웅이 받은 특성은 아무짝에도 쓸모없는 것이었다. 태랑이 회귀하기 전의 과거에선, 일웅은 그 특성을 제대로 써먹지도 못한 채 몬스터에 의해 허무하게 살해당했다.

그러나 바뀐 역사는 전혀 다른 양상으로 전개되었다.

와이번에게 함께 잡혀 온 덕환이 탈출 중 부상을 입고 쓰러졌고, 일웅은 고통에 빠져 허우적대는 그에게 불가피하게 안식을 선사했다. 그 과정에서 원래 얻을 수 없었던 '은신' 스킬이 덜컥 주어지게 되었다.

그리고 그것이 자신의 '몬스터의 지배자' 특성과 결합되자 말도 안 되는 시너지 효과가 생겨났다. 저랩 구간부터 적에게 들키지 않고 특성을 이용할 수단이 확보된 것이다.

감히 누구도 상상할 수 없었던 타입의 강자가 탄생하는 순간이었다.

"음… 특성은 그렇다 치고 스킬은 왜 갑자기 생겨났을까?"

처음 스텟창을 열었을 당시엔 분명 '스킬 없음'이라고 표시되었다. 그러나 덕환의 심장에 칼을 찌르고 난 뒤 녹색의 빛무리가 흘러나와 자신에게 흡수되었고, 그 후로 스킬창이 열렸다.

그렇다면 결론은 하나.

몬스터를 죽이면 레벨 업 하듯 사람을 죽이면 그가 소유한 특정 기술을 전승받게 된다는 것.

'아니, 꼭 사람만은 아닐 거야. 어쩌면 몬스터를 죽여도 스킬을 얻는 게 가능할지도….'

스킬 설명에 따르면 몬스터를 죽인 뒤 얻는 경험치는 처치한 자에게 귀속된다고 했다. 그렇다면 몬스터를 많이 해치울수록 스킬을 얻을 기회도 늘어날 것이다. 어쩌면 10에서 시작된 포스나 쉴드도 증가할지 모른다.

생각이 이에 미치자 서일웅은 능력을 이용해 63빌딩을 탈출할 수 있겠다는 결론에 이르렀다.

은신 스킬을 통해 몬스터에 접근한 후 정신 지배를 통해 놈들을 굴복시킨다. 그리고 그 몬스터를 이용해 다른 몬스터를 해치우고 성장을 거듭한다. 그는 시간이 지날수록 점점 강해질 것이고, 언젠가는 빌딩 안에 있는 모든 몬스터를 굴복시킬 수 있을 것이다.

하지만 막상 시행하려니 한 가지 마음에 걸리는 조항이 있었다.

- '탐지' 능력을 갖춘 몬스터에게는 통하지 않음.- 이라는 부분이었다.

'탐지가 뭐지?'

아마도 자신의 은신 스킬을 식별할 수 있는 종류의 능력
으로 추정되었다. 신중한 성격의 그에게 있어, 그 단서가
강하게 발목을 잡았다.

'만약 은신을 이용해 정신 지배를 하려고 접근했는데…
괴물이 탐지 능력을 갖추고 있는 종류라면?

그 순간 일웅은 죽음을 면치 못하리라. 그는 그것이 걱정
되어 쉽사리 움직일 수 없었다.

'절대 성급하게 행동해선 안 돼. 아직 음식은 충분하다.'

피신한 곳이 레스토랑이라는 사실은 그에게 천운이었다.
아직 건물엔 전기가 통하고 있었고, 냉장고에도 식재료가
가득했다. 혼자라면 너끈히 1년도 버틸 양이었다.

보통 사람이라면 그것에 안주했을 테지만, 일웅은 역시
준비성이 철저한 군인이었다. 도시의 파괴 정도를 봐선 언
제든 전기가 차단되어도 이상할 게 없었다. 만약 냉장고만
믿고 대비를 소홀히 했다간, 전기가 끊기는 즉시 음식이 모
두 상해 버릴 것이다.

그는 식자재를 모두 끄집어낸 뒤 장기간 보관이 가능한
음식을 분류하고, 가장 먼저 먹어 치워야 할 것들의 우선순
위를 정했다. 그렇게 준비를 마치자, 설혹 전기가 끊겨도
몇 달간 버틸 수 있는 음식이 마련되었다.

다만 아쉬운 것은 인터넷이나 전화 같은 게 전혀 안 된다
는 사실이었다. 컴퓨터는 한 대 찾았지만, 외부로 접속이
되질 않았다.

'흠… 미라가 많이 걱정하겠군.'

인터넷만 된다면 자신을 기다리고 있을 부인에게도 생존 소식을 전할 수 있었다.

그때 문득 죽은 덕환이 남기고 간 노트북이 떠올랐다.

'그렇지, 유선 랜이 끊겼더라도 와이파이는 잡히지는 않을까?'

서 대위는 급히 노트북을 찾아 전원 버튼을 눌렀다.

'제발, 와이파이 좀 떠라….'

그러나 허탈하게도 건물엔 연결 가능한 신호 자체가 존재하지 않았다. 유선으로 들어오는 랜선이 차단되면서 그것에 연결된 와이파이 변환기마저 먹통이 된 것 같았다.

"제기랄!"

그는 아쉬움을 뒤로하고 노트북의 덮개를 내렸다. 아니, 내리려 했다. 바탕화면에 띄워진 한글 파일의 제목을 보지 못했다면 말이다.

"몬스터… 인베이젼이라고?"

노트북의 바탕화면으로 태랑의 소설 파일 제목이 보였다. 몬스터라는 단어가 서일웅의 시선을 잡아끌었다.

"이게 뭐지?"

일웅이 떨리는 심정으로 한글 파일을 클릭했다.

❖　❖　❖

　수십 마리의 해골과 함께 등장한 태랑은 힘이 빠져가던 연합군에게 구원투수나 다름없었다. 그는 충직한 소환수들과 함께 적 종심을 돌파하며 깊숙이 침투해 들어갔다.

　달려드는 놀 군단에겐 여지없이 다발 사격이 쏟아졌다. 빙궁에 맞은 놀 군단은 얼음의 파편에 맞아 살이 찢기고, 냉기 효과로 인해 움직임이 느려졌다.

　태랑은 자신이 가진 모든 스킬과 특성을 발휘하며 압도적인 힘으로 놀 군단을 몰아붙였다.

　"어? 해골들이 평소보다 훨씬 많아 보이는데요? 혹시 레벨 업 하셨나요?"

　"아냐. 좀비 들개도 두 배로 늘었어. 동시에 두 개 스킬 레벨을 올릴 순 없지 않아?"

　"어, 그렇네요?"

　수현과 은숙은 평소 모의 전투를 통해 그의 소환수가 얼마나 되는지 속속들이 꿰고 있는 상태였다. 그들은 갑자기 불어난 태랑의 소환수 숫자에 어리둥절했다.

　놀 군단이 거침없이 쓸려가자 어디선가 리져드 워리어 병사들이 튀어나왔다. 유인조를 추격하지 않고 무리에 남아있던 놈들이었다.

　태랑은 직접 창을 들고 놈들과 맞섰다. 과거 상당히 애를 먹었던 몬스터였지만, 창술의 숙련도나 전투 특성이 과거와는 비교도 되지 않게 늘어난 상태라, 동시에 여러 마리를 상대하는데도 여유가 흘렀다.

거기다 태랑은 놈들을 쓰러뜨리는 동시에 좀비 부활을 일으켜 자신의 부하로 만들었다. 노련한 백병전 능력을 지닌 리져드 워리어가 한 번에 두 마리씩 아군으로 합류하면서 오히려 태랑을 도와준 꼴이 되고 말았다.

또 태랑은 밀집된 놀 군단 사이로 광란의 춤사위를 시전하여 서로의 동족상잔을 유도했다. 광란의 춤사위에 걸린 몬스터는 피아를 가리지 않는 광전사로 변해 눈앞에 모든 것을 파괴하려 들었다. 이는 놀 군단에 극심한 혼란을 초래하여 진형을 완전히 붕괴시켰다.

태랑이 수십 마리의 소환수를 이끌고 놀 군단을 압박하자 이에 고무된 연합군의 사기가 올랐다. 태랑의 가세는 단순히 한 명이 아니라, 수십 배에 가까운 원군이 추가된 것과 같은 효과를 냈다.

"지금이다! 반격하라!"

흐름의 변화를 짚어낸 박성규가 파이어 볼을 쏘아내며 공격 명령을 지시했다. 전황은 순식간에 역전되며 놀 군단의 전세가 기울기 시작했다.

좌우로 나뉘어 있던 철십자 기사단과 아쳐스의 궁수부대가 합류하여 연합 공격을 펼쳤고, 후방에선 박성규를 위시한 마법사 군단이 끊임없는 지원포격을 날렸다.

놀 군단이 붕괴되어 가는 모습을 보이자 적 중심에 있던 래그나돈이 극도로 흥분해 지휘를 멈추고 전면으로 나서는 움직임을 보였다. 광각의 심안을 통해 놈의 움직임을 계속 주시하던 태랑은 창을 꼬나 쥐며 놈에게 달려나갔다.

"다시 한번 놀아보자 악어 자식아!"

태랑의 좌우로 슬아와 유화가 자연스럽게 가세했다.

"오빠! 왜 이렇게 늦게 왔어요?"

"응, 밑에서 도둑 길드 좀 처리하느라."

"도둑 길드라뇨?"

"적법사 놈들 말이야, 지난번 슬아를 납치하려고 했던 도둑 길드의 비밀 조직이었어."

"뭐라고요? 이 배신자들 같으니!"

"그럼 그놈들은 어떻게 됐어요?"

"완전히 복수해줬지. 다신 덤비지도 못하게."

그때 세 사람이 래그나돈을 앞에 섰다.

슬아가 단검을 뽑아 들며 말했다.

"마스터, 지난번처럼 제가 기회를 봐서 파고들까요?"

"좀비 프린스 때처럼? 쉽지 않아. 놈은 쉴드도 쉴드지만 가죽 자체가 질겨서 검이 잘 박히지 않을 거야. 자칫하면 역공에 당할지도 몰라."

슬아의 특성은 상대의 쉴드에 상관없이 트루 데미지를 줄 수 있다. 그러나 아직 공격력이 낮기 때문에 일격에 해치우지 못할 경우 도리어 반격당할 우려가 있었다.

"그럼 어쩌죠?"

"내가 정면 승부할게. 두 사람은 결투에 훼방 놓는 몬스터들만 잘 처리해줘."

"오빠 혼자서요?"

"괜찮겠어요?"

태랑은 자신감 있게 창을 떨쳤다.

"걱정마. 난 이제 충분히 강해졌으니까."

허세가 아니었다.

현재 태랑의 쉴드는 도둑 길드 마스터 태규와의 싸움으로 20% 이하까지 떨어졌다. 쉴드가 많이 깎여나간 것은 불리할 수도 있지만 반대로 얘기하면 오우거 메이지에게 얻은 전투 각성의 효율이 80%까지 올라갔다는 의미였다. 또 저항하는 육체와 괴수 등 특성 덕에 방어력도 급격히 상승한 상황.

'놈이 강하긴 하지만 충분히 해볼 만한 싸움이야.'

태랑이 비껴찬 창에 분노의 일격 스킬을 시전했다.

평범한 그의 창이 푸른색의 불꽃으로 타오르며 마력을 뿜었다. 민준의 오러 블레이드 스킬이 절삭력을 올려주는 종류라면, 그의 분노의 일격은 무기에 마법 데미지를 추가하여 평소 공격력의 150%로 타격할 수 있었다.

'전투 각성 효과에 분노의 일격 추가 데미지. 거기다 불카토스의 무기술까지… 지금이라면 놈의 포스에도 절대 꿀리지 않아.'

래그나돈은 태랑의 '불타는 좀비' 스킬에 한 번 호되게 당했던 터라 처음부터 수비적인 자세를 취했다.

이에 태랑이 선공에 나섰다.

"타앗!"

길게 내밀어진 창이 놈의 턱 끝을 노리고 들어갔다. 래그나돈이 부채처럼 펼쳐진 오라클로 태랑의 창을 튕기려 했다. 그러나 마력이 깃든 창끝에 닿자 무기의 접촉면에서 강력한 충돌음이 울려 퍼졌다.

까강-!

손목이 찌르르 울리는 충격에 래드나돈이 주춤거리며 물러서자 태랑이 연거푸 찌르기를 퍼부었다. 그의 창이 순식간에 수십 개로 늘어난 것처럼 래그나돈의 전신을 향해 쏟아졌다.

악어괴물은 폭풍처럼 몰아치는 공격에 두 개의 오라클을 위아래로 펼쳐 들더니 고슴도치처럼 몸을 웅크렸다.

넓게 펼친 오라클은 그 자체가 방패나 마찬가지였다.

한참 공격을 몰아치던 태랑은 애먼 포스만 낭비하고 있다는 생각에 곧 작전을 바꿨다.

'정면 공격만으론 답이 없어. 후방을 교란해야겠다.'

태랑은 전투 중 몰래 뒤편으로 해골 궁수를 소환했다.

3마리의 저격수가 몸을 뽑아냄과 동시에 시위를 당겼다. 후방에 소환된 스켈레톤의 존재를 눈치챈 래그나돈은, 들고 있던 오라클 하나를 뒤로 돌려 해골 궁수를 향해 집어던졌다. 동시에 자신은 태랑에게 달려들었다.

'오냐, 덤벼라.'

래그나돈이 대형 각도기를 닮은 오라클을 잡고 도끼처럼 휘둘렀다. 어찌나 힘을 실었던지 무기가 지나가는 자리로 무시무시한 파공음이 울려 퍼졌다.

붕붕-!

태랑은 양손 넓게 창간을 쥐고 좌우로 쳐대며 공격을 막아냈다. 동작이 큰 공격이 끝나고 자연스레 빈틈이 생긴 래그나돈을 향해 태랑이 불카토스 창술의 특수기, 삼조격을 준비했다.

바로 그때.

횡횡횡-!

느닷없이 래그나돈의 뒤에서 고속 회전하는 오라클이 튀어나왔다. 시야를 가리고 있다 나타난 오라클은 흡사 놈의 옆구리에서 발사된 것처럼 보였다.

이는 해골 궁수 셋을 처리한 오라클이 부메랑처럼 되돌아온 것으로, 처음부터 놈은 태랑의 시야를 의도적으로 가리면서 기습의 효과를 극대화 시킨 것이었다.

"이런!"

예상치 못한 공격에 태랑이 창신을 앞으로 내밀어 가까스로 공격을 받아냈다. 급소는 피했지만, 충돌의 여파로 창대가 휘어지고 말았다.

"젠장!"

분노의 일격으로 무기 내구도가 상향되었다지만, 애초

부터 인간이 벼룬 무기로 고급 아티펙트를 상대한다는 것
은 어불성설이었다.

창대가 휘어진 태랑을 향해, 튕겨 나온 오라클을 다시 받
은 래그나돈이 본격적인 반격에 나섰다.

양손에 오라클을 잡고 달려드는 기세에 밀려 이번엔 태
랑이 수비에 돌입했다. 그러나 휘어진 창을 가지고 불카토
스의 창술을 펼치기란 불가능했다.

태랑이 위기에 몰리자, 놀 군단의 접근을 막아내고 있던
유화가 측면에서 기공파를 날리며 구원에 나섰다. 태랑이
식겁해 소리쳤다.

"마법은 안 돼!"

방사형으로 쏘아지는 그녀의 에너지파가 밀려오자 래그
나돈이 기다렸다는 듯 오라클을 휘둘러 스킬을 튕겨냈다.
카운터 매직 스킬에 놈에게 쏘아진 기공파가 도리어 유화
에게 되돌아갔다.

"어억!"

모든 종류의 원거리 마법을 고스란히 반사시키는 놀라운
이능에, 기공파에 맞은 유화의 몸이 붕– 공중으로 떠올랐
다. 기공파가 지닌 에어본 효과였다.

래그나돈은 훼방꾼을 가만두지 않겠다는 듯 공중에 떠오
른 유화를 향해 또다시 오라클을 집어 던졌다. 고속으로 회
전하는 칼날이 잠시 후 유화의 몸통을 위아래로 분리할 것
처럼 위협적으로 다가갔다.

"언니!"

화들짝 놀란 슬아가 빠르게 암기를 쏘아 오라클의 궤적을 비틀었다.

채 챙-!

투검에 맞은 오라클이 아슬아슬 방향이 꺾이며 유화 머리털을 스치고 날아갔다. 날카로운 검기에 유화의 머리카락이 공중에서 흩날렸다.

두 사람이 위기에 처하자 태랑은 급히 스톤 골렘을 소환했다. 래그나돈의 양옆에서 조립된 스톤 골렘이 놈을 가로막았지만, 놈의 무기를 한 번도 받아내지 못하고 마른 찰흙처럼 금세 무너졌다.

'조던링 효과가 토템에 걸린 귀속 스킬에는 적용되지 않는구나.'

스킬 레벨이 2 LV만 되었더라도 저리 허무하게 당하진 않았을 것이다. 그러나 G급의 몬스터를 상대하기엔 1 LV의 스톤 골렘은 너무 허약했다.

그래도 스톤 골렘이 시간을 끌어주는 사이 두 사람을 구하려는 목적은 달성할 수 있었다. 태랑은 유화와 슬아를 멀찌감치 떨어지게 한 뒤 소리쳤다.

"섣불리 끼어들어선 위험해! 날 도와주려면 무기 하나만 구해다 줘!"

"무기요?"

"창이 휘어져서 제대로 싸울 수가 없어! 아무거나 빨리!"

전장을 살피던 유화가 죽은 헌터가 떨어뜨린 도끼를 집어 태랑에게 던졌다.

"여기요!"

한 손으로 도끼를 낚아챈 태랑은 구부러진 창을 버리고 다시 분노의 일격 스킬로 도끼에 마력을 부여했다.

'불카토스의 화신 스킬이 3레벨로 올랐던 게 천만다행이었군.'

불카토스의 화신은 레벨이 오를수록 사용할 수 있는 무기의 가짓수가 늘어나는 스킬. 창, 활에 이어 도끼까지 다룰 수 있게 된 태랑은 큼직한 배틀 엑스를 들고 래그나돈과 대치했다.

"어디 한 번 힘 대 힘으로 붙어볼까!"

처음 잡는 도끼였지만 수십 년을 수련한 것처럼 익숙한 감각이 느껴졌다. 스킬의 놀라운 효과로 백병전의 황제, 가장 위대한 전사 불카토스의 무기술이 태랑의 몸에서 펼쳐졌다.

래그나돈은 되돌아온 오라클을 회수해 양손에 쥐고는 태랑과 한바탕 어우러졌다.

깡-깡-!

거대한 쇳덩이들이 맹렬하게 충돌하며 아까와 다른 묵직한 소음을 냈다.

둔기에 가까운 오라클을 상대로, 창보다는 오히려 도끼가 유리한 면이 있었다. 창은 극으로 찌르는 유형의 공격이 많아 오라클을 방패처럼 사용할 경우 투로가 막히기 십상이지만, 도끼는 방패 그 자체를 때려 부수는 무기였다.

현재 태랑의 포스는 전투 각성 효과에 분노의 일격이 더해지면서 200에 가까운 수치를 기록하고 있었다.

이는 진즉 G급 몬스터의 포스를 돌파한 수준. 무거운 도끼날이 오라클을 두들길 때마다 놈의 세로 길쭉한 파충류 동공이 지진에 크게 요동치듯 흔들렸다.

'싸우면 싸울수록 위력이 강해지니 점점 당황스럽겠지.'

태랑의 전투 각성 특성은 싸움이 지속될수록 더욱 효과를 발휘했다. 쉴드가 조금씩 깎일 때마다 반대로 포스가 상승하면서 래그나돈을 힘으로 찍어 눌렀다.

수세에 몰린 래그나돈이 몸부림치듯 오라클을 휘저었다. 과격한 동작에 태랑이 슬쩍 뒤로 물러서는데 놈의 눈이 갑자기 붉게 물들었다.

'드디어 광폭화가 시작되는군.'

태랑이 기억하는 설정에 따르면 놈은 군단 지휘자 타입의 몬스터.

다수의 병력을 지휘하는 사령관답게 부하들 전체에 강력한 버프를 거는 '군단의 외침'과 태랑이 가진 광란의 시위와 유사한 종류의 '버서커'. 그리고 '폭탄마'에 이르기까지 다양한 지휘 관련 스킬을 보유하고 있었다.

그러나 한편으로는 전투의 첨단에 서는 선봉장으로서 근접 전사의 스킬들도 함께 갖추었다.

원거리 마법을 반사하는 카운터 매직, 360도 전면을 동시 타격할 수 있는 휠윈드, 오라클을 부메랑처럼 날려 보내는 원거리 공격 기술까지. 공수양면 어디 하나 빠지지 않을 만큼 밸런스가 좋았다.

그러나 뭐니 뭐니 해도 놈이 가진 최고의 필살기는 '광폭화'라 불리는 자체 특성이었다.

광폭화가 발휘되면 동공이 붉은색으로 변하면서 일시적으로 모든 스킬 효과가 두 배로 상승한다. 대개의 스킬이 가진 위력의 두 배 효과를 발휘하기 위해선 3레벨이나 4레벨 단계까지 이르러야 한다.

태랑이 올 스킬 +1의 조던링 하나로 엄청난 파워업을 이룬 것을 감안한다면, '스킬 효과 두 배'라는 특성이 얼마나 대단한 것인지 실감할 수 있을 것이다.

태랑은 광폭화가 적용된 래그나돈의 모습에 바짝 긴장했다.

이제 힘의 균형추는 상대에게 많이 기울어졌다.

'예상은 했지만 만만치 않겠는데….'

스킬 효과 두 배의 특성은 실로 엄청났다.

래그나돈이 쓰는 스킬 중엔 단순한 '토막내기'나 '휘두르기' 같은 타격형 스킬도 있었기에 오라클을 통해 펼쳐지는 공격에 전에 없던 괴력이 실렸다.

태랑의 배틀엑스는 공격을 받을 때마다 이가 나가며 금방이라도 깨질 것처럼 실금이 갔다.

폭식의
군주 6

'…내 힘으론 놈을 어쩌지 못해. 결국, 놈의 힘을 역이용해야 해.'

태랑은 놈의 광폭화 특성을 알고 있었기 때문에 싸우기 전부터 그 점을 고심하고 있었다.

태랑이 뒤로 물러서며 훌쩍 거리를 벌리자 래그나돈은 기다렸다는 것처럼 오라클을 쏘아냈다. 무시무시한 속도로 돌아가는 반원의 칼날이 태랑을 향해 쇄도했다.

광폭화 스킬로 인해 기술의 범위는 물론 그 속도 또한 빨라져 있었다. 태랑은 지면을 박차고 뛰어올라 공격을 피해내고는 그대로 공중에서 일회전하며 두 손에 든 도끼로 장작을 패듯 내리찍었다.

"죽어!"

태랑의 도끼날과 놈의 오라클이 충돌하며 불꽃을 튀겼다. 태랑은 여세를 몰아 물 흐르듯 공격을 퍼부었다. 그러면서 광각의 심안을 이용해 뒤로 날아간 오라클의 궤적을 끊임없이 추적했다.

'하나, 둘, 셋. 바로 지금.'

타이밍을 계산한 태랑은 품 안에서 아이템을 집어 놈의 눈앞에서 터뜨렸다. 그것은 처음 빛을 내는 순간 섬광탄처럼 폭발하는 성질이 있어, 빛의 폭탄이란 명칭이 붙은 아이템이었다.

래그나돈은 순간적으로 번쩍이는 섬광에 무의식으로 팔을 들어 손을 가리고 말았다. 그 사이 태랑의 등판을 노리고 날아들던 오라클 부메랑은 곧장 래그나돈에게 직행했다.

태랑은 자신이 당할 뻔했던 수법을 그대로 되돌려준 것이었다

놈은 눈앞에서 폭발한 섬광에 정신이 팔려 오라클을 회수하는 동작을 취하지 못했다. 엄청난 속도로 되돌아온 오라클은 그대로 래그나돈의 목덜미를 지나쳤다. 두 배로 강력해진 기술의 효과가 자신에게도 똑같이 적용되었다.

스걱-!

악어 머리와 몸통이 분리되면서 래그나돈이 털썩 무릎을 꿇었다. 대가리는 걷어찬 축구공처럼 허공으로 솟구치더니 추락했다. 태랑은 스스로 힘 하나 안 들이고 강력한 몬스터를 제압한 것이었다. 그의 기지가 빛을 발하는 순간이었다.

"우아앗! 오빠가 악어 괴물을 쓰러뜨렸어!"

래그나돈이 쓰러지자 놀 군단의 사기가 바닥으로 떨어졌다.

군단의 버프를 받고 있던 놈들은 곧 지리멸렬하며 헌터들의 먹잇감으로 전락했다. 헌터들은 물 반 고기 반인 저수지의 물고기를 퍼내는 것처럼 놀의 목을 쓸어 담았다.

하늘에선 하염없이 마법이 쏟아지고, 검광이 싸이키 조명처럼 번쩍이는 동안 엄청난 군세를 자랑하던 놀 군단이 모조리 섬멸되었다.

큰 출혈이 있긴 했지만, 현재까지 알려진 몬스터에게 거둔 승리 중 가장 위대한 업적이었다.

몬스터들의 시체는 시간이 지나면서 말끔히 사라졌다.

차크라로 변한 몬스터들이 헌터들에게 흡수되며 누군가의 포스가 되고 쉴드가 되고 때론 스킬 포인트가 되었다.

부상병을 치료하고 전투의 피로를 회복하는 사이 박성규를 비롯한 대표자들이 거대한 중앙 천막에 모여 논공행상을 시작했다.

"다들 정말 고생 많았소. 특히 연합의 배신자 적법사 클랜을 단신으로 처리하고, 래그나돈까지 마무리한 김태랑 군이 일등 공신이요."

"대단합니다."

"정말 엄청났어요."

대표 회의에 참석한 헌터들이 태랑을 우러러보았다. 이제껏 무명이던 그는 이번 레이드 한 번으로 전국적인 헌터의 반열에 오를 것이다.

"그래서 래그나돈에서 나온 전리품 중 절반에 대한 우선권을 세이버 클랜에 부여하고자 하는데 혹시 이견이 있는 사람은 지금 말하시오."

이미 그의 전공을 치하한 뒤였기 때문에 박성규의 제안에 누구도 토를 달지 않았다. 어찌 보면 박성규는 처음부터 태랑의 업적을 치켜세우며 다른 헌터들의 불만을 잠재운 듯한 인상이었다.

'참으로 고마운 사람이군. 과거에 어떤 관계였건 지금의 나에겐 참으로 귀인이다.'

태랑은 박성규의 배려에 깊이 고개를 숙여 답례했다.

태랑이 식견이 얕은 소인배였다면 박성규의 제안을 덥석 받아들였을 것이다. 실제로 논공행상 자리에 대동한 은숙이 들뜬 목소리로 태랑에게 속삭였다.

"우아, 전리품의 절반을 먼저 양보한다고? 마스터 박 진짜 화끈하다?"

"가만있어."

태랑이 벌떡 자리에서 일어서 말했다.

"말씀은 고맙지만, 너무 과한 처사입니다. 오늘 승리는 결코 세이버 혼자만의 공이 아닙니다. 연합의 많은 헌터들이 희생되었고, 그들이 아니었다면 저 역시 래그나돈을 물리치기 어려웠을 것입니다."

"태랑! 지금 뭐하는 거야?"

은숙은 굴러 들어온 복을 걷어차는 태랑을 이해할 수 없었다. 그러나 은숙의 만류에도 태랑은 흔들리지 않고 계속 말을 이었다.

"저는 오히려 연합을 주도하고 가장 많은 헌터를 희생했던 막고라 길드에 공을 돌리고 싶습니다. 박성규 마스터, 제안을 거두어 주십시오."

G급 몬스터 래그나돈이 남긴 전리품들은 최하가 4등급일 정도로 엄청났다. 누구나 욕심을 낼만 한 물건임에도

태랑이 사양하는 모습을 보이자 다른 클랜의 대표자들은 놀라움을 금치 못했다.

은숙은 완전히 흥분한 표정으로 태랑의 손목을 세게 꼬집었으나, 태랑은 요지부동이었다.

"해서 저는 막고라 길드가 아티펙트의 절반을 가져가야 한다고 생각합니다. 막고라 길드는 이번 레이드에 100여 명에 가까운 헌터를 동원한 데다, 막사나 식량 등 병참 지원 역시 아끼지 않았습니다. 충분히 그만한 공이 있다고 생각합니다."

아티펙트가 탐나는 것은 사실 태랑도 마찬가지였다. 그러나 그는 큰 그림을 그렸다. 멀리 내다볼 때 이번 레이드에 참여한 클랜들에 신세를 지우는 쪽이 훨씬 남는 장사라고 생각했다.

그의 겸양은 앞으로 레이드 게시판에서 두고두고 회자될 것이고, 그로 인해 좋은 헌터들이 더욱 세이버 클랜으로 몰려들 것이다. 그것이 당장의 아티펙트 몇 개보다 훨씬 값지다고 여겼다.

태랑의 뚝심 있는 태도에 회의에 동행한 은숙도 더 이상 떼쓰기를 포기했다. 어쨌든 이곳은 각 길드와 클랜의 대표자들이 모인 자리.

마스터의 결정에 군말 없이 따름으로써 위신을 세워주는 것 역시 중요한 일이었다. 자신의 태도가 자칫 태랑의 양보를 우습게 만들 수 있었다.

박성규는 태랑의 말에 흐뭇한 표정을 지었다.

'과연 그릇이 큰 젊은이로군. 그를 거두겠다는 생각이 얼마나 우스운 것이었는지 이제 알겠다. 그는 애초부터 내가 감당할 그릇이 아니었어. 지금은 비록 세이버가 작은 클랜에 불과하지만, 얼마 지나지 않아 우리 막고라에 어깨를 나란히 할 길드로 성장할 거야. 그를 혈맹으로 두는 편이 낫겠어'

"말씀은 고맙지만 나 역시 낯짝이 그리 두꺼운 사람이 아니요. 날 우스운 사람으로 만들 생각이 아니거든 그런 말씀 마시오."

"하지만…."

태랑이 계속 사양하자 박성규가 타협안을 냈다.

"좋소. 태랑군의 뜻이 그렇다면 이렇게 합시다. 세이버가 두 개의 전리품을 먼저 갖고, 우리가 그다음 두 개를 갖겠소. 그리고 철십자 길드, 마지막으로 아처스 순이요. 싸울아비 길드는 대부분이 전멸하였기에 이 자리에 참석 못 했지만, 공대장인 윤대운을 우리 길드에서 거두기로 했소. 즉 그도 우리 소속이니 우리가 싸울아비의 몫을 대신 가져가는 것으로 생각해 주시면 고맙겠소."

태랑도 그 이상은 더 거부할 수 없었다.

그리고 자신의 의도는 충분히 관철했다고 생각했다. 마치 두 대표는 의도한 것처럼 서로 주거니 받거니 하며 명성을 높이고 실익을 나눠 가진 셈이었다.

포식의 군주 6

그 모습을 지켜보던 아쳐스의 곽시은은 못마땅한 표정으로 생각했다.

'얼씨구 아주 놀고들 있네. 둘이서 죽이 맞는구먼?'

하지만 그녀도 어쩔 수 없는 것이, 이번 레이드의 전공은 너무 뚜렷했기 때문에 다른 클랜들이 끼어들 여지가 없었다.

배신한 적법사 클랜은 애초에 제외였고, 싸울아비는 없어졌다. 오히려 억울하기는 아쳐스보다, 길드 규모로 참여했음에도 자신과 똑같이 아티펙트를 하나밖에 못 챙길 철십자 길드가 더할 것이다.

그러나 철십자의 투 마스터 허재준과 고민경은 전혀 불만 없는 표정이었다. 그들은 아티펙트에 대한 욕심보다, 놀군단을 해치우면서 성장한 길드원들의 경험치에 이미 크게 만족한 것 같았다. 여기서 자신이 불만을 제기한 들 누구도 편들 사람은 없었다.

'쳇. 어쩔 수 없지. 그나저나 태랑은 언제 저렇게 강해졌을까? 지난 서리 마녀 때만 해도 이 정도는 아니었는데….'

그녀는 래그나돈과 대등하게 근접 전투를 벌이던 태랑의 모습을 떠올리고는 의구심을 품었다.

그때만 해도 분명 전형적인 소환사였는데, 이번에 보여준 모습은 완연한 전사의 그것이었다.

서리 궁수의 활로 멀리서부터 적을 제압하고, 창을 들고 적진을 무너뜨리고, 도끼를 이용해 래그나돈을 두들겼다.

각종 무기를 익숙하게 다루는 태랑의 모습은 시은의 욕망을 더욱 부추겼다.

'그는 내가 본 이들 중 누구보다 강한 사내야. 이번엔 실패했지만, 꼭 내 걸로 만들어 보이겠어.'

시은의 생각을 아는지 모르는지 태랑은 테이블 위에 놓인 아티펙트를 둘러보며 고민에 빠져 있었다.

아티펙트는 G급 몬스터에서 나온 물건답게 하나같이 쟁쟁한 물건들이었다. 특히 7등급짜리 한 개와 6등급 자리 두 개는 경매에 오른다면 수천 골드를 호가할 정도.

'5등급인 민준의 철혈도의 낙찰가가 1,000골드에 육박했었지. 값어치로 따지면 이것들은 빌딩 한 채 값도 넘어가겠는데?'

태랑은 가장 먼저 7등급짜리 아티펙트를 감식했다.

[래그나돈의 견갑] 7등급 아티펙트

-래그나돈이 사용하는 방어구

+ '카운터 매직(3 LV)' 스킬을 펼칠 수 있음.

+쉴드 46% 상승효과.

+ '해제/장착' 명령으로 인장에 소지할 수 있음.

'아! 마법 반사 스킬이 이 견갑에 붙어있던 것이군. 무려 3 LV의 스킬이 걸린 무기라니. 대박이다. 게다가 쉴드를 46%씩이나…'

태랑은 망설이지 않고 견갑을 챙겼다. 그 모습을 바라보는 다른 대표자들의 침이 꼴깍 넘어가는 소리가 들렸다. 원거리 마법사에게는 최고의 카운터가 될 수 있는 방어구였기 때문이었다.

이번에는 두 번째 아티펙트를 고를 시기였다.

6등급의 아티펙트 두 개가 남아있었기에 태랑은 고민할수밖에 없었다.

'둘 다 탐나네… 그냥 넙죽 받을 것을 그랬나?'

아티펙트를 보고 있자니 갑자기 아까의 행동이 후회되었다. 그러나 장기적으로 봤을 땐 절대 손해가 아니라는 확신이 있었다.

'그래. 아티펙트는 언제든 구할 수 있어. 하지만 사람들의 신뢰를 얻을 기회는 많지 않지. 후회하지 말자.'

태랑은 잡생각을 떨쳐버리고 눈앞의 아티펙트에 집중했다.

하나는 무기였고, 하나는 스킬 북이었다.

[업화의 단창] 6등급 아티펙트

–불꽃의 정수로 벼루어진 단창. 불의 정령 이프리트가 사용한다고 알려져 있으며, 사용 시 창신이 화염으로 타오른다.

+공격시 지속적인 화염 데미지를 준다.

+화염 계열 마법 사용 시 50% 데미지 상승.

+포스 35% 상승효과.

+'해제/장착' 명령으로 인장에 소지할 수 있음.

[군단의 심장] 6등급 스킬북

-스킬북 소모 시 다음의 3가지 스킬을 배울 수 있음.

+무무 진법(2LV)

-군단을 지휘하는 전술대형을 습득할 수 있음.

+철갑 피부(2LV)

-피부를 가죽처럼 강화시켜 모든 종류의 데미지에 대한 피해를 감쇄함.

+폭탄마(1LV)

-소환수를 자폭시켜 강력한 생체폭발을 일으킴.

+명사수(1LV)

-모든 종류의 원거리 공격에 대한 정확도를 자동 보정함.

변변한 무기가 없는 태랑에겐 가장 먼저 업화의 단창에 눈이 갔다.

'저 무기가 있다면 불카토스의 창술의 효과가 극대화될 거야.'

그러나 걸린 옵션이 마음에 걸렸다. 자신이 가진 스킬 중 화염 계열이라고 할 만한 것은 '불타는 좀비'와 '스켈레톤 메이지' 중 화염 속성을 띤 소환수 종류밖에 없었기 때문이었다.

오히려 군단의 심장 스킬북에 들어 있는 무무진법과 폭탄마의 스킬을 배울 수 있다면 소환수의 공격력을 상당히 끌어올릴 수 있을 것 같았다.

특히 무무진법의 전술대형이 군단의 깃발 특성과 결합하면 소환수의 공방·능력이 150% 이상 상승할 것이었다. 게다가 폭탄마 스킬은 재빠른 좀비 들개를 뛰어다니는 폭탄으로 만들 수 있었다.

'고민되는데… 뭘 선택해도 후회가 남을 거야.'

태랑은 신중하게 고민하다가 박성규에게 확실한 신세를 지우기로 했다. 그는 단창을 한번 쳐다보며 말했다.

"이 창이 탐나긴 하지만 화염계열 마법을 주로 쓰는 마스터께 더 어울릴 것 같군요. 저는 스킬북으로 하겠습니다."

박성규는 혹시나 그가 업화의 단창을 가져갈까 봐 조마조마했으므로 태랑의 양보에 반색하며 말했다.

"굳이 안 그래도 되는데… 허허. 정말 고맙소."

'됐어. 어차피 둘 중 뭘 골라도 후회된다면 막고라를 확실한 동맹으로 만드는 쪽이 이득이야. 그리고 스킬북에 있는 스킬들을 클랜원들에게 나눠 줄 수도 있으니….'

태랑의 선택이 끝나자 박성규가 곧바로 업화의 단창과, 5등급짜리 갑옷을 챙겼다. 래그나돈의 악어가죽으로 만든 갑옷은 가볍고 질겨서 이동능력을 향상 시켜주는 능력이 걸려 있었다.

남은 두 가지 아티펙트 중 철십자 길드는 고민경이 사용할 마법력 증폭의 반지를, 아쳐스는 마지막으로 남아있는 4등급 아티펙트, 침묵의 장화를 가졌다.

그것은 암살자에 특화된 무구로, 발걸음 소리는 물론 사용자가 활을 쏘거나 암기를 사용할 때도 기척을 감추게끔 사일런스가 자동 발동되는 아티펙트였다.

하나같이 쓸 만한 아티펙트였으므로 대표자들은 무척 만족해했다. 그밖에 놀 군단을 해치우면서 랜덤하게 떨어진 1등급의 저급 아티펙트와 아이템들은 먼저 습득한 사람에게 귀속하기로 했으므로 모든 분배가 자연스럽게 완료되었다.

박성규는 고생한 연합의 멤버들에게 해산을 선언했다.

"다들 정말 고생 많았소. 이제 각자 기지로 돌아가 휴식을 취하도록 합시다. 현 시간부로 연합을 해산합니다."

"박성규 마스터 수고하셨습니다."

"다음에 또 기회가 되면 함께 해요."

"다들 푹 쉬세요."

대표들이 자연스레 흩어지는데 철십자 길드의 허재준이 태랑에게 다가왔다.

"김태랑 마스터, 함께해서 영광이었습니다."

"유인조 맡아서 수고 많았습니다."

"아닙니다. 할 일을 했을 뿐인데요. 그런데 혹시…"

"네?"

"세이버 클랜에서 유인조에 배속되었던 검은 옷을 입은

폭식의 군주 6

여자 헌터 분을 만나볼 수 있을까요?"

검은 타이즈를 입은 헌터라면 슬아를 말하는 것이었다.

"무슨 일 때문에 그러시죠?"

눈치가 빠른 은숙이 팔짱을 끼고 있다가 시큰둥한 표정
으로 대답했다.

"슬아 말이에요? 걔 애인 있어요. 수현이라고."

"아…. 그, 그렇습니까?"

"네. 원체 몸매도 좋고 예쁘잖아요. 남자들이 가만두겠
어요?"

"하하. 하긴…. 그럼 죄송했습니다."

재준이 뻘쭘한 표정으로 물러나자 태랑이 은숙에게 물었
다.

"어떻게 알았어?"

"넌 씨눈은 여전하구나. 딱 봐도 껄떡대려는 거잖아."

"흠. 그런가? 근데 왜 거짓말했어? 슬아가 무슨 수현이
애인이야?"

"야. 넌 그럼 슬아가 허재준인가 뭔가랑 사귀면 좋다는
거야?"

"아니 꼭 뭐 그런 건 아니지만…."

"클랜 마스터가 소속 클랜원을 아낄 줄 알아야지. 저런
애한테 슬아가 가당키나 하니?"

"재준이 그렇게 못난 사람도 아니잖아. 성격도 시원시원
하고…."

"에휴. 대체 눈치란 건 있는 건지…."

은숙은 짧게 한숨을 내쉬더니 불쑥 생각나는 게 있어 태랑에게 물었다.

"아참, 근데 갑자기 그 많은 해골은 뭐였어? 혹시 스킬 레벨 업 한거야? 좀비 들개도 엄청 늘었던데? 한 번에 두 개씩 레벨 업 할 수도 있어?"

"아… 그건 나중에 설명해 줄게."

물론 장건우에게 회귀에 대한 사실을 발설하지 않기로 약속했기 때문에 사실대로 말할 생각은 없는 태랑이었다. 조던링을 얻은 경위만 대충 둘러대기로 했다.

그때 곽시은이 다가왔다.

"김태랑."

"응?"

시은의 접근에 은숙이 갑자기 태랑의 팔짱을 끼며 견제했다.

"어머, 아쳐스의 마스터 아니신가요? 무슨 일이시죠?"

"너 태랑이 애인 아니라며. 좀 떨어지시지?"

"어? 그걸 어떻게?"

시은은 태랑의 텐트로 난입했던 당시 그녀와의 관계에 대해 확실한 답변을 들었기 때문에 확신에 찬 표정으로 말했다.

"내 제안 기억하고 있지? 언제든 생각 바뀌면 말해."

"난 그때 분명 거절 의사를 밝혔을 텐데?"

"흥. 한 번쯤 튕기는 건 이해할 수 있어. 하지만 열 번 찍어 안 넘어가는 나무는 없거든."

태랑은 막무가내인 시은의 태도가 어이가 없었지만, 보는 눈이 많아서 대놓고 짜증을 낼 수도 없었다.

"난 나무도 아닐뿐더러 열 번 찍을 때까지 봐 줄 생각도 없어."

"쳇. 언제까지 그렇게 오만할 수 있는지 지켜보겠어."

자존심을 구긴 시은이 홱 돌아서자 은숙이 묘한 표정을 태랑을 쳐다보며 물었다.

"너 쟤랑 썸씽 있었어?"

"썸씽은 무슨."

"호오. 아주 염문을 뿌리고 다니는구나."

"무슨 소리야. 쟤 완전 미친 애야. 상종을 말아야지."

은숙이 피식 웃으며 말했다.

"근데 인기 있는 것도 당연하지 않아?"

"내가?"

"평화로운 시기에 돈 많고, 잘생긴 사람들이 인기가 많듯 지금과 같은 말세엔 강한 남자가 최고지. 태랑이 너 엄청 강하잖아. 혼자서 G급 몬스터를 때려잡을 정도로."

태랑이 그 말에 씁쓸한 표정으로 말했다.

"글쎄다. 나도 그러면 좋겠는데… 세상엔 강한 사람이 생각보다 많을걸."

"그게 무슨 말이야?"

"아냐. 우리도 기지로 복귀해야지. 서두르자."

연합이 해산되고 세이버 클랜 역시 아지트로 복귀했다.

그날 밤 무사 귀환을 자축하는 의미로 오랜만에 술자리가 벌어졌다. 창고에 고이 보관 중이던 캔 맥주와 아껴두었던 냉동식품을 꺼내 먹으며 이런저런 이야기가 오갔다.

"태랑, 기지에 돌아오면 얘기해 주기로 했잖아. 어떻게 갑자기 레벨 업을 했는지 말야. 궁금한 거 꾹 참고 있었다고."

은숙의 조바심 내는 태도에 태랑은 미리 준비한 대답을 내놓았다.

"지난번 블랙마켓 열렸을 때 슬아를 납치했던 놈들 기억나지? 그때 슬아가 놈들이 생각보다 큰 조직이라고 했었잖아."

"응. 그랬지."

"걔네들 알고 보니 도둑 길드라고 음지에서 활동하는 조직이더라고. 적법사 클랜 역시 그 길드 산하의 비밀 조직이었고. 겉으로는 멀쩡한 레이드 클랜처럼 행동했지만, 사실 한통속이었던 거지."

"와, 소름. 그럼 적법사는 처음부터 작심하고 연합에 들어온 거였어요? 완전 트로이 목마 전략이네."

수현이 놀란 눈으로 물었다.

"맞아. 적법사 놈들이 던전 내부의 빗장을 열어 연합에 피해를 유발하고, 인접 역에서부터 땅굴을 파고 들어온 본대가 뒤치기하려 했던 거야. 몬스터를 상대하느라 힘이 빠진 연합군을 맨이팅하거나, 아니면 자기들이 몬스터를 해치우고 전리품을 독차지하려고 했겠지. 어쩌면 둘 다일 수도 있고."

"그거 완전 나쁜 놈들이네. 양념은 우리가 다 쳐놓고, 막 타만 처먹겠다는 거잖아?"

"어부지리를 노렸나 보군. 손 안 대고 코 풀면 쓰나."

"와, 근데 태랑이 네가 놈들을 다 해치운 거야? 혼자서?"

태랑은 신중하게 대답했다. 자칫 의문을 남겼다간 괜히 오해의 소지를 남길 염려가 있었다.

"운이 좋았지. 아무것도 모르고 땅굴로 침투한 놈들한테 기습을 성공시켰거든. 그 와중에 도둑 길드의 마스터를 해치웠는데 이런 걸 내놓더라니까."

태랑이 왼손에 끼워진 반지를 빼 테이블 위에 올렸다.

반짝이는 반지는 척 보아도 범상치 않은 분위기를 풍겼다. 조던 링을 감식한 일행은 반지가 지닌 놀라운 스펙에 깜짝 놀랐다.

"9, 9등급이라고?"

"어머! 나 취한 거 아니지? 지금 눈에 헛것이 보이는데?"

"래그나돈을 해치우고 나온 아티펙트 중 최대가 7등급이었는데…."

"근디 이거 모든 스킬을 하나씩 다 올려주네? 이거 혹시 접때 니가 말한 전설 머시기 아티펙트 아녀?"

태랑은 다시 반지를 손에 끼우며 말했다.

"맞아요. 9등급 이상의 아티펙트부턴 스펙이 급상승해서 '전설급'이라고 분류하는 사람도 있어요. 놈들이 어떻게 이걸 손에 넣었는지 모르겠지만, 어쨌든 소환수의 개체가 늘어난 것도 모든 스킬이 한 단계씩 레벨 업해서 그런 거야."

"대단한데? 근데 9등급 아티펙트면 대체 어느 정도 몬스터를 해치워야 나오는 거야? 일단 G급보다 높은 건 확실하잖아?"

사실 태랑의 말에는 약간의 논리적 오류가 있었다.

만약 상대가 G급 이상의 몬스터를 해치우고 전설급 아티펙트를 획득한 실력자였다면, 그런 자를 태랑이 단신으로 해치웠다는 게 앞뒤가 맞지 않았던 것이다.

아무리 vs몬스터 전투와 vs각성자 전투가 다른 개념이라곤 하지만, 체급의 차이가 너무 컸다.

이에 태랑은 길드의 성격을 평계 삼았다.

"내 생각에 이건 놈들이 직접 레이드해서 구한 아티펙트는 아닌 것 같아. 그걸 구할 정도의 실력자였다면 나한테 당하지도 않았겠지. 스스로 도둑 길드라고 칭한 걸 보면 누군가에게서 훔쳐낸 게 아닐까?"

"듣고 보니 그럴 공산이 크겠네요."

"여튼 도둑놈의 새끼들. 꼴좋게 됐구먼. 잘했어 태랑아."

적당히 핑계를 댄 태랑은 자연스럽게 화제를 전환했다.

"그나저나 다들 레벨 업은 어떻게 됐어? 정신이 없어서 이제 야 물어보네."

"놀을 워낙에 쓸어 담아서 포스랑 쉴드를 많이 올렸지. 래그나돈이 무너지고 나선 완전 오합지졸로 변해서 경험치밭이나 마찬가지였거든. 포스랑 쉴드 합해서 10 이상씩은 올린 것 같아. 최근 들어 가장 폭랩이었어."

"대신 스킬 포인트는 정체구간에 돌입했어요. 태랑이 형이 막혔던 것처럼요."

스킬 요구치가 늘어나면서 이제 레이드 한번 가지고 스킬을 올리기는 어려운 상황이었다. 심지어 래그나돈을 직접 해치운 태랑조차 스킬 포인트를 다 못 채우고 100여 포인트 정도가 모자랐다.

"그건 어쩔 수 없지. 그러니 스킬북 같은 걸 얻으려고 상위 몬스터를 사냥하는 거고. 등급 낮은 애들 아무리 사냥해봐야 스킬 스크롤 하나 안 떨어지니까."

말이 나온 김에 태랑은 품속에서 고급 양피지 재질의 스킬북을 꺼냈다. 이번 전리품으로 확보한 '군단의 심장' 스킬북이었다.

"G등급 몬스터라 그런지 2LV짜리 스킬도 있더라. 소환 관련 스킬은 내가 갖고 나머진 필요한 사람 줄게."

태랑이 내놓은 스킬은 '철갑 피부'와 '명사수' 스킬.

그중 철갑 피부(Iron skin) 마법은 거석의 파편 아이템으로 발휘되는 석갑(Stone skin) 마법의 상위 마법으로, 방어력을 올려주는 효과가 탁월했다.

특히 석갑 마법처럼 일시적으로 적용되는 게 아니라, 지속적인 버프가 걸린다는 게 장점이었다.

"나는 원체 갑옷이 좋아븐께 별 필요 없을 것 같은디? 민준이 줘브러."

"저도 철혈도의 라이프 스틸 기능 덕에 쉴드를 올리는 것은 큰 의미가 없습니다. 어차피 공격을 통해 쉴드를 회복할 수 있으니까요. 차라리 근접전 위주로 하는 유화가 갖는 게 가장 적합할 것 같군요."

사실 세 사람 중 누가 써도 무방한 스킬이지만, 둘의 양보 끝에 철갑 피부 스킬은 유화의 차지가 되었다. 그녀는 무척 만족해하며 스킬의 상세 내용을 확인했다.

'철갑 피부' (2 LV)

+피부를 철갑처럼 딱딱하게 만들어 모든 데미지를 25% 절감함.

+사용 시 포스가 지속적으로 소모됨.

+방어량을 초과하는 공격이 들어올 경우 온몸이 강철로 둘러싸이며 사용자를 보호한 후 스킬이 강제 해제됨.

-다음 스킬레벨에 도달하면 데미지 감소 효과가 30%로 증가.

"태랑 오빠! 정말 고마워요! 다른 오빠들도 양보해 줘서 감사하구요."

"아니야. 밖에서 고생했는데 그 정돈 당연하지."

그러잖아도 강력한 공격력에 비해 방어력이 다소 떨어지던 유화는 자신에게 꼭 필요한 스킬을 받고 무척 기뻐했다.

"명사수 스킬은 그럼 누굴 줄까?"

명사수 스킬은 원거리 공격이 가능한 모든 사람에게 해당되는 스킬이었다. 태랑은 불카토스의 궁술 자체에서 정확도 보정을 받으므로 해당 스킬이 굳이 필요 없었다.

"근데 이거 마법 정확도도 보정돼요?"

"응. 스킬을 펼치면 하다못해 돌팔매질을 해도 정확도가 올라가는 종류야. 만약 투수가 받는다면 칼날 같은 제구력을 갖게 되겠지."

"캬. 이 능력이 몬스터 인베이젼 전에 있었으면 투수나 하는 건데."

"제구가 좋아도 구위가 떨어지면 홈런 공장장밖에 더 되냐?"

"아, 그런가?"

은숙은 지난번에 워 스테프를 챙겼으므로 이번엔 수현에게 양보했다.

"그냥 수현이 너 가져. 라이트닝 스피어 자주 쓰잖아. 내 매직 미사일은 유도 기능이 있어서 어차피 쓸데없거든."

그러나 수현 역시 정확도가 필요 없긴 마찬가지였다.

"저도 괜찮아요. 어차피 아무나 맞아도 옆으로 퍼져 나가는 건 똑같으니까. 굳이 정확도를 올려서 한 놈에게 쓰기엔 체인 라이트닝 효과가 아쉽고…."

"혹시 제가 써도 될까요?"

"슬아 네가?"

"네. 저도 투검 스킬에 도움이 될 것 같아서요."

"아, 그 생각을 미처 못 했구나. 어쩌면 마법사인 우리보다 너에게 더 필요할지 모르겠다. 투검의 쿨 타임이 비교적 짧은 편이니 자주 써먹을 수도 있고. 그럼 이건 슬아주자."

태랑은 슬아에게 스크롤을 찢어 주면서 의아한 생각이 들었다.

'확실히 슬아가 쓰는 편이 효율적이긴 하지…. 근데 얘가 이렇게 적극적인 성격이었나?'

평상시 슬아라면 말없이 지켜보거나, 누가 억지로 떠먹여 주지 않는 한 결코 먼저 나서는 일이 없었을 것이다. 그러나 그녀는 유화가 태랑에게 스킬을 받은 것을 보고 괜한 질투심이 났다.

의도한 바는 아니지만, 태랑이 여자 친구인 유화만 챙겨 준다는 생각이 들었던 것이다.

'나도 태랑 오빠한테 똑같이 받을 거야.'

그런 마음이 그녀를 적극적으로 만들었다. 슬아가 새로운 스킬을 장착하더니 태랑에게 물었다.

"마스터. 스킬 설명만 봐선 잘 모르겠는데 해석 좀 해주실…"

저번처럼 태랑의 스킨쉽을 기대하며 부탁했지만, 엉뚱하게도 옆에 있던 수현이 불쑥 나서 그녀의 귀에 덥석 손을 올렸다.

"내가 봐줄게."

'명사수' (1 LV)

+모든 종류의 원거리 스킬 정확도를 자동 보정함.

+명사수가 유지되는 동안 포스가 지속적으로 소모됨.

+대상이 회피/반사 종류의 스킬을 보유한 경우 스킬 효과가 발휘되지 않음.

−다음 스킬 레벨에 도달하면 포스 소모율이 10%로 감소.

"그러니까 이건 패시브 스킬 종류네. 보통의 버프 기술처럼 사용하는 동안 포스를 소모하면서 정확도를 꾸준히 보정해 주는 거랄까? 헤헤. 맞죠, 태랑이형?"

"응, 정확한 해석이야."

눈치 없는 수현의 참견으로 계획을 망친 슬아가 새침한 얼굴로 그의 손을 치워냈다.

"음… 알았어요. 고마워요."

"고맙긴 뭘, 같은 클랜원끼리 돕고 살아야지."

"그나저나 남은 두 스킬은 뭐였지?"

태랑은 남은 두 스킬 '폭탄마' 와 '무무 진법' 을 익힌 다음 스텟창을 띄웠다. 조던링 특수 효과로 인해 스킬북에 적힌 레벨보다 한 단계 업그레이드되어있었다.

"일단 설명은 이렇게 나오는데?"

'폭탄마' (2 LV)

+시전자에게 귀속된 개체(소환수/정령/군단병)에 한 해 자폭 명령을 내림.

+개체가 가진 생체에너지 150% 폭발력을 지님.

+자폭 명령을 받은 개체는 생체시계가 급격히 빨라지면서 노화 증상을 보임.

-다음 스킬레벨에 도달하면 폭발력 200% 증가.

'무무 진법' (3LV)

+고대의 병법가 무무의 전술 교리를 담은 책.

+추행, 학익, 방원 세 가지 진형을 사용할 수 있음.

-추행진 : 기동력을 극대화한 진형. 해당 진형을 적용할 경우 평지에서 기동력이 평시의 150%로 증가한다. 단, 방어력이 취약해 지고 측, 후방의 돌격에 큰 피해를 입는다.

-학익진 : 포위 공격을 위한 진형. 해당 진형을 적용할 경우 상대를 둘러싸 사방에서 일제 공격을 가능케 한다. 단, 적의 돌파력이 강력할 경우 진형이 붕괴될 수 있다.

폭식의
군주 6

-방원진 : 방어력을 극대화한 진형. 해당 진형을 적용할 경우 기동성과 공격력이 감소하지만, 방어력이 200% 증가한다. 단, 집중포화를 당하면 강한 응집력으로 심각한 피해를 입을 수 있다.

　-다음 스킬 레벨에 도달하면 '어린진' 습득 가능.

　폭탄마 스킬은 래그나돈이 쓰는 것을 직접 경험해서 궁금해하는 사람이 없었지만, 무무진법의 경우엔 달랐다.

　"이건 전술가들이 쓰던 전술대형이네요?"

　"나 저거 들어 봤는데, 학익진. 그거 이순신 장군이 자주 쓰던 그거 아냐? 학의 날개처럼 옆으로 펼친다는."

　태랑은 진법의 상세 설명을 꼼꼼히 읽더니 말했다.

　"다수의 소환수를 지휘할 때 사용하는 종류 같아. 래그나돈이 군단 지휘형 몬스터라서 갖고 있던 기술일까? 필요에 맞게 쓰기만 하면 효과가 상당하겠어."

　태랑은 스텟창 맨 밑에 특성을 살폈다.

　+군단의 깃발 : '소환수'가 전술대형을 전개할 때 공격력과 방어력이 150% 상승함. 현재까지 보유한 전술대형(3)

　+광폭화 : 사용 시 일시적으로 모든 스킬 효과가 2배로 적용됨. 재사용 대기 4시간.

'가만있자. 예를 들어 내가 방원진을 펼치면 원래 소환수가 가지고 있던 방어력에서 2배가 증가하는데, 거기다 군단의 깃발 효과로 다시 150%가 올라서 3배. 그리고 광폭화 특성이 더해지면 무려 6배까지! 곱연산이 이렇게 엄청나구나! 스켈레톤이 골렘만큼 단단해지겠는데?'

태랑은 새로운 스킬과 특성을 사용해 보고 싶어 몸이 근질근질했지만 시간이 늦어 아쉬움을 달래야 했다.

"자자. 오늘은 늦었으니까 오랜만에 편히 자자. 나는 좀비 들개로 경계 좀 세우고 올게."

다른 일행들이 뒷정리를 마치고 들어간 사이 태랑은 아지트 주변 울타리를 돌았다. 철책이 훼손된 곳은 없는지, 경계가 취약한 곳은 어딘지 눈으로 직접 확인하면서 적재적소에 좀비 들개를 소환했다.

이제 2레벨로 올라 6마리까지 소환 가능해진 그의 충견들은, 마리당 경계 구획이 절반으로 줄어들면서 보다 면밀한 순찰이 가능해졌다.

소환수로 초병을 세우며 말없이 담배 연기를 내뱉는 그의 모습은 어딘지 모르게 답답한 표정이었다.

'…프로스트 헨즈, 장건우라고 했었나?'

스스로를 얼음 군주라 칭하던 그의 이름을 떠올리며

태랑은 살짝 몸을 떨었다. 래그나돈과 싸우는 중이라 일단 넘어가긴 했지만, 자신이 회귀자라는 말은 굉장한 충격이었다.

장건우가 헛소리할 사람으론 보이지 않았다. 그는 놀라울 만큼 강한 힘을 가지고 있었다. 미래를 알고 있지 않다면 결코 불가능한 성장이었다.

'어쩐지 뭔가 이상하다 했지. 왜 나 혼자서 미래에 대해 꿈을 꿨는지… 그게 납득이 되질 않았는데 이제 모든 게 이해되는군.'

건우의 말에 따르면 미래의 세계는 이미 멸망했다.

커널을 통해 들어온 몬스터의 2차 침공에 인류는 패배했고, 최후의 방편으로 5명의 강력한 군주가 시간을 거슬러 왔다.

언뜻 기억나는 이름은 얼음 군주, 강철의 군주, 불멸의 군주 그리고 정령 군주.

그리고 자신은 가장 강력한 헌터로 불리던 무한의 포식자.

'…회중시계의 부작용이라고 했었지? 기억을 잊어버리게 된 것은. 커널 파괴 직전까지 용케 떠올렸음에도 내 착각으로 그저 신기한 꿈이라고만 여기고 말았구나.'

더 빨리 깨닫지 못한 것이 조금 아쉬웠지만, 기억이 송두리째 날아간 이상 어쩔 수 없는 일이었다.

태랑은 지나가 버린 것은 잊고 앞으로 일에 집중하기로 했다.

'건우는 다른 회귀자를 찾아본다고 했어. 그가 다섯 회귀자가 모두 모을 때까진 일단 노트북을 되찾는 데 주력해야 돼.'

커널을 파괴할 수 있는 소멸자 세트에 대한 정보는 오로지 노트북에 담겨 있었다. 다행히 노트북이 63빌딩에 무사한 것은 확인한 상태. 어떻게든 그곳에 오를 수 있는 힘을 기르는 것이 당면한 과제였다.

'꿈이 실제로 있었던 일이라면, 당시의 나는 소수의 인원만으로 세상을 구할 수 있을 거라 생각했나 보군.'

건우를 만나기 전까지 태랑은 과거의 행보를 똑같이 밟고 있었다. 그러나 끊어진 꿈의 뒷이야기는 비극이었다. 커널 파괴에 실패한 태랑은 겨우 목숨을 건졌지만, 당시 동료들을 모두 잃어버렸다.

잘못된 판단과 최악의 실패.

두 번째 기회마저 같은 실수를 반복할 순 없다. 바로 그 때문에 과거의 자신은 회귀라는 극약 처방을 내렸을 테니까.

'세력을 모아야 해. 현재 인원만 가지곤 역부족이야. 보다 많은 던전을 공략하고, 타워를 점령해 가려면 지금보다 많은 헌터들이 필요해.'

이번 래그나돈 레이드가 성공할 수 있었던 배경에는 막고라가 구상한 연합 전선이 큰 힘을 발휘했다.

G급 몬스터를 해치우기 위해 6개의 단체, 200여 명이 넘는 헌터들이 동원되었고, 그 전력을 바탕으로 엄청난 규모의

놀 군단에 맞설 수 있었다. 이는 응집된 헌터의 힘을 보여준 기념비적인 사건이었다.

그러나 한편으로는 연합의 한계를 뚜렷이 남긴 레이드이기도 했다.

여러 구성원이 모인 연합의 특성상 적법사와 같은 배신자의 등장이나 아쳐스의 곽시은처럼 고의적인 트롤링을 제재할 방법이 마땅치 않았다.

또 다른 문제는 지휘체계의 혼선이었다. 박성규라는 걸출한 인물이 있었음에도 지도부는 과두의 형태를 띨 수밖에 없었다.

이견을 조율하는데도 불필요한 시간을 허비하고, 작전의 계획과 실행에서도 잡음이 많았다. 배가 산으로 가는 것을 막기 위해선 방향키를 잡은 선장은 하나여야 한다.

보다 신속한 판단과 결정, 그리고 의도한 바대로 움직이는 믿을만한 수하들.

'결국은 내가 군주에 올라야 해. 그편이 가장 확실하고 빠른 길이야.'

과거의 실패를 반복하지 않기 위해, 태랑은 마침내 군주에 오를 결심을 굳혔다.

"뭐? 클랜원을 모집하자고?"

다음날, 태랑은 모두가 모인 자리에서 자신의 차후 계획을 밝혔다.

"그래."

"63빌딩을 공략해서 노트북을 찾는 게 우선 아니었어?"

"바로 그 때문에 클랜이 더 커질 필요가 있다는 거야. 우리 일곱만 가지고는 타워 공략에 한계가 있어."

민준이 수염으로 까슬 거리는 턱을 매만지며 태랑에게 물었다.

"좀 더 자세한 생각을 듣고 싶은데."

"이번 래그나돈 레이드를 통해 느꼈지만, 몬스터 종류에 따라 많은 헌터들이 동원되어야 하는 경우가 있어. 군단 지휘자 타입도 그렇지만, 앞으로 만날 거대 괴수 타입도 마찬가지야. 그렇다고 그럴 때마다 연합을 구성할 순 없잖아. 그래서 우리 스스로 연합만큼 덩치를 불리자는 소리야."

"음. 하지만 넌 세력을 구축하는 것에 회의적이지 않았나? 사람들이 정작 중요한 것은 잊고 이권 다툼만 벌인다면서 말이야."

"물론 그랬지. 하지만 내가 조직을 키우려는 목적은 전혀 다른 데 있어. 클랜의 확대는 목표를 효율적으로 달성하기 위한 하나의 수단일 뿐이지."

은숙은 현실적인 문제를 들었다.

"좋아. 태랑이 네 말도 일리는 있어. 뜻을 함께할 수만 있다면 사람이 많으면, 그만큼 목표에 다가서기도 유리하겠지. 하지만 우리가 덩치를 불린다고 쳐. 주변의 다른 길드들이 잠자코 보고만 있을까?"

"무슨 뜻이지?"

"태랑이 넌 순수하게 인류를 구원하려는 목적이겠지만, 남들 눈에는 조직을 키워 다른 세력을 잡아먹으려는 시도로 보일 수도 있다는 거야. 우린 지금 몬스터만 상대하는 게 아니니까."

군비의 확장이 무한 경쟁으로 치닫는 것처럼, 태랑의 시도는 자칫 주변 길드에게 위협으로 느껴질지도 몰랐다. 은숙은 그 점을 지적하고 있었다.

"그런 부분도 없진 않겠지. 하지만 구더기 무섭다고 장 못 담글 순 없잖아. 맞서야 할 도전이라면 굳이 피하지 않겠어."

태랑의 클랜 확대 선언은 상당한 파장을 가져왔다.

다들 현재의 7인 체계에 익숙해져 있었기에, 다른 클랜이나 길드처럼 수십, 수백 명이 바글거리는 세이버는 상상해 본 적이 없었다. 저마다 우려 섞인 시선을 주고받는 가운데 태랑이 보다 구체적인 계획을 밝혔다.

"물론 내 비밀을 공유하는 것은 지금 모인 사람이 전부야. 우리의 진정한 목표 역시 알리지 않을 거고."

"그게 무슨 말이에요 형?"

"남들 눈에는 우리 세이버가 평범한 클랜처럼 보여야 한다는 소리야. 레이드를 위해 사람을 끌어모으고, 던전과 타워를 공략해 레벨링을 하지. 다들 그렇게 하잖아. 하지만 우리의 진짜 목표는…."

"63빌딩의 공략. 최종적으로는 커널의 파괴겠군."

민준이 태랑의 말을 받았다.

"저는 오빠 의견에 찬성이에요."

유화가 말했다.

"어차피 조직이 커진다고 우리의 목표가 변하는 건 아니잖아요. 다른 헌터들이 들어온다고 해서 미리 걱정할 필요는 없을 거 같아요."

"그려. 검은 고양이든 흰 고양이든 쥐만 잘 잡으면 되는 거제, 색깔이 뭣이 중하것냐. 태랑이 판단에 그게 더 효율적이라고 생각했으믄 그게 맞는 거겠지. 나도 찬성."

유화와 한모의 지지로 태랑의 의견에 힘이 실렸다. 그러나 여전히 은숙의 표정은 심각했다.

"태랑. 이건 신중하게 고민해야 할 문제야. 인원이 늘어나면 그만큼 고려해야 할 부분도 많아. 당장 먹고 자는 문제는 어떻게 할 건데? 일곱 명의 살림과 칠십 명의 살림은 전혀 다른 거라고."

"알아. 그래서 우리가 지금보다 역할 분담을 철저히 해야 돼. 쉽게 말해서 지금 모인 일곱은 세이버 클랜의 창설 멤버임과 동시에 조직을 관리하는 중역이라고 할 수 있지."

감투를 쓴다는 말에 수현의 표정이 밝아졌다.

"어, 그럼 우리 계급 좀 오르는 거예요?"

"뭐 계급이라기보단… 일종의 직위지."

"마스터는 어차피 태랑일 테고 다들 어떻게 되는 건데? 생각해 둔 게 있어?"

태랑은 어젯밤 구상했던 바를 밝혔다.

"일단 부마스터는 은숙이야."

"나?"

"언니 축하해요."

"아따 인자 레베루가 다르구마잉."

태랑은 은숙의 꼼꼼하면서도 확실한 일처리 솜씨를 믿고 있었다.

"은숙인 앞으로 커질 세이버 클랜의 내정을 담당할 거야. 조직의 자금관리부터 식량 조달에 이르기까지 어지간한 일은 모두 은숙을 통해서 이루어져야 해."

"아니, 난 말로만 부마스터라고 했지… 진짜 이렇게 될 줄은….."

은숙은 그렇게 말하면서도 부마스터 직위가 싫진 않은지 사양하지 않았다. 태랑은 이어 다음 보직을 발표했다.

"한모 형은 아티펙트, 아이템 관리 및 무기 보급을 맡아 주세요. 좀 더 고상하게 군수참모라고 하면 되겠네요."

"흐흐. 그런 거라면 자신 있제. 머리쓰는 건 몰라도 몸 쓰는 거는 말이여."

"앞으로 늘어날 인원이 상당할지도 몰라요. 일단은 클랜이지만 길드까지 생각하고 있으니까."

61

"재료만 갖다 줘. 뚝딱뚝딱 만들어 낼 텐께."

"민준은 훈련 교관을 맡아줘."

"훈련이라… 오케이."

태랑은 민준의 성실한 수련 자세를 눈여겨보고 있었다. 그가 헌터들을 지도한다면 평시의 훈련만으로도 상당한 효과를 거둘 수 있을 것이다.

"저는 뭘 할까요?"

"수현이 넌 지금처럼 정보 담당이야. 각종 첩보 수집 및 인근 길드의 동향 파악을 해줘야 해."

"그럼 전 정보참모인가요?"

"그렇게 불러도 되고."

"오빠 저는요?"

유화가 눈을 반짝거리며 물었다.

"유화는… 우리 클랜의 공격대장이야."

"공대장요?"

"응. 유화 너는 앞으로 가장 많은 전투 요원을 지휘하게 될 거야. 평시엔 은숙이 NO.2지만, 레이드 시엔 네가 부장이야. 내가 단독으로 작전을 전개하면 네가 부대를 이끌어야 해."

"와! 신난다. 열심히 할게요."

"마지막으로 슬아."

"네."

"이제부터 슬아는 내 호위무사야."

"호위 무사요?"

사실 슬아의 역할이 가장 애매했다.

아무래도 나이가 어리고 사회생활의 경험이 부족해 중책을 맡기면 부담이 될 것 같았다. 그러나 옆에서 데리고 있으면서 가르친다면 능히 제 몫을 할 수 있을 거라고 판단했다.

"그러니까 경호실장 같은 거랄까? 우리 클랜이 커나갈수록 나에 대한 견제도 심해질 거야. 어쩌면 자객을 보내거나 테러의 타겟으로 삼을 수도 있겠지. 그때 슬아 네가 나를 지키는 검이 되어줘."

슬아는 태랑의 마지막 말을 마음에 새겼다.

태랑을 지키는 검.

그의 호위무사.

언제나 그의 곁에 있을 수 있다.

"알겠습니다. 마스터."

과거에 그녀는 태랑을 노리는 암살자였다.

하지만 지금의 슬아는 이제 태랑을 지키는 호위무사가 되었다. 미래는 이처럼 전혀 다른 양상으로 펼쳐지기 나름이다.

과거의 태랑이 고독한 늑대였다면, 지금의 태랑은 사자 무리를 이끄는 우두머리가 되기로 했다.

'같은 실수는 되풀이하지 않겠어. 나는 이제부터 누구보다 강력한 군주로 거듭난다. 그래서 동료도 지키고, 유화도 살려내고 말테야.'

태랑이 의지를 다졌다.

클랜원 모집은 레이드 게시판에 공고를 내는 것부터가
시작이었다.

듣보잡 클랜의 공고는 아무리 광고를 때려도 묻히는 게
다반사지만, 세이버 클랜은 이미 레이드 게시판 내에서 뜨
거운 감자였다.

"와, 공고 한 시간 만에 신청자가 50명을 돌파했어요."

게시판을 모니터링 하던 수현이 태랑을 향해 말했다.

"정말? 그렇게 많이?"

"한 번 보세요."

수현이 클랜 모집 게시글을 클릭하자 밑으로 댓글만 수
백 개가 달려있었다. 수현은 인상적인 댓글 몇 개를 드래깅
해가며 소개했다.

-우왓! 래그나돈을 단신으로 때려잡은 김태랑 마스터가
있다는 그 세이벌 클랜!

-여기 마스터가 대한민국 최고의 네크로맨서라죠?

-대박사건! 여기 들어가기가 옛날 구글 입사보다 어려울
듯.

-전 소드 마스터 민준 오빠 팬이에요!

"응? 민준이 벌써 팬도 있네?"

"민준이 형 남자답게 생겼잖아요. 저도 잘 몰랐는데 지난번 레이드에서 연합에 속한 여자 헌터들이 그렇게 말 걸고 싶어 했다더라고요. 부럽다."

태랑은 문득 슬아에게 껄떡대던 재준의 모습이 떠올랐다. 아무래도 헌터들 대부분이 20~30대의 청춘 남녀다 보니 은근히 연애도 많이 이루어지는 모양이었다.

"형도 진짜 인기 많아요."

"나도?"

"레이드 마치고 입소문이 퍼지면서, 김태랑이 대체 누구냐, 어디서 혜성처럼 나타난 거냐? 하고 궁금해하는 사람들이 많았어요. 이번에 지원자들도 대부분 형의 이름을, 아니 마스터의 이름을 언급했고요."

은숙이 호칭에 대한 통일에 대해 언급한 뒤로, 수현도 마스터라는 직함을 입에 붙이도록 노력하는 중이었다. 아무래도 정식 클랜으로 거듭나면 지위 관계를 분명히 해야 했기 때문이었다.

지금처럼 형님, 동생 하면서 가족처럼 지내다 보면, 새로 들어오게 될 신규 대원들이 거리감을 느낄 수밖에 없다.

"음. 그렇구나."

태랑은 유명세를 타고 있다는 말에 슬며시 어깨가 올라갔다. 수현이 그런 태랑을 보며 히죽거리며 말했다.

"지원자가 너무 많이 신청해서 테스트하기 힘들면 어쩌죠?"

"어쨌든 이번 모집 총원은 20명이야. 경쟁률이 높을수록 옥석을 가리긴 쉬울 테니 최대한 많이 받아."

"넵."

"그럼 수고해."

태랑은 자리를 옮겨 이번엔 시설 공사에 한창인 한모와 민준을 만나러 갔다. 그들은 2층의 사무실을 개조해 공용 숙소로 변경하고 있었다.

숙소의 생김새는 전체적으로 군대의 내무반을 연상케 했다.

"고생하시네요."

"왔어, 마스터?"

한모는 아직 새로운 호칭이 적응이 안 되는지 반말을 섞어 쓰곤 했다. 태랑은 그런 것에는 별로 괘념치 않았다. 하루아침에 바뀌기를 바라는 것도 우스운 일이었다. 민준이 잠시 이마에 땀을 닦으며 일어섰다. 검을 쥐던 손에는 거대한 톱이 들려있었다.

"목재가 좀 부족한 것 같아. 이리저리 자재를 땡겨 보는데, 다시 한번 재료 구하러 가봐야 할까 봐."

"차만 움직일 수 있어도 그냥 확 실어 가꼬 오겠구만."

"지금 그것 때문에 부마스터가 막고라 길드와 조율 중이에요."

"도로는 어떻게 하려고?"

"걔네들 도로 정리사업 한다고 불도저까지 가지고 있더

66   폭식의
        군주 6

라고요. 시내로 통하는 쪽 도로를 밀고 두 돈 반 군용 트럭도 하나 매입하기로 했어요."

"근데 뭔 돈으로? 우리 지금 자금 딸리지 않아?"

태랑이 씨익 웃었다.

"물론 외상이죠."

"아따 마스터 박 역시 화끈하구만. 불 쇼도 화끈하게 하더니만 성격도 시원시원해서 좋네."

막고라의 박성규는 이미 태랑을 전략적인 파트너를 넘어 혈맹쯤으로 생각했다. 그를 아낌없이 지원하는 이면에는 앞으로 커질 세이버 클랜에 대한 투자의 의미도 있었다.

태랑 역시 기존에 자리 잡은 길드와 친분을 유지하는 것이 나쁘지 않다고 보았다. 지난번 연합을 함께 했던 철십자 길드와도 꾸준히 연대하면서 강동구를 기반으로 한 삼각 동맹을 구축할 생각이었다.

이들은 한참 커나갈 세이버 클랜에 있어서 든든한 버팀목이 되어줄 것이다. 물론 그들도 바보는 아니니, 이런저런 협조를 태랑에게 구할 것이다. 태랑도 그 부분은 충분히 인지하고 있었다.

'이런 게 다 기브엔 테이크지. 지난번 아티펙트를 양보한 것인 이번의 차량 협조로 돌아온 거야.'

세이버 클랜은 한창 신규대원 맞이 준비에 박차를 가했다.

그리고 때가 되어 마침내 신규대원 모집 날이 되었다.

포식의 군주

2. 신입 선발(1)

　신입 대원 선발 장소는 태양열 연구소 인근에 위치한 공설 운동장이었다.

　지난 일주일간 한모와 민준 둘이 열심히 숙소를 개조하는 동안 태랑과 유화, 그리고 슬아 세 사람은 공설 운동장 주변을 정리하며 안전지대를 확보했다.

　지난번 폭룡 클랜 때와 같은 사태를 방지하기 위해 지하까지 정밀 수색하며 몬스터를 뒤졌다.

　그 사이 은숙과 수현은 지원자들의 프로필과 블랙리스트 자료를 참조하며 신원이 확실한 사람들로 서류심사를 거쳤다.

　그렇게 1차 심사를 통과한 지원자 180명이 공설 운동장으로 모여들었다.

"와! 밖에 사람들 봤어요? 진짜 대박이던데… 어지간한 길드 모집 때보다 지원자가 많은 거 같아요."

"실 경쟁률이 9:1이네. 우리가 대충 200명쯤 추렸으니까 실제로 90% 가까이 왔다는 소리잖아? 우리 클랜이 이렇게 인기가 좋았나?"

"누나 요새 레이드 게시판 안 들어가 봤죠? 저희 클랜 지금 대한민국 클랜 서열 20위 안에 들어 있어요."

"진짜?"

"랭킹 시스템의 평점이 가장 최근 레이드에 가중치를 주거든요. 저희 클랜은 전적은 거의 없지만, 래그나돈 레이드에서의 활약으로 한순간에 치고 올라갔어요. 마스터의 경우, 개인 순위도 탑 10안에 들었을 걸요?"

은숙이 놀란 눈으로 되물었다.

"태랑이가? 탑 텐이라고?"

"G등급 몬스터를 거의 혼자 때려잡았잖아요. 누적 기록이 없어서 그렇지 솔직히 과거 전적까지 다 합치면 훨씬 더 위에 있어야 정상이죠."

"근데 그런 건 순위는 누가 집계하는 건데?"

"헌터 협회라는 단체가 있어요."

"헌터 협회?"

"주도산이라는 유명한 통계전문가가 만들었는데 무슨 실권이 있는 단체는 아니고, 알려진 헌터와 길드를 자기들이

포식의
군주 6

개발한 평점 시스템에 맞춰 순위를 매기는 거예요. 처음에는 그저 그런 가십 정도였는데 데이터가 누적되면서 최근 가장 공신력 있는 헌터 랭킹 사이트로 인정받고 있어요."

"아하. 한마디로 인기순위표 같은 거구나? 이름만 들어서 무슨 거대 연합체 같더니…."

"뭐 최대한 있어 보이려고 그런 거 아니겠어요? 아무튼 개인이 직접 자료를 제출하거나, 혹은 제보를 받아서 자료를 업데이트하고 있네요. 태랑이 형의 경우엔 수백 명의 헌터가 바로 증인이 된 셈이니 자동등재가 된 거죠. 이게 꼭 동의를 구해야 하는 일은 아니라서…."

수현의 설명을 듣던 은숙이 의문을 표했다.

"근데 만약 예전 우리처럼 비밀리에 헌팅을 하고 결과 제출 안하는 사람이 있을 수도 있는 거잖아? 그럼 랭킹이란 게 부정확하지 않을까?"

"그건 맞아요. 태랑이 형도 최근 알려지기 전까진 계속 무명이었잖아요. 하지만 그런 사람이 있다 해도 실제 랭킹에는 영향을 못 미칠 거라고 보고 있어요."

"그건 왜?"

"레이드라는 사냥법이 정립된 이유도 혼자 몬스터 사냥을 하는 게 어렵기 때문이잖아요. 하나보다는 둘이, 둘보다는 넷이 하는 게 안전하면서 지속적인 사냥이 가능하죠."

"그거야 그렇지. 탱커, 딜러, 서포터 등의 포지션 구성해서 조합하면 전투력이 배가 되니까. 스킬 포인트도 나누고."

"그러다 보니 무조건 팀을 꾸리는 편이 유리한데, 좋은 헌터를 끌어모으기 위해선 유명세가 있어야 하잖아요."

"아하~ 그러니까 명성을 높이기 위해서라도 일부러 치적을 과시한다는 소리지? 그래야 인재들이 몰려들 테니까?"

"맞아요. 아직 헌터 협회에 등록 안 된 헌터들도 굉장히 많을 거예요. 특히 개별적으로 활동하는 헌터들은 본인이 직접 결과를 제출하지 않는 한 파악조차 안 되겠죠. 하지만 그렇게 솔로 플레이를 하는 사람 중 강한 사람이 몇이나 있을까요?"

"하긴… 혼자서 하는 레벨링이 쉽진 않겠지. 그리고 레벨링이 더딜수록 격차는 점점 더 벌어질 거고. 듣고 보니 나름 합리적인 시스템이네. 근데 그 주도산이란 사람은 왜 랭킹 서비스를 무료로 제공하는 거야? 그렇게 해서 자기한테 남는 게 뭔데?"

수현이 모니터 화면에 뜬 상세정보를 클릭하며 보여주었다.

"여기 보시면 헌터나 길드에 대한 디테일한 정보 역시 제공하고 있어요. 해당 헌터의 스킬이 뭔지, 주 포지션은 어떻게 되는지, 최근 사냥에 성공한 몬스터 목록까지. 물론 이 서비스는 유료예요. 단순히 순위표를 보여주는 것만 아니고, 정보상 역할도 겸하고 있다는 거죠."

"오. 똑똑한데? 이렇게 인물 데이터베이스가 완벽히

갖춰지고 나면 지금 있는 정보상들은 싹 다 고사되는 거 아냐?"

"어쩌면 그게 주도산의 최종 목표일지도 모르죠. 싸우지 않고도 힘을 갖는 가장 쉬운 방법은, 남들이 필요한 정보를 쥐고 있는 것이니까. 우리 클랜도 초반부터 확 치고 나갈 수 있던 이유도 태랑이 형이, 아니 마스터가 가진 정보 덕분이었잖아요. 정보가 이렇게 중요하다니까요."

"아, 예, 정보 참모님. 역시 중요한 일 하시네요."

엎드려 절 받는 기분에 수현의 얼굴이 빨개졌다. 자기도 모르게 흥분하여 '정보의 중요성'을 역설하고 있었던 것이다.

"아, 아니 전 그저…."

그때 태랑이 두 사람을 찾아왔다.

"분류 다 끝났어? 지원자들이 운동장에서 다들 기다리고 있어."

"아, 숫자가 너무 많아서 시간이 걸렸어. 지금 막 다 됐어."

은숙이 서류를 내밀었다.

180명의 지원자는 포지션에 따라 6개 그룹으로 분류되어 있었다.

"탱커, 근접 공격수, 원거리 공격수, 마법사, 서포터, 기타 특성으로 구분해놨어. 각각의 그룹 안에서 쓸 만한 사람들을 가려 뽑으면 될 것 같아. 그러면 특정 포지션에 편중되진 않겠지."

"고생했어. 이제 테스트 시작하자."

❖ ❖ ❖

태랑은 6개의 그룹으로 나누어진 지원자들을 굽어보는 연단 위에 섰다.

"세이버 클랜의 신입 대원 모집에 참여해 주신 여러분을 진심으로 환영합니다. 먼 길 오시느라 수고하셨습니다."

"오오! 저 사람이 세이버의 마스터, 김태랑?"

"엄청 젊은데?"

"젊은 게 무슨 상관이야. 강하면 장땡이지."

"대한민국 최강의 네크로맨서라며?"

"소환술사 보단 전사라는 평이 더 많던데?"

태랑을 본 신입 헌터들이 소란스러워졌다.

태랑은 좌중이 잠잠해질 때까지 조용히 기다렸다. 초등학생 시절, 글짓기 대회 우수상을 받으러 조회대 위에 올랐을 때를 제외하곤 이렇게 많은 사람 앞에 서긴 처음이었다.

긴장되는지 두 주먹을 꼭 쥔 상태로 태랑이 말을 이었다.

"저희 세이버 클랜은 장차 대한민국을 대표하는 길드로 거듭나기 위해 이번 신규 대원을 모집하게 되었습니다. 모두 최선을 다해서 테스트에 임해 주시기 바랍니다."

태랑의 뒤에 일렬로 도열해 있던 유화가 옆에 선 수현에게 소곤거렸다.

"저렇게 쫙 빼입고 있으니까 오빠 좀 멋져 보이지 않니?"

"오빠라고 말고 마스터라고 해야죠."

"그래. 마스터."

태랑은 최대한 격식을 갖추기 위해 말끔하게 슈트를 차려입은 상태였다. 지원자들은 래그나돈 레이드에서 위명을 떨친 그를 존경과 선망으로 눈으로 응시했다.

"테스트 방법은 간단합니다. 서포터와 기타로 분류된 그룹을 제외하고, 모두 제 소환수를 대상으로 직접 실력을 검증할 예정입니다."

"1차부터 실전 테스트인 건가?"

"혹시 어떤 소환수인지 알 수 있습니까?"

누군가의 질문에 태랑이 왼손을 까딱거려 연단 아래 스켈레톤 전사 하나를 일으켰다.

"상대는 여기 보이는 해골 전사입니다. 놈을 쓰러뜨리는 모든 분들은 1차 테스트를 통과하게 됩니다."

"와! 저게 말로만 듣던 스켈레톤 워리어구나!"

"근데 스켈레톤은 A급 몬스터 아냐?"

"우릴 너무 무시하는 같은데?"

태랑의 소환수를 본 헌터들은 생각보다 시시한 1차 테스트에 살짝 불만을 쏟아냈다. 사실 필드에서 발견되는 스켈레톤은 A급에서도 허약한 편에 속하는 몬스터였으니 그럴 만도 했다.

태랑은 좀 더 경각심을 줘야겠다고 생각하고 지원자들을 향해 소리쳤다.

"혹시 누구든 자신 있는 사람은 지금 이 자리에서 1:1로 소환수를 쓰러뜨려 보십시오. 그 사람은 제가 바로 클랜으로 받아주겠습니다."

파격적인 제안.

다들 태랑의 속을 짐작 못 하고 머뭇거리는 사이 용감한 헌터 하나가 번쩍 손을 들었다.

"내가 한번 해보겠소!"

커다란 몽둥이를 든 사내였다. 그는 낭아봉이라 불리는 가시 박힌 몽둥이를 들고 있었는데, 한 눈에도 아티펙트로 보였다.

태랑이 말했다.

"쉽게 보면 안 될 겁니다. 해골 병사는 평범한 스켈레톤보다 훨씬 강하니까요."

"쉽게 봐선 안 되는 건 오히려 내 쪽이오."

사내의 태도는 불손했다. 고작 스켈레톤으로 실력을 테스트한다는 게 마뜩잖은 표정이었다.

검과 방패를 받쳐 든 해골 병사가 신중한 태도로 사내를 마주 섰다.

운동장에 모여 있던 지원들은 진귀한 구경을 위해 우르르 몰려들었다. 어느새 가운데 둥그런 인의 장벽이 형성되었다. 마치 명절에 씨름구경을 위해 모인 구경꾼들 같았다.

"심하게 때려 부숴도 너무 원망은 마쇼."

"얼마든지요."

태랑의 여유로운 표정에 사내가 커다란 낭아봉을 뒤로 젖히며 생각했다.

'흥, 해골 병사 같은 건 던전에서 신물 나게 잡았지. 세이버 클랜이 요새 하도 이름이 오르내리길래 구경삼아 와 봤거늘, 생각 보다 별 볼 일 없는 클랜이었구만? 이런 클랜이라면 뽑아줘도 내가 사양하겠어.'

사내의 이름은 김주완.

B급 몬스터를 잡고 얻은 '야만의 몽둥이'는 그의 주 무기였다.

그는 사실 다른 클랜에서 활동하다 팀원과의 불화로 뛰쳐나온 전력이 있었다. 이번 신규 모집에 참여한 헌터들이 대부분 초보자인 것을 감안한다면 몇 안 되는 경력자였다.

주완은 단숨에 해골 병사를 쓰러뜨릴 요량으로 머리통을 후려갈겼다. 그러나 해골 병사의 대응은 무척 정교했다.

라운드 쉴드를 경사지게 받쳐 들어 주완의 공격을 흘려 낸 병사는 곧바로 오른손에 쥔 칼로 가슴팍을 찌르고 들어 갔다.

놀란 주완은 바닥을 데구르르 구르며 공격을 피해냈다. 스켈레톤이 이 정도의 검방 능력을 갖췄을 거라곤 상상도 못했다.

'뭐, 뭐야? 모습만 스켈레톤이지 하는 짓이 완전히 사람이잖아? 방패로 단순히 막는 것도 아니고 흘리기를 했어!'

팔짱을 끼며 지켜보던 한모가 주완의 모습을 보고 비아냥거렸다. 이미 그의 고까운 태도에 빈정이 상한 한모였다.

"껄껄. 그게 자네 스킬인가보지? 구르기 하나는 일품이구만."

"이익!"

흥분한 주완이 자신이 가진 유일한 스킬, '맹공'을 시전했다.

맹공은 3번의 타격 동안 두 배씩 파워가 증가하는 강화 스킬로, 특히 마지막 일격은 일반 공격의 8배가 넘는 막강한 공격력을 자랑하는 스킬이었다.

"이 뼈다귀 자식! 때려 부숴 주마!"

태랑은 그의 스킬을 보더니 곧바로 방패를 집어 던지게 지시했다. 해골 병사가 방패를 집어 던지자 주완은 황급히 몽둥이를 휘둘러 쳐냈다.

쾅-!

'에잇, 스킬 아깝게!'

그러나 아직 두 번의 기회가 더 남아있었다. 두 번째 타격이 시작되자 해골 병사가 이번에는 들고 있던 칼마저 집어 던졌다.

날아오는 칼을 본 주완이 속으로 쾌재를 불렀다.

'그렇다고 무기까지 버리다니, 저런 멍청한!'

쾅-!

몽둥이로 날아오는 칼을 쳐내자 두 번째 스킬 효과마저

사라졌다. 그러나 방패와 칼을 모두 던져버린 스켈레톤은 완전히 무방비였다.

"죽어라!"

맹공의 마지막 3타는 평시 공격의 8배의 위력. 맞는 순간 해골 병사는 산산조각이 날 것이다.

그때 해골이 기묘한 움직임을 보였다. 갑자기 오른팔로 자기 왼팔을 뽑아낸 것이었다. 악수하듯 맞잡은 두 손은 이제 관절로 연결된 체인처럼 맞물리며 주완을 향해 휘둘러졌다.

제 팔을 뽑아 싸우는 방식은 상상도 못 한 방식이었기에 자신 있게 들어오던 주완은 당황하며 마지막 스킬을 발휘해 막을 수밖에 없었다.

쾅-!

둔탁한 타격음을 내며, 뽑힌 뼈다귀가 산산 조각났다. 그러나 분절된 마디는 아직 팔꿈치 아랫부분이 남아, 단검처럼 바뀌어 있었다.

뼈다귀 체인에서 뼈 칼로 변신한 것이었다.

맹공의 3타를 허무하게 날려버린 주완은 이내 손발이 어지러워졌다. 뼈 칼을 휘두르는 해골 전사의 공격력은 필드에서 흔히 보던 잡몹 수준이 아니었다.

그 움직임은 못해도 B급에 준하는 민첩성을 가지고 있다.

'세상에! 이건 말도 안 돼!'

유일한 스킬 공격이 무위로 돌아간 주완은 수세에 몰려 방어에만 급급했다. 검은 안광을 이글거리며 달려드는 스켈레톤 전사는 지옥에서 기어 나온 사신 같았다.

'아까 큰소리 땅땅 쳤는데 이렇게 지면 고개를 들고 다닐 수 없다고!'

주완은 자존심을 지키기 위해 최후의 일격을 쏟아냈다. 그의 필살의 공격이 적중하자 해골의 머리통이 큰 포물선을 그리며 나가떨어졌다.

그러나 상대는 신체 절단에 개의치 않는 불사의 소환수.

머리가 날아간 스켈레톤 전사는 아랑곳하지 않고 돌진하며 주완의 심장에 날카로운 뼈다귀를 쑤셔 넣었다. 아니 넣으려 했다.

"윽!"

주완이 바짝 쫄아 몸을 수그리는데 해골의 동작이 과학실 표본처럼 멈춰 섰다.

"소환수에겐 치명적인 위해를 가하지 않도록 명령해 두었습니다. 이만 패배를 인정하시겠습니까?"

"으…음. 내가 졌소."

잔뜩 창피를 당한 주완은 인파를 헤치고 공설 운동장을 빠져나갔다. 지원자들을 해골 병사가 보여준 무용에 놀라 입을 다물지 못했다.

"저, 저게 진짜 스켈레톤이라고?"

"전혀 달라. A급이 아니라 이건 B급 이상이야."

"머리통을 날려도 움직이는 괴물을 어떻게 잡으라는 거야?"

그때 연단 위에서 태랑이 말했다.

"자신 없으신 분은 지금 바로 테스트 장을 떠나도 좋습니다. 혼자 제 소환수 제압 못 할 실력이라면 어차피 입단도 어려울 테니까요."

말을 마친 태랑이 동시에 22마리의 스켈레톤 병사를 일으켰다. 각기 다양한 색깔의 안광을 번뜩이는 그의 충직한 부하들이 무표정한 얼굴로 지원자들을 바라보고 있었다.

스켈레톤 병사들을 바라보는 지원자들의 얼굴에 낭패감이 서렸다. 일부는 어깨를 늘어뜨리고 힘없이 발길을 돌렸다.

순식간에 180여 명의 지원자 중 30명 정도가 1차 테스트를 포기했다.

한모가 그 모습에 끌끌 혀를 찼다.

"나 원 참, 어디서 잔챙이들만 모였나? 뼈다귀 하나 어쩌지 못하고선 무슨 레이드를 뛰겠다고…."

"아저씨. 그래도 다 초보들인데 이해해 줘야죠. 처음부터 잘하는 사람이 어디 있다고요. 태랑오빠 소환수들이 예전처럼 약골도 아니고."

"아따, 거시기 내 말은 그것이 아니제. 어차피 위험할 일도 없잖여. 그라믄 죽이든 밥이든 시도는 해 봐야제. 지금 포기한 놈들은 그 정도 근성도 없다는 거 아녀? 난 그것이 맘에 안 든당께."

무뚝뚝한 표정으로 팔짱을 끼고 있던 민준이 덧붙였다.

"뭐, 어쨌든… 이걸로 근성 없는 놈들이 알아서 걸러진 것 같아 다행이군요. 차라리 잘됐습니다. 저도 저런 신입들을 가르치긴 싫으니까."

훈련 교관을 맡은 민준은 근성 없는 스타일을 가장 싫어했다. 차라리 실력이 모자라면 모를까, 쉽게 포기하고 스스로 나가떨어지는 이에게 뭔가를 가르쳐 주고 싶진 않았다.

어수선했던 분위기가 정리되자 태랑이 뒤에 선 멤버들을 향해 말했다.

"한모 형님과 유화랑 민준인 탱커랑 근접 전사 그룹을 맡아주세요. 그쪽이 지원자가 제일 많으니까. 그리고 수현이는 마법사, 슬아는 원거리 능력자를 선발해 주고. 나랑 은숙이는 서포터랑 나머지 기타 능력자들을 찾아볼게."

"테스트 진행은 어떤 식으로 할까요?"

"적당히 순서를 세운 다음 방금처럼 내 소환수랑 1:1 대결을 붙이면 돼. 쓰러뜨린 사람은 1차 테스트 통과, 이기지 못하더라도 능력이 괜찮아 보이면 예비로 뽑고."

"오케이."

"근데 얘들 직접 컨트롤 안 해도 돼요?"

"직접도 가능하지만, 전투 지능이 있으니 알아서 싸울 거야. 어차피 근거리에 내가 있어서 통제권 안에 들어 있어."

태랑의 지시에 세이버 클랜의 간부들이 신속하게 움직였다.

탱커, 딜러, 마법사 등 포지션 별로 나눠진 지원자들은 공설 운동장 곳곳에 마련된 임시 대련 장에서 동시 테스트를 진행했다.

해골 종류는 모두 4가지였는데, 지원자가 직접 상대를 고를 수 있도록 배려했다. 대부분 무난한 해골 전사를 택했으나, 가진 바 특성이나 스킬에 따라 해골 궁수나 마법사를 고르는 경우도 있었다. 단, 해골 광전사를 고르는 사람은 거의 없었다. 해골 광전사는 해골 전사의 상위 호환. 문자그대로 미쳐 날뛰기 때문에 굳이 자진하여 난이도를 높일 필요가 없었던 것이다.

유화를 비롯한 다섯이 신중히 1차 통과자를 선발하는 사이, 태랑과 은숙은 서포터 그룹과 기타 특성자들을 한데 모았다.

서포터는 스물, 기타 특성은 대여섯 남짓이었다. 확실히 비전투 계열이라 그런지 전체 인원에 비하면 그 수가 적었다.

"은숙이 넌 버프 능력자랑 힐러 쪽을 살펴줘. 전문 힐러를 최우선으로 뽑되, 버프 능력 중에선 회복이나 공격력 증강에 가산점을 주도록 해."

"대충 몇이나 뽑을까?"

"1차 선발엔 인원제한이 없어. 쓸 만하다 싶으면 일단 뽑아. 2차 테스트까지 한 번 더 지켜봐야 하니까."

"알았어. 아니지, 자꾸 반말하네. 예썰! 마스터."

"난 그럼 기타 능력자들을 살펴볼게. 분명 쓸모 있는 인재가 있을 거야."

"혹시 지난번 그 진실의 눈을 가졌다는 능력자같이?"

"그렇지. 그 정도 능력이면 스카우트를 해서라도 데려와야지."

태랑은 몇 안 되는 기타 능력자들을 운동장 한구석으로 데려갔다.

"저희 그룹은 마스터께서 직접 뽑으시나요?"

"그렇습니다. 저희 세이버는 비전투 계열 각성자라도 능력만 있으면 중용할 계획입니다. 클랜에 싸우는 사람만 있어가지곤 제대로 돌아가질 않으니까요."

"다행이군요. 저희 같은 각성자들은 어딜 가나 찬밥신세라…."

"혹시 다들 어떤 능력이 있는지 볼 수 있을까요? 여기서 보여줄 수 없는 종류면 상세 스텟을 열람토록 하겠습니다."

지원자 중 대학생 정도로 보이는 청년이 먼저 손을 들었다.

"저는 날씨 예측 능력을 가지고 있습니다."

"좀 더 구체적으로?"

"음… 쉽게 말하면 일기예보능력인데, 다음날 비가 올지 혹은 날이 맑을지 100% 확률로 맞출 수 있습니다. 기상청 슈퍼컴퓨터보다 정확하죠."

"혹시 그럼 강수량이나 풍향, 풍량 등의 상세정보까지 알 수 있습니까?"

"아… 그게. 구체적이진 않지만, 얼추 비슷하게는…."

태랑은 살짝 안타까움을 느꼈다.

그가 일기예보가 불가능한 시대에 태어났다면, 대단한 현자 취급을 받았을 것이다. 농사를 짓거나 바다로 나가는 어부들에게 그만큼 쓸모 있는 정보는 없을 테니까.

하지만 단순히 다음날 기상이 어떻다 정도만 가지곤 활용할 부분이 많지 않았다.

'선발하기엔 조금 애매하군.'

태랑은 다음 사람에게 물었다.

"그쪽은 어떤 능력을 가지고 있죠?"

"저는 내비게이션 능력잡니다."

"네비? 자동차 네비 같은 거 말입니까?"

"네. 제 특성은 정확하게 '공간파악'이라고 부르는데 근거리에 있는 지형을 머릿속에 불러들여 네비처럼 목적지를 찾아갈 수 있는 종륩니다."

"혹시 그럼 그 능력을 던전이나 건물 안에서도 사용 가능한가요?"

"근데 이게 건물에만 들어가면 능력이 먹통이 되 가지고…."

태랑은 이번에도 속으로 한숨을 내쉬었지만, 지원자가 실망할까 봐 겉으로 티 내진 않았다.

"지도가 없는 세상이었다면 분명 최고의 길잡이가 되었을 겁니다. 다만 현재는 지도가 스마트폰 안에 모두 들어있는 데다, 몬스터가 숨어있는 던전이나 건물에서 능력을 쓰는 게 더 중요한 상황이라…."

"그렇군요."

태랑이 다른 지원자들도 더 살폈지만, 클랜에 딱히 도움이 될 만한 능력자는 없었다. 사실 과거로 치면 초능력자에 가까운 신기한 능력이지만, 그것이 앞으로의 일을 진행하는 데 도움이 되는지는 별개의 문제다.

주수진이 가진 '진실의 눈' 정돈 아니더라도 적당히 쓸모 있는 능력자를 찾던 태랑은 실망이 이만저만 아니었다.

그때 반대편에서 한 소녀가 급히 뛰어왔다.

"저, 저기요!"

"왜 그러시죠?"

"제가 줄을 잘못서가지고 한참 탱커 그룹에 있었거든요. 기타 능력자는 이쪽으로 가보라고 해서…."

소녀는 고등학생 정도로 나이로 보였다.

정상적인 시대라면 친구들과 학교에서 공부나 하고 있을 어린 학생이 몬스터를 사냥하는 클랜에 가입하겠다고 심사받고 있는 모습이 조금은 안타까웠다.

'…하긴 저렇게 어린 친구들에겐 차라리 클랜에 속하는 편이 더 안전할 테지. 더구나 여자아이니… 그렇다고 능력도 없는 사람을 동정심만으로 받아줄 순 없어.'

태랑은 독하게 마음을 먹었기 때문에 철저하게 지원자의 능력에 맞춰 선발할 계획이었다.

이리저리 사정 다 봐주고 클랜원을 받았다간, 결국 이도 저도 아닌 삼류 단체로 전락하고 말 것이다.

그것은 작은 의를 행하려다가 큰 도를 잃게 되는 소탐대실이나 마찬가지였다. 인류의 구원을 목표로 한다면 눈에 보이는 희생은 어느 정도 감수해야 했다.

이는 오롯이 마스터인 태랑이 감당해야 할 몫이었다.

"학생은 무슨 능력을 가지고 있지?"

"아이템 생산요."

"그게 뭔데?"

"트, 특성 이름은 제작 공방인데… 음… 그러니까…"

소녀는 마스터 앞에 선 긴장으로 제대로 말을 잇지 못했다. 태랑이 그런 소녀를 안심시켰다.

"혹시 괜찮다면 내가 직접 능력을 확인해도 되겠니?"

"네."

태랑이 여학생의 귀에 손을 얹자 능력이 나왔다.

[성명 : 윤정민, 우(18)]

포스 : 10

쉴드: 10

스킬 : (0/3 Point)

'없음'

특성 : 제작 공방. (현재까지 숙련도 0/100)

−아이템 제작 시 재료의 소모율이 감소한다. 제작을 많이 할수록 감소치가 증가하며 숙련도가 최대치에 이르면 초기 재료 요구치의 절반으로 동일한 아이템을 생산할 수 있다.

'오! 이것은?'

태랑은 정민이라는 소녀가 가진 능력의 진가를 곧바로 알아차렸다.

그녀가 가진 특성은 전투에는 전혀 쓸모없지만, 아이템 제작자로서는 최고의 자질이었다. 특히 숙련도가 100%에 이르면 동일한 재료를 가지고 2배의 생산성을 낼 수 있었다.

'군대로 치면 최고의 병기보급관이로군. 드디어 쓸 만한 기타 특성을 찾았어.'

"윤정민이라고?"

"네, 넵. 제 이름인데요."

"학생은 합격이야. 축하해."

"오, 정말요? 고맙습니다!"

"몹시 귀한 능력을 받았군."

"저 근데 실제로 아이템 제작은 한 번도 해본 적 없어서…."

정민의 솔직한 대답에 태랑이 웃음을 터뜨렸다.

"하하. 괜찮아. 앞으로 우리 클랜의 모든 아이템 제작은 네 몫이 될 테니까. 기타 특성 그룹 선발은 이것으로 마감하겠습니다. 이번에 선발 안 되신 분들은 괜한 헛걸음을 하게 해 죄송합니다. 가시는 길에 여비로 골드 좀 챙겨 드리겠습니다."

태랑은 마스터의 권위도 내려놓고 깊이 허리 숙여 미안함을 표했다. 그의 진심 어린 사과에 불합격된 다른 지원자들도 따라서 고개를 숙였다.

"아닙니다. 저희가 부족한 탓인걸요."

"마스터의 겸손한 태도를 보니 세이버의 앞날이 더욱 기대됩니다. 다음번 모집 때는 헌터로 전직해서라도 꼭 합격하겠습니다."

"네. 다시 만날 그때까지 몸 건강하시길 바랍니다."

태랑은 탈락해 돌아서는 사람들에게도 배려를 잊지 않았다.

그들을 품어줄 여력이 없는 현재 상황이 그저 안타까울 뿐이었다.

1차 선발이 종료된 후 통과한 헌터 수는 모두 40여 명 이하까지 줄어 있었다.

지원자들에게 잠시 휴식을 준 뒤 세이버 클랜의 간부들이 한자리에 모였다.

"음… 150명 중에 서포터랑 기타 특성을 제하면 40명쯤 남았네? 거의 2/3가 떨어져 나갔군."

"그래도 지금 뽑힌 인원들은 스켈레톤을 제압했다는 거 아냐? 태랑의 스켈레톤이 못해도 B급 몬스터 정돈될 텐데, 단신으로 그걸 잡을 정도면 어디 가서 얕잡아 보일 실력은 아니지 않아?"

은숙의 물음에 민준이 대답했다.

"넌 서포터 뽑느라 선발 과정을 못 봐서 그래. 실제로 스켈레톤을 이긴 지원자는 저기서 절반도 안 됐거든."

"잉? 정말?"

"나머지 절반은 시간제한을 버텨내거나, 아니면 스킬이나 특성이 쓸 만해서 보류해 둔 인원들이야."

"아… 난 또."

태랑이 수현에게 물었다.

"포지션별 통과자 비율은 어떻게 돼?"

"네, 탱커가 다섯, 근접 공격수가 열셋, 원거리 공격수가 일곱, 그리고 마법사 여섯에 부 마스터가 뽑은 서포터가 다섯이요."

"그럼 총원 36명이네. 2차 테스트에선 서포터까지 포함해서 6명씩 6팀으로 나누자."

"혹시 다음은 팀 대항이야? 저번에 폭룡 클랜처럼?"

태랑이 고개를 끄덕였다.

"레이드는 팀워크가 제일 중요하니까. 1차 테스트 때 가장 뛰어난 기량을 보인 지원자 여섯을 각 팀의 조장으로 우선 배정하고, 나머진 스스로 팀을 선택하도록 할 거야."

"조합이 상당히 다양하겠는데요? 탱커랑 서포터가 없는 팀도 있을 테고."

"그거야 각자 판단이지. 단기전이면 전원 공격수로 구성해도 크게 상관은 없어. 힐러의 경우는 오히려 전투 지속력에 도움이 되는 경우가 많으니까. 차라리 이럴 땐 버퍼가 효율이 좋을 수도 있지."

"근디 대전 상대는? 여전히 해골바가지여?"

"아뇨. 좀 더 보강을 해야죠. 좀비 들개랑, 스톤 골렘도 조금 섞을 거예요."

"와… 태랑이 형 소환수로 팀플레이면 좀 빡셀 텐데…."

"대신 특성은 전혀 안 쓸 거야. 리치킹의 분노나 광폭화, 게다가 군단의 깃발도. 사실 방금 말한 특성을 다 발휘하면 지금보다 최대 6배까지 능력이 향상되거든."

"6배? 무슨 괴물 군단이 따로 없는데? 어떻게 그렇게 세져?"

"스킬이나 특성은 곱 연산 법칙을 따르잖아. 광폭화의 스킬 효과 두 배에, 리치킹의 분노로 인한 소환수의 공격력과 공격속도 증가, 거기다 진형 발휘 시 군단의 깃발 효과에 발휘되면서 150% 증가까지."

"음… 우리 지난번 레이드 이후로 태랑이랑 모의전투 한 번도 안 했지?"

"우리가 붙어도 답 없는 수준 아니에요?"

"에이. 엄살은… 다들 충분히 세졌을 텐데."

"아무튼, 그럼 내가 가서 팀 편성 하달하고 올게."

은숙이 휴식 중인 지원자들에게 간 사이 태랑이 한모를 향해 말했다.

"참, 형님. 군수팀에 신참 한 명 들어갈 거예요."

"누군디?"

"어린 여자앤데 특성이 무척 좋아요. 아이템 제작 시 재료소모를 낮춰주더라고요. 앞으로 아이템 만들 때 큰 도움이 될 거예요."

"잘됐구마잉. 안 그래도 보조가 한 명 필요했는디…."

"마스터. 저희 쪽도 인원 좀 주실 수 있어요? 맨날 혼자 컴퓨터 잡고 있느라 수련할 시간이 부족해서…."

수현의 투정에 태랑이 구상하고 있던 바를 전달했다.

"그러잖아도 이번에 신입 대원들 선발되면 각 부서에 적당히 배분해 줄 거야. 전시에는 다 같이 레이드를 뛰지만, 평시에는 참모부 일을 도울 수 있도록."

"인원이 많아지는 건 좋은 일이구나!"

"뭐, 그만큼 관리도 힘들어지겠지… 아무튼 이제는 평대원이 아니라 각 부서의 장이니만큼 책임도 늘겠지. 마냥 좋아할 일은 아니고."

그때 조 편성 방법을 하달한 은숙이 돌아왔다.

"얘긴 다 됐어. 지금 자기들끼리 서로 조 짜느라 정신없다.

10분 뒤에 시작한다고 했어."

"고생했어."

"근데 몇 팀이나 통과시킬 거야?"

"기타 특성 능력자는 이미 선발했다고 했죠? 그럼 3팀? 아니면 4팀?"

"4팀은 좀 많은 감이 있고… 3팀까지 선발한 뒤 탈락 팀 중 와일드카드 형식으로 두어 명 더 뽑으면 될 것 같아. 일단은 내 소환수를 쓰러뜨릴 수 있는 실력이 최우선이지만."

2차 면접 시간이 되자 태랑은 다시 공설 운동장 연단 위에 섰다. 1차 테스트를 통과한 총 36명의 헌터들이 6명씩 조를 짜 횡대로 정렬해 있었다.

다들 이어지는 테스트에 제법 긴장한 표정이었다.

"2차 테스트는 예고대로 팀 단위 평가입니다. 현재 보이는 소환수를 모두 해치운 팀은 전원 합격시키겠습니다."

태랑이 스킬을 펼쳐 소환수를 일으켰다.

1차 테스트에 등장했던 스켈레톤 전사 둘, 스켈레톤 마법사 하나. 그리고 처음으로 모습을 드러낸 좀비 들개 두 마리와 육중한 덩치를 자랑하는 스톤 골렘까지 모두 6마리였다.

해골은 이미 겨뤄 본 상대라 익숙했지만, 피부 가죽이 벗겨진 좀비 들개와 형광 색의 눈빛을 번뜩이는 스톤 골렘은 참가자들에게 상당한 위압감을 느끼게 했다.

"헐! 산 넘어 산이라더니…."

"저 개는 생긴 게 무슨 좀비 스타일인데요?"

"돌덩이 골렘은 또 뭔데? 저거 칼이나 박히겠어?"

참가자들이 우려를 표하는 사이 태랑은 지난번 폭룡 클랜에서의 테스트를 상기했다.

'과거 경험에 비추어 보면 먼저 경합을 치르게 되는 팀이 불리해. 앞선 팀이 싸우는 동안 자연스럽게 소환수의 전력이 노출되어 버리니까.'

순서에 따른 패널티를 없애기 위해, 태랑은 첫 번째 팀을 제외하고 모두 운동장 바깥으로 내보냈다. 민준이 나서서 그들을 안내했다.

"단순 관전도 안 됩니까?"

"경연을 공평하게 진행하기 위해서니 양해 바랍니다. 먼저 끝난 경우엔 다음 조의 테스트를 볼 수 있을 겁니다."

민준이 지원자들을 밖으로 내보내는 동안 2차 테스트가 막을 올렸다.

첫 번째 조는 남자 셋 여자 셋으로 이루어진 혼성팀이었다. 넷은 근접 전사로 보였고, 마법사 하나, 서포터 하나가 조합을 이루고 있었다.

심사를 위해 연단 위에는 태랑과 은숙, 그리고 지원자 프로필 서류를 든 수현이 착석해 있었다. 나머지 멤버들은 혹시 모를 응급상황이나 평가의 진행을 위해 여기저기 흩어져 있었다.

"1조 조장 이력이 좀 특이한데요?"

"누구? 저기 도복 입은 사람?"

누리끼리한 도복을 입은 사내는 무술을 익힌 것처럼 보였다. 날렵하게 스텝을 밟는 폼이 여느 참가자들과 사뭇 느낌이 달랐다.

"이름은 고효상. 나이는 스물 넷이에요. 특이한 게 태권도 시범단 출신이군요. 당연히 특기는 발차기."

"응? 발차기?"

"유화랑 비슷한 격투가 타입인 건가?"

수현은 프로필에 적힌 내용을 계속 읽어 내려갔다.

"특성이 제법 좋아요. '중력 거부자'라는 특성인데 그 때문인지 공중에서 발차기를 수차례 날려도 바닥으로 바로 떨어지지 않는다나? 특성이 발휘되는 동안 솜털처럼 천천히 낙하한대요."

"신기하네? 지가 무슨 에어 조던도 아니고…."

"어쨌든 발차기에 신체 강화 스킬을 걸고, 특성의 효과를 이용해서 공중전을 펼치나 봐요. 1차 테스트도 가장 빠르게 통과했어요."

"그럼 어디 솜씨 좀 볼까?"

테스트의 시작을 알린 태랑이 천천히 소환수를 진격시켰다. 좌익과 우익에는 속도가 빠른 좀비 들개를 배치하고, 가운데 골렘을 위시한 해골 전사가 대형을 이뤘다. 맨 뒤에는 랜덤으로 소환된 화염 계열 스켈레톤 메이지가 백업을 맡았다.

이에 고효상이 손짓으로 전사 둘을 좀비 들개에 맞서게 내보냈다. 그러면서 본인은 지면을 박차고 공중으로 뛰어 올랐다.

"날으는 킥!"

다소 웃긴 스킬 명이지만 기술이 펼쳐지자 더는 우습지 않았다. 공중으로 점프한 그가 거의 10M를 도약해 이단 옆차기를 선보인 것이었다. 포탄처럼 쏘아진 그의 발차기에 해골 전사가 단번에 산산조각났다.

"오. 위력이 상당한데? 저게 혹시 주 스킬인가?"

"프로필에 보면 스킬이 하나 더 있어요. 바로 저 기술."

"비룡 선풍각(旋風脚)!"

해골을 걷어찬 반동으로 이단 점프한 고효상은 그대로 공중에서 몸을 회전시키며 주변의 소환수들에게 강력한 발차기를 날렸다.

선풍각이란 스킬명처럼 프로펠러처럼 돌아가는 발차기에 나머지 해골 전사가 나가떨어졌다.

그러나 거기까지였다.

스톤 골렘은 고효상의 발차기를 연속으로 얻어맞고도 맷집으로 버텨냈다. 태랑은 골렘을 시켜 놈의 발목을 붙잡았다. 발목을 잡힌 고효상은 파리채처럼 휘둘러지더니 땅바닥에 처박혔다.

"크헉."

"개인 실력은 출중한데 팀원을 전혀 이용할 줄 모르는군."

태랑은 충격으로 일어서지 못하는 고효상을 보며 촌평했다.

실제로 여섯 명이 모두 힘을 모아야 하는 단체전임에도, 그는 개인 기량만 믿고 무모하게 돌진하는 플레이를 펼쳤다.

그 결과, 후방에 남겨진 헌터들은 아무것도 못 하고 잉여로 남겨졌다. 태랑이 지적한 것은 바로 그 부분이었다.

"게다가 상대를 보고 스킬이 들어가야 하는데, 너무 기술에 의존하는 감이 있어. 해골 병사 정도는 발차기를 통해 부술 수 있겠지만, 물리 방어가 뛰어난 골렘에겐 안 통한다는 걸 바로 알았어야지."

은숙의 평가 역시 부정적이었다.

두 사람의 평가대로 첫 번째 조는 고효상이 충격으로 일어서지 못하자 급격히 허물어졌다. 골렘의 진격에 제대로 대응도 못 해보고 항복을 선언했다.

생각보다 싱겁게 끝난 결과에 태랑이 고개를 저었다.

'…저 팀은 제대로 해보지도 못하고 초전박살이군.'

"경합은 거기까지 하겠습니다. 다음 조."

태랑의 무전에 밖에서 대기하고 있던 두 번째 조가 나왔다. 그들은 들것에 의해 실려 나가는 고효준의 모습에 상당히 놀란 모습이었다.

"어? 저 사람 엄청 강했는데?"

"1조는 완전히 나가리군."

"신경 쓰지 마. 우린 계획대로 한다. 알았지?"

두 번째 조는 구성이 조금 독특했다. 탱커 하나에 세 명의 원거리 공격수, 그리고 마법사와 힐러 각각 하나씩이었다.

수현이 빠르게 프로필을 넘겼다.

"어, 여기 있네요. 저 탱커가 2조의 에이스군요."

"누군데?"

"이정우라고, 원래 넥스트가드라는 클랜의 메인 탱커 출신이에요."

"경력자야?"

"네. 지원자 중에선 프로필이 가장 화려하죠. 그에 걸맞게 실력도 있는 편이고."

"근데 왜 우리 클랜 면접에 온 거야?"

"무리한 레이드를 벌이다가 이전 소속팀에 전멸했다는 것 같더라고요."

"세상에… 그럼 거기서 혼자 살아남은 거야?"

"아마도? 암튼 특성이 좀 남달라요. '구타 유발자'라고 하던가?"

은숙이 피식 웃음을 터뜨렸다.

"풉— 그런 특성도 있어?"

"네. 본인이 작성하기론 그렇네요. 쉽게 말하면 어그로 특성인데, 몬스터에 둘러싸일수록 쉴드가 상승하나 봐요."

그 말에 태랑의 눈이 이채를 띠었다.

"호오, 그럼 저 조합은 이정우 작품이겠군."

"네?"

"본인이 모든 어그로를 받는 동안 나머지 딜러가 공격을 퍼붓는 전략이란 말이지. 근접 공격수는 자기가 싸우면서 어그로를 끌고 가 버리잖아."

"아! 2팀은 제법 똑똑한데요? 지켜봐야겠어요."

태랑의 예상대로 2팀은 경합이 시작되자마자 두터운 갑옷을 받쳐 입은 이정우가 전면에 나섰다. 아까 발차기의 달인 고효상과 비슷해 보였지만 실상은 전혀 달랐다.

그는 커다란 방패를 든 채 방어에만 치중했다. 여섯 마리의 소환수가 둘러쌌지만, 오히려 적이 많아질수록 쉴드가 증가하는 특성 덕에 끈기 있게 버텨낼 수 있었다.

그 사이 후방에 배치된 궁수들과 마법사가 공격을 퍼부었다.

원거리 딜러 셋은 모두 활잡이였는데, 양궁 종목에 쓰는 컴포짓 보우를 들고 있었다.

"저 셋은 무기가 비슷한데? 기성품인가?"

"아티펙트는 아니고 블랙 마켓에서 대량으로 파는 제품 같더라고요. 원거리 특성을 가진 각성자들의 기본 무기인 셈이죠."

멀리서 날아드는 공격에 태랑의 소환수들이 데미지를 입기 시작했다. 특히 방어력이 취약한 좀비 들개와 스켈레톤 전사들이 가장 먼저 쓰러졌다.

결국, 남은 것은 화염계 스켈레톤 메이지와 스톤 골렘뿐
이었다.

"이제부터가 관건이군. 저들의 화살로는 골렘은 쓰러뜨
리기 힘들 텐데….."

"어, 저기 마법사가 움직이네요."

2조의 마법사가 왼손을 뻗쳐 원반모양의 칼날을 만들더
니 골렘을 향해 쏟아냈다. 칼날 바람이 골렘을 스치고 지나
가자 두부가 썰리는 것처럼 골렘의 몸뚱이가 잘려나갔다.
태랑은 대번에 기술을 알아차렸다.

"윈드 커터? 그것도 3레벨은 되겠는데? 혹시 저 마법사
프로필 좀 볼 수 있어?"

수현이 빠르게 2조에 속한 마법사의 프로필을 읽었다.

"손석민이라는 친군데 레벨링에 비해 스킬이 좋은 이유
가 있네요. 스킬 특성을 받았어요."

"그러니까 윈드 커터 3레벨을 특성으로 받았단 말이
지?"

"네. 프리랜서로 활동해서 클랜에 소속된 적은 없어요.
용병처럼 돈 받고 레이드에 참여하는데, 이젠 정착하고 싶
다고 지원 동기를 적어 놨네요."

마지막 남은 스켈레톤 마법사 역시 더는 버티지 못하고
허물어졌다. 2조에 속한 지원자들은 환호성을 질렀다.

"오예! 우린 전원 통과다!"

은숙이 태랑을 보고 물었다.

"근데 왜 소환수들 따로 조종 안했어? 네가 직접 움직였더라면 이런 결과를 내기 힘들었을 텐데…."

평상시의 태랑이라면 발이 빠른 좀비 들개를 원거리 공격수 쪽으로 우회시켜 적의 공격을 차단했을 것이다. 그러나 그는 소환수의 전투 본능에 맡긴 체 일절 관여하지 않았다.

"내가 직접 컨트롤하는 건 좀 불공평할 것 같아서. 우린 저 사람들의 특성을 이미 알고 있는 상태잖아. 거기에 맞춰 대응해 버리면 지원자 입장에선 사기당한 기분이겠지."

"어쨌든 결과가 이러니 합격시켜도 될 것 같은데? 궁수들은 솔직히 말해 평범한 편인데 탱커랑 마법사는 즉시 전력감으로 써도 될 정도야. 참, 그리고 저 팀의 힐러도 괜찮아."

"저 남자?"

"응. 내가 직접 선발했는데, 전문 힐러야. 힐링 스킬도 있고, 특성도 그쪽이고."

"잘됐네. 힐러들은 언제나 환영이지."

태랑은 승리를 만끽하고 있는 2조를 향해 말했다.

"2조는 전원 합격입니다. 축하드립니다."

"감사합니다! 열심히 하겠습니다."

선발된 2조는 편안한 마음으로 다음 조의 경합을 관전하게 되었다. 이후 나선 두 개 조는 애매한 포지션 조합과 팀워크 부족으로 소환수 공략에 실패했다.

이제 남은 조는 두 개. 태랑은 혹시 신입 대원 모집이 미달되면 어쩌나 하는 고민에 빠졌다.

'대충 스무 명 정도 선발하려고 했는데 현재까지 겨우 7명이네… 나머지 두 조가 모두 합격해도 채우긴 힘들겠어.'

하지만 원칙은 지켜야 했다.

이번 신입 모집의 결과는 레이드 게시판을 통해 일파만파로 퍼져 나갈 것이다. 지원자의 자격이 미달되었는데도 쪽수를 채우고자 사람을 받았다는 소문이 돌면 클랜의 격이 떨어진다. 이는 차후의 선발에도 앙금을 남길 수 있는 문제였다.

'모자라게 된 건 아쉽지만 어쩔 수 없어. 사람이 부족하다고 어중이떠중이 다 받아주는 것보다 제대로 된 한 명을 선발하는 게 더 나아. 설사 나머지 2개 조가 테스트를 통과 못 하더라도 이대로 간다.'

태랑은 결심을 굳히고 5조를 들여보냈다.

그때 수현이 5조의 한 명을 보고 호들갑을 떨었다.

"저 사람이에요. 저기! 대검 든 사내."

"왜? 저 사람이 누군데?"

"1차 테스트에서 유일하게 광전사 스켈레톤을 고른 사람이요."

"진짜? 저 마상검(馬上劍) 같은 거대한 무기를 든 사람 말이지?"

수현이 빠르게 프로필을 찾았다.

"여기 있네요. 안상훈, 나이는 32. 별칭도 있을 만큼 유명한 헌터에요."

"별칭?"

"왜 이름 말고 별호 같은 거요. 몇몇 헌터들은 별호를 쓰거든요. 아마 태랑이 형도 별호 있을 걸요?"

"나도 있다고? 나는 한 번도 못 들었는데?"

"당연하죠. 별호는 스스로 붙이는 게 아니고 누가 만들어 주는 거잖아요. 막고라의 길드 마스터 박성규는 불꽃의 연금술사로 불리죠. 형은 레이드 게시판에선 네크로마스터로 통해요. 접때 래그나돈 레이드에서 해골 병사를 다루는 것을 보고 누가 붙여줬나 봐요."

수현의 말에 태랑은 속으로 생각했다.

'회귀 전 별칭은 무한의 포식자였던 것 같은데… 그때 별호가 더 마음에 드는군.'

"아무튼, 저 사람은 '대검의 학살자'라고 불러요. 레이드 경험은 많긴 한데 특이한 건 솔로잉 위주로 플레이했어요."

"1인 레이드라는 소리지?"

"네. 싸우는 스타일이 워낙에 거칠고 파괴적이라 주변에 동료를 같이 못 둔다고 하더라고요."

"근데 왜 우리 클랜에 가입을 신청했을까?"

태랑이 팔짱을 끼고 대답했다.

"…어쩌면 솔로잉의 한계를 느꼈겠지. 혼자서 하는 것도 일정 수준에 이르면 답이 안 보이거든."

"그나저나 저팀은 그럼 팀플은 되긴 되는 거야?"

5조의 구성은 좀 난해했다. 버퍼만 셋. 그리고 마법사 둘에 오로지 안상훈 혼자 메인 공격수였다.

태랑은 바로 그의 의도를 알아차렸다.

"버퍼가 셋이라는 걸 보면 안상훈이 의도한 조합이겠군. 자신에게 모든 버프를 걸어서 혼자서 다 때려잡을 생각이야. 마법사들도 지원만 할 뿐이고."

"아무리 그래도 6마리를 혼자서요?"

"어디 그만큼 실력이 있는 사람인지는 이제부터 지켜봐야지."

세 심사위원이 흥미롭게 지켜보는 가운데 5조의 경합이 시작되었다.

3. 신입 선발(2)

포식의
군주

3. 신입 선발(2)

과연 태랑의 예측대로였다.

대검 학살자 안상훈에게 세 명의 버퍼가 일제히 버프를 걸었다. 각각 근력 강화, 이속 증가, 그리고 체력 향상의 버프였다.

순간 여러 색의 빛에 둘러싸인 안상훈이 거의 그의 키만 한 대검을 제쳐 들고 돌진해 들어갔다. 한 치의 망설임 없는 돌격에, 지켜보던 헌터들의 입이 쩍 벌어졌다.

"와! 패기 보소?"

"과연 대검의 학살자답군! 두려움이 없어!"

5조에 속한 두 마법사는 각기 역할을 분담했다.

한 명은 후방에 있는 메이지 스켈레톤을 견제하고, 나머지

한 명은 소환수 전체를 향해 철의 장막을 둘렀다.

"아이언 커튼(Iron curtain)?"

태랑이 기술을 보더니 의외의 표정을 지었다.

아이언 커튼, 혹은 철의 장막이라 불리는 스킬은 보통 상대의 퇴로를 막거나, 가두기 위해 사용하는 일종의 차단기다.

하지만 지금의 기술은 오히려 소환수와 안상훈을 좁은 링 안에 가두는 효과로 쓰이고 있었다.

자칫 스스로 배수진을 친 것이나 다름없는 상황.

태랑은 5조의 벼랑 끝 전술을 흥미롭게 지켜보았다.

'…그런 건가? 적을 가두는 개념이 아니라 도망치지 못하게 옥타곤을 만드는 목적인가? 하지만 저렇게 하면 본인도 물러설 자리가 없을 텐데.'

철의 장막은 거대한 가시 면류관 형태의 구조물이 둥그렇게 에워싸는 마법이었다. 빠져나가려 하면 철조망을 맨살로 통과할 때처럼 상처를 입히도록 만들어져 있었다.

끝장 승부를 보겠다는 자신감이 없이는 실행하기 힘든 과감한 전략에, 다들 숨죽인 채 안상훈의 움직임을 주목했다.

"타핫!"

안상훈은 특별한 기술을 쓰지 않고 대검을 가로로 크게 휘둘렀다. 워낙에 무기가 거대하다 보니 반경 또한 엄청나서 해골 전사 한 마리가 휘말려 들었다.

해골 전사는 방패를 들어 막아 보았지만, 대들보에 두들겨 맞은 양 순식간에 허물어졌다.

"디펜스도 소용없네요."

"힘은 좋긴 한데 민첩성까지 갖추었을까?"

태랑이 보기에 대검술의 장단점은 뚜렷했다. 한방 한방이 패도적인 기세를 내뿜는 반면, 그만큼 회수가 오래 걸리고 빈틈이 많은 공격방식이었다.

크게 휘두른 공격을 피한 좀비 들개 한 마리가 갈지(之)자로 빈틈을 노려 파고들었다. 훈련받은 세퍼트처럼 좀비 들개가 안상훈의 허벅다리를 깨물었다.

콰직-

다리를 물린 안상훈이 잠시 인상을 찌푸렸다.

하지만 그는 공격을 멈추지 않은 채 나머지 해골 전사와 좀비 들개마저 두 동강 냈다. 수비를 도외시한 무지막지한 공격은 보는 이들을 움찔하게 할 만큼 박력이 넘쳤다.

적을 물러 세운 안상훈은 그제야 대검을 땅에 처박고 다리를 깨문 좀비 들개를 우악스럽게 뜯어냈다. 그 바람에 살점이 떨어져 나가며 피가 솟구쳤다.

그는 심드렁한 표정을 지어 보이더니 떼어낸 좀비 들개의 머리통에 펀치를 갈겼다.

"깨갱-!"

좀비 들개가 저만치 나가떨어지자 지면에 박힌 검을 뽑아 든 안상훈이 빠르게 검을 휘둘러 목덜미를 날렸다. 순식간에 모든 소환수가 쓰러졌다.

남은 것은 뒤에 살짝 처져 있던 스톤 골렘 하나뿐.

태랑은 과연 그의 대검이 물리 방어력이 뛰어난 스톤 골렘을 쓰러뜨릴 수 있을지 궁금해졌다.

'아직 한 번도 스킬을 사용하지 않았군. 비장의 한 수를 숨겨둔 걸까?'

안상훈은 대검을 세워 들어 스톤 골렘을 마주 섰다.

골렘이 형광 색 눈빛을 반짝이며 미식축구 선수처럼 거친 태클을 들어왔다.

이른바 짓뭉개기라고 불리는, 무게를 이용한 기술.

바윗덩어리가 덮친 것처럼 상대를 깔아뭉개는 수법으로, 스톤 골렘의 돌파력을 활용한 공격 앞에 안상훈은 조금도 물러섬 없이 머리 위로 대검을 치켜들었다. 그의 키가 두 배는 커진 듯한 착시가 일어났다.

"설마 정면 승부할 셈인가?"

"배짱 하나는 두둑하니 좋네."

"검이 부러질까, 돌이 박살날까?"

"저 무기가 아티펙트 같아 보이진 않은데?"

쾅-!

둘이 격돌하는 순간 거대한 충돌음이 울렸다.

먼지가 걷히고 드러난 스톤 골렘은, 놀랍게도 머리부터 가랑이에 이르는 수직 라인을 따라 정확히 반 토막으로 갈라져 있었다. 거석은 좌우로 쪼개지며 쿵- 소리와 함께 쓰러졌다.

"우앗! 어떻게 저 돌덩이를 한 방에 갈랐지?"

"스킬이다! 대검이 푸른 오라에 둘러싸여 있어!"

태랑은 오라의 색깔을 유심히 보다 문득 생각나는 스킬이 있었다.

'설마, 일섬?'

일섬이라는 스킬은 도검류 무기에 한해 적용되는 기술로서, 순간적으로 상대의 쉴드를 무시하고 트루데미지를 입힐 수 있었다. 이는 슬아가 가진 침묵의 암살자 효과와 동일한 것이었다.

특히 파괴력이 뛰어난 대검을 통해 구현되었기 때문에 그 효과가 배가되었다.

태랑 안상훈이 보여준 터프한 모습이 무척 마음에 들었다. 설사 5조가 탈락했더라도 와일드카드로 뽑고 싶은 인재였다.

"대박! 진짜 혼자서 여섯을 쓰러뜨렸어!"

"대검 학살자다운 퍼포먼스구먼!"

관전하던 헌터들이 감탄하는 사이 태랑이 5조의 합격을 알렸다.

"축하드립니다. 5조는 전원 합격입니다."

그러나 철의 장막이 걷히고 나온 안상훈은 어딘가 불만스러운 표정이었다. 그 모습에 태랑이 물었다.

"안상훈씨는 합격이 기쁘지 않은가요?"

"마스터가 사정 봐준 것 다 압니다."

"음… 이건 선발을 위한 테스트입니다. 당연히 100%

전력은 아니죠."

다소 도발적인 태도지만 태랑은 인내심을 가지고 그를 상대했다. 그는 한눈에 보아도 야생마같이 길들여지지 않은 듯한 분위기를 풍겼다.

자존심이 강하며 쉽게 굴복할 줄 모르는 사내다. 이런 캐릭터들은 강한 힘으로 대응하면 튕겨 나가는 속성이 있다.

"다음엔 꼭 전력으로 붙어주면 고맙겠수다."

"그런 것은 얼마든지."

태랑의 여유 있는 대처에 안상훈 역시 더는 불만을 삼가고 꾸벅 고개를 숙였다.

'사회성은 조금 떨어져 보이지만, 잘 타이른다면 능히 제 몫을 해낼 사람이야.'

이제 테스트는 마지막 6조만 남겨두고 있었다.

밖에서 대기자들을 통제하던 민준이 6조와 함께 운동장으로 입장했다.

6조의 에이스는 여자였고, 특이하게 원거리 딜러였다.

"이번에도 볼만하실 거예요, 마스터."

"어라? 설마 저 여자가 들고 있는 거 소총이니?"

"네. 바이애슬론 국가대표였다고 적혀 있네요."

"바이애슬론?"

생경한 단어에 태랑도 고개를 갸웃했다. 수현이 보충 설명을 덧붙였다.

"그 왜 동계 올림픽 종목 중 스키를 타고 내려오다가 사격하는 거 있잖아요. 크로스컨트리 스키랑 사격이 결합된 종목인데 우리나라도 여자대표선수가 있었나 보더라고요."

총을 다룰 줄 아는 각성자는 무척 드물다.

탄환에 포스를 입히는 것은 천부적인 재능이 필요한 영역이고, 설사 재능이 있다고 하더라도 총을 쏴보지 않는 이상 깨닫지 못하는 경우가 태반이었다.

"근데 외모가 조금 이국적이네? 혼혈인가?"

프로필을 들고 대기 중이던 수현이 설명했다.

"맞아요. 이름은 안나 박."

"안나? 안나 까레리나의 안나?"

"네. 러시아식 이름인데 한국에서 써도 어색하진 않네요. 어머니가 러시아인이고, 아버지는 한국 사람이래요. 어렸을 때는 쭉 러시아에서 자랐나 보더라고요. 추운 지방에서 태어나 스키는 곧잘 탔고, 사격에도 소질이 있어서 바이애슬론 선수가 되었다고 해요."

은숙은 다른 것보다 안나의 수려한 외모에 놀라고 있었다. 그만큼 압도적인 비주얼이었다.

'역시 러시아 피는 못 속이는구나. 어쩜 사람이 저렇게 인형 같지?'

이제껏 외모 부문에선 부동의 원탑을 차지하던 은숙이었기에 안나의 등장은 아무래도 그녀를 긴장시킬 수밖에 없었다. 아무리 생존이 화두인 시대라지만 여자의 본능은 어쩔 수 없는 부분이었다.

"6조도 구성을 보면 철저하게 안나에게 맞춘 조합이에요. 몇 안 되는 탱커가 셋이나 들어갔거든요. 나머진 힐러 하나, 근접 전사 하나."

'탱커들이 디펜스로 버티는 사이 원샷 원킬을 낼 셈이군.'

태랑의 예상처럼 경합이 시작되자 중무장한 탱커들이 방패를 전면에 세우고 바리게이트를 쳤다.

탱커들 뒤엔 힐러가 회복 버프를 펼쳤다. 회복 버프란 직접적인 힐링 스킬과는 달리 쉴드의 자체 회복력을 상승시켜주는 기술로서 전투 가운데 지속적으로 적용되는 종류였다.

시작부터 근접 전사 하나를 데리고 가장자리로 뛰어간 안나는 서서쏴 자세로 소환수를 조준했다. 탱커들은 소환수들이 안나 쪽으로 달라붙지 못하도록 철저하게 마크했다. 어그로가 끌린 몬스터들이 탱커들과 어우러지기 시작했다.

탕—!

총성이 들리며 포스를 머금은 탄알이 해골의 머리통에 적중했다. 거리를 감안하면 상당한 조준 솜씨였다.

"실력은 거의 스나이퍼 수준이네. 저 자세로 헤드샷을 날리다니."

"근데 스켈레톤에겐 총알이 무의미한 거 아니었나요? 갈빗대 사이로 다 통과해 버릴 것 같은데…"

"일반적인 물리 탄환 공격이라면 당연히 의미가 없겠지. 하지만 포스를 담고 있다면 얘기가 전혀 달라."

태랑의 말처럼 머리가 날아간 스켈레톤은 맥을 못 추고 와르르 무너져 버렸다. 맨 처음 1:1 대결을 벌였던 김주완 때는 머리가 날아가고도 버텼던 걸 생각하면 전혀 다른 결과였다.

"저건 어떻게 된 거죠?"

"탄환에 담긴 포스가 스켈레톤의 쉴드량을 넘어섰기 때문이야. 맞는 순간 스켈레톤을 유지하던 쉴드가 몽땅 깨져 버린 거지. 혹시 특성은 어떻게 돼?"

"특성이요? 잠시만요. 제출한 프로필엔 '공간의 저격수'라고 적혀 있네요."

"공간의 저격수?"

"간략한 설명은 이래요. 타겟과의 거리에 비례해 원거리 공격 데미지 증가. 아하. 그러니까 멀리 떨어질수록 위력이 강화되는 종류군요."

대화를 나누는 사이 또다시 총성이 울렸다.

탕-!

이번에는 좀비 들개와 해골 마법사가 동시에 쓰러졌다.

좀비 들개를 뚫고 나간 총탄이 위력을 잃지 않고 일직선상에 있던 마법사에게까지 적중한 것이었다.

'관통시(矢)?'

태랑은 이것이 스킬임을 확신했다.

관통사라고 불리는 원거리 스킬은 사격선 상의 모든 적에게 데미지를 입힐 수 있는 효과적인 공격이었다.

'총탄 능력에, 저격 특성, 거기다 원거리 스킬까지… 최적의 조합이군. 저격수로 활용한다면 전략적인 활용도가 높겠어.'

6조의 작전은 효과적으로 먹혀들어 이제 스톤 골렘 하나만 남게 되었다. 그러나 스톤 골렘의 내구력은 그녀의 총탄으로 어쩔 수 없었다. 골렘의 머리통을 향해 몇 번이고 사격이 적중했지만, 돌가루만 튈 뿐이었다.

'거리가 지금보다 두 배쯤 떨어졌다면 데미지를 줄지도 모르겠는데… 공간의 제약이 있다는 점이 단점이구나.'

스톤 골렘은 자신을 가로막던 탱커들을 우악스럽게 밀쳐버리더니 곧장 안나를 향해 뛰어갔다. 방어벽이 무너지자 후방에 있던 안나가 서둘러 대피했다. 만약 그녀마저 제압당하면 6조에선 골렘을 쳐부술 사람이 없었다.

"까딱하면 6조 떨어지겠는데요?"

"왜? 아쉬워? 안나 못 뽑혀서?"

"아뇨? 제가 뭘 아쉽겠어요. 인원이 적게 뽑히면 손해니까…."

"흥, 남자들이란."

"뭐야? 누나 설마?"

"그 입 닥치지 못해?"

은숙과 수현이 티격태격하는 사이 태랑이 놀란 표정으로

물었다.

"이수현. 혹시 저 사람 근접 변신 능력자였어?"

"네? 아, 아뇨. 1차 테스트에선 그냥 평범했는데? 헉! 저
게 뭐야?"

스톤 골렘이 안나에게 접근하자 그녀를 호위하던 근접
전사가 갑자기 변신을 시도했다. 그의 상체가 부풀면서 상
의가 찢어져 나가더니 온몸에 회색빛의 털로 뒤 덮히기 시
작했다.

"설마 늑대?"

"우아! 늑대인간이다!"

변신을 마친 근접 능력자의 모습은 완연한 늑대 인간의
모습이었다. 손끝에는 발톱이 밀려 나와 칼날처럼 번뜩였
다.

"이름 장정문. 22세, 특성이… 헉 진짜네? 라이컨슬로프
특성을 가졌군요!"

"지난번에 폭룡 클랜 단장처럼? 갸도 변신할 수 있지 않
았어?"

"강찬혁은 곰 변신 능력이었지. 신체 변형의 스킬은 굉
장히 드문 특성인데… 발톱을 숨긴 사람이 있었군. 어쩌면
6조의 진짜 에이스는 저 친구일지도 몰라."

정문은 되도록 힘을 개방하지 않으려고 했다. 변신이 풀
리고 나면 후유증으로 하루 종일 탈진했기 때문이었다. 그
러나 탱커가 무너지고 저격수인 안나가 위협을 받는 순간,

결국 자신의 비장의 무기를 꺼낼 수밖에 없었다.

발톱을 세운 늑대인간이 지면을 박차고 공중으로 솟구쳐 올랐다. 슬아의 도약에 비견되는 놀라운 점프였다.

"우아! 진짜 인간의 움직임이 아닌데요?"

"라이컨슬로프 특성은 모든 능력치를 3배씩 강화시켜. 특히 달밤이 뜨는 날에는 5배까지 위력이 올라가지."

"변신 스킬도 좋군요."

"하지만 그만큼 신체를 혹사시키기 때문에 변신이 풀리고 나서 후유증도 큰 편이야. 하루 싸우면 하루는 통째로 쉬어야 하거든."

늑대 인간으로 변신한 정문은 스톤 골렘과 대등하게 겨룰 정도였다. 서로 공방을 주고받는데 전혀 밀리는 기색이 없었다.

오히려 시간이 갈수록 공격속도가 증가하며 스톤 골렘의 표면에 깊숙한 발톱 자국을 남겼다.

"점점 움직임이 빨라지는 느낌은 제 착각인가요?"

"라이컨슬로프는 자체적으로 싸우면 싸울수록 공격속도가 빨라지는 특성을 갖추고 있어."

"아하…."

"변신하는 종류의 특성들은 대부분 변신종 특유의 특성을 갖추게 되지."

결국 스톤 골렘은 더 이상 버티지 못하고 허물어졌다.

6조까지 전원 선발됨으로써 이번 신입 선발에선 19명의 대원이 추가되었다.

탈락자들이 아쉬움을 뒤로하고 돌아간 사이 태랑이 합격 자들 불러 모았다.

앞서 테스트에 합격한 19명 외에 와일드카드로 1조 에이 스였던 고효상이 우여곡절 끝에 추가 합격했다. 팀워크를 발휘하지 못해 비록 팀은 패배했지만, 그의 특성과 재능을 높이 산 태랑의 결정이었다.

함께 심사를 맡았던 은숙과 수현의 반대가 만만치 않았 다.

"발차기의 고효상? 난 반대야. 지 잘난 맛에 설쳤다가 팀 이 패배했으면 응당 조장으로서 책임을 져야지. 왜 지만 면 죄부를 받는데?"

"마스터, 저도 좀 꺼림칙해요. 애초 선발 인원이 스무 명 이라고 해서 꼭 인원을 맞출 필요가 있을까요? 와일드카드 를 뽑을 거면 차라리 3조의 힐러인 양혜정이나 4조의 대지 마법사 우승길이 더 나을 것 같은데…."

태랑은 차분하게 이들이 설득했다.

"나도 고민 많이 했어. 하지만 결코 인원을 맞추려는 의도 는 아니야. 실력이 부족한 사람을 받느니 차라리 안 뽑는다 는 게 내 방침이니까. 다만 이대로 팽하기엔 아까운 인재야. 1차 예선에서 봤듯 개인 기량으로 치면 여기서 열 손가락 안 에 충분히 들어갈 거야. 작전 능력의 부족 역시 별로 문제가 되지 않아. 실제 레이드에서 지휘는 내가 직접 하니까."

태랑이 두 사람의 반대를 무릅쓰고 고효상을 선발한 데
는 새로 뽑힌 인원의 포지션 비율 역시 영향을 미쳤다.

2차를 합격한 인원을 분석해 보니 근접 딜러2, 탱커4,
원거리 딜러4, 마법사3, 버퍼3, 힐러2의 구성이었다. 하지
만 근접 딜러는 탱커와 함께 레이드의 근간을 이루는 포지
션.

하여 둘만 뽑기엔 조금 모자란 감이 있었다. 결국 태랑의
의견을 받아들여져 근접 딜러 고효상이 마지막으로 추가되
었다.

태랑은 합격자들을 정렬시킨 뒤 그들 앞에 섰다.

아까는 심사위원 자격이었지만, 이제는 어엿이 자신들의
보스가 된 태랑을 향해 신입 대원들이 꾸벅 고개를 숙였다.

"이 자리에 선 스무 명의 신입 대원들은 이제부터 세이
버 클랜의 새로운 식구입니다. 여러분의 합격을 진심으로
축하합니다!"

"뽑아주셔서 감사합니다, 마스터!"

"열심히 하겠습니다."

태랑은 뒤에 도열해 있던 기존 멤버들을 정식으로 소개
했다.

"여러분과 함께할 본 클랜의 간부들을 소개하죠. 제 옆
에 선 사람은 세이버의 부 마스터…."

은숙이 태랑의 말을 중간에 가로챘다.

"반가워요. 레이첼이라고 해요."

"오오, 듣던 대로 엄청난 미인인데?"

"아름다우십니다!"

"후홋. 과찬이에요. 앞으로 여러분들의 클랜 적응을 돕기 위해 불철주야로 노력할 테니 불편사항이 있을 땐 기탄없이 말해주세요."

태랑은 은숙이 본명을 밝히지 않는 것을 보고는 굳이 실명을 거론 않기로 했다. 왠지 그녀는 자신의 이름에 콤플렉스를 느끼는 것 같았다.

"그리고 부 마스터 옆에 선 사람은 우리 클랜의 군수참모 구한모님 입니다."

태랑은 일부러 기존 대원들을 향해 존칭을 사용했다. 직위가 높다는 이유로 함부로 반말하면, 다른 참모들의 권위가 손상될까 우려한 까닭이었다.

소개를 받은 한모가 구수한 사투리로 인사했다.

"반갑다잉. 앞으로 잘 지내 보장께."

한모가 나서자 그를 알아보는 사람이 있었다.

"어! '통곡의 벽' 이라 불리는 구한모님? 존경합니다!"

"엉? 뭣땀시 날 존경? 통곡의 벽은 또 뭐신디?"

"지난 래그나돈 레이드에서 장판파 장비처럼 혈혈단신으로 입구를 틀어막아 붙은 별홉니다. 누구는 현존 대한민국 탱커 삼대장 중 하나라며…."

"오메, 것이 뭣이라고… 낯 간지럽구마잉."

다음은 민준의 차례였다.

민준은 태랑의 소개하기 전 스스로 앞으로 나왔다.

"앞으로 여러분의 레이드 전술 습득과 훈련을 담당할 훈련 교관 김민준입니다. 잘 부탁드립니다."

"소드 마스터 김민준?"

"저분이지? 놀 군단을 추풍낙엽처럼 쓸고 다녔다는 그 폭풍의 검객!"

태랑이 기존 대원들을 한 명, 한 명 소개할 때마다 합격자들은 존경과 찬사를 보냈다.

래그나돈 레이드 이후 게시판을 통해 멤버들의 명성도 상당히 올라간 상황이었다. 다들 별칭이 거론될 때마다 쑥스러워하면서도, 은근 기분 좋은 듯 미소가 떠나지 않았다.

태랑은 이번엔 좌측에 있던 수현을 소개했다.

"여긴 세이버 클랜의 정보참모 이수현님."

"천둥 군주 이수현?"

"소문대로 잘생기셨어요."

"꺄악. 아이돌 같아!"

수현은 특히 여성 대원들의 관심을 독차지했다. 그의 옆에 선 유화가 옆구리를 쿡 찌르며 소곤거렸다.

"어이, 천둥 군주. 너 인기 많다?"

"누, 누나까지 창피하게 왜 그래요."

"그리고 그 왼쪽은 우리 클랜의 공격대장 이유화님."

자신이 소개되자 유화가 씩씩하게 소리쳤다.

"반가워요, 신입 대원님들! 앞으로 함께 레이드 열심히 뛰어봐요!"

"만나 뵈어 영광입니다, 공대장님!"

"완빤치 이유화님이 저렇게 귀엽다니!"

"잉? 완빤치요? 그게 제 별칭이에요?"

"모르셨어요? 원펀걸, 완빤치, 폭렬헌터, 무차별 공격수… 레이드 게시판에서만 별명이 열 가지도 넘을 걸요?"

"히잉… 맘에 드는 게 하나두 없네."

귀엽게 투정부리는 유화를 보며 피식 웃던 태랑이 마지막으로 다소곳이 서 있는 슬아를 소개했다.

"저쪽은 내 경호실장 겸 우리 클랜의 막내. 아니지, 이제 새로운 막내가 들어왔으니 막내는 아니군요. 이슬아양."

"이슬아! 저분이 그 유명한 침묵의 암살자구나!"

"소문으론 엄청 무시무시할 줄 알았는데…."

"예쁘세요!"

신입 대원들의 칭찬에 슬아는 낯빛이 빨개져 고개를 감히 들지 못했다. 천성이 부끄러움이 많은 그녀에겐, 이렇게 사람들 앞에 서는 것만도 대단한 용기를 필요로 하는 일이었다.

모든 간부의 소개가 끝나자 태랑이 마지막으로 자신을 소개했다.

"그리고 다들 아시겠지만 저는 세이버 클랜의 마스터 김태랑입니다. 모든 간부를 대표해 다시 한번 여러분께 인사 올립니다."

"와!"

"멋있어요!"

"마스터 잘생겼다!"

"김태랑! 김태랑!"

합격의 기쁨에 들뜬 신입 대원들은 오랫동안 태랑의 이름을 연호했다. 세이버 클랜에는 수많은 스타 헌터들이 있었지만, 단연 으뜸은 김태랑이었다.

래그나돈 레이드 이후 라이징 스타로 떠오른 자신의 유명세를 톡톡히 실감한 태랑은 흥분한 대원들을 가라앉히며 차후 일정을 소개했다.

"지금부터 아지트로 이동하겠습니다. 각자 짐을 챙긴 후 뒤편 주차장에 트럭으로 오시면 됩니다. 군용 트럭이라 승차감은 좋지 않지만 걸어가는 것보단 나을 겁니다."

"옙!"

태랑은 이번 신입 대원 모집 결과에 대만족했다.

실질 경쟁률만 9:1이라는 놀라운 수치를 기록하고 높아진 클랜의 위상만큼 우수한 인재들이 벌 떼처럼 모여들었다.

'포지션별로 고르게 뽑힌 것도 그렇고, 상당히 잠재력을 갖춘 이들도 많아. 구타 유발자 이정우나 윈드 커터의 손석민 그리고 중력거부자 고효상… 특히 대검의 학살자 안상훈이나 라이컨 슬로프 장정문, 공간의 저격수 안나는 조금만 다듬는다면 금세 다른 멤버처럼 이름을 날릴 수 있을 거야.'

물론 이들 중 누구도 태랑의 과거 속에 등장한 인물은 없었다. 같은 역사가 반복된다면 그저 소리소문없이 사라질 헌터들이다.

하지만 태랑은 더 이상 과거에 연연치 않았다.

인간은 가능성을 갖추었기에 더욱 빛나는 존재.

새로운 미래에선 새로운 영웅들이 탄생할 것이다.

부족한 부분은 얼마든지 매울 수 있다. 레벨링이든 아티펙트든 강해질 방법은 무궁무진하다. 이미 기존의 멤버들은, 그 가능성에 대해 충분히 증명해 냈다.

'드디어 클랜으로서 구색을 갖추었군. 좋아, 이제부터가 시작이다.'

세이버 클랜의 본격적인 행보가 첫발을 내딛는 순간이었다.

신입대원들이 아지트에 정착한지도 일주일이란 시간이 흘렀다.

태양광 발전소는 처음부터 이런 규모의 인원을 수용키 위해 마련된 것처럼 27명의 헌터들이 생활하는데 부족함이 없었다.

식수와 전기가 자체 공급되는 데다 훈련을 위한 공간 역시 넉넉했다. 가장 우려했던 식량 문제는 막고라 길드의 차량 협조로 수월하게 해결되었다. 인근 도시에서 대형마트 하나를 통째로 털어온 것이었다. 적어도 1년은 너끈히 버틸 식량들이 창고 가득 쌓였다.

아침마다 열리는 간부회의를 통해 하루의 일과를 전달하고, 차후의 계획을 세우는 것도 자연스레 관례로 자리 잡았다.

"다음 안건은?"

"텃밭을 본격적으로 꾸며볼까 해."

은숙이 말했다.

"텃밭?"

"현재 식량 상황을 보면 유통 기한이 긴 제품들이 주를 이루고 있어. 칼로리는 충분하지만, 아무래도 영양 불균형이 우려되는 실정이야. 그래서 연구소 뒤쪽 공터를 개간해서 키울 수 있는 야채류를 심어볼까 해."

"감자나 고추, 호박 같은 거요?"

"그렇지. 우리끼리 있을 땐 손이 많이 가서 어쩔 수 없었지만, 지금은 텃밭을 운영해도 충분할 테니까."

태랑은 일리가 있다고 생각하며 부마스터의 의견을 받아들였다.

"좋아. 그럼 각 참모부에서 한 명씩 인원을 차출해서 텃밭을 만드는데 협조해줘. 파종할 종자 확보는···."

"제가 애들 데리고 시내에 종묘사를 다녀올게요. 오토바이로 다녀오면 얼마 안 걸릴 거예요."

"그래. 그럼 그건 유화가 맡아주고. 다른 안건 있어?"

한모가 손을 들었다.

"마스터, 무기 공급이 딸리는디…."

"아, 그래요. 안 그래도 그 문제부터 해결해야 할 것 같아요."

무기는 대표적인 소모품이다. 훈련 중 날이 상하기도 하고, 부러지거나 손상되기 때문에 지속적인 보급이 중요했다. 그러나 한모의 자체제작만으론 한계가 뚜렷했다. 블랙 마켓을 통해 기성품을 구입하는 것도 비용이 너무 많이 들었다.

까딱하면 열심히 레이드해서 번 돈을 죄다 무기를 사는데 써야 할 판이었다. 이에 태랑이 아이디어를 냈다.

"인간이 만든 무기는 아무래도 내구성이 떨어져. 말 나온 김에 아티펙트로 전원 무장하는 것은 어떨까?"

"그게 가능해요?"

"돈은 어쩌고?"

"아니 사서 쓰자는 소리가 아니야. 몬스터에게 털어야지."

태랑은 페티쉬라는 몬스터를 예로 들었다.

"아티펙트라고 해서 꼭 민준의 철혈도나 한모 형의 가시 몽둥이처럼 꼭 높은 등급만 있는 건 아니잖아. 지난 폭룡클랜에서 입단 선물로 뿌렸던 '단검' 기억나지? 그건 A등급인 페티쉬에게서 나온 거거든. 비록 1등급짜리라곤 하지만 내구성은 비교할 수가 없지."

"근디 무기 소요가 너무 다양해서리…."

헌터마다 쓰는 무기는 제각각이었다. 거대한 마상도를 휘두르는 사람도 있고, 단검이나 활을 쓰는 사람도 있었다. 저마다 선호하는 스타일이 너무 달랐다.

"당연히 모든 사람의 수요를 충족시키긴 어려워요. 하지만 창이나 검, 화살 같은 건 기본적으로 누구나 쓸 수 있으니까요."

"그런 무기를 떨구는 몬스터들이 있어?"

"얼마든지 있지. 확률이 낮아서 많이 잡아야 하는 게 문제지만…."

"그럼 다음 레이드는 무기 확보를 위한 사냥이겠네요."

유화가 물었다.

"맞아. 내가 세부적인 계획을 세워볼게. 민준, 애들 훈련은 어느 정도 진행됐어?"

훈련 교관을 맡은 민준이 대답했다.

"공격 신호와 수비포메이션은 어느 정도 숙달했어. 완전 초보도 있지만, 어느 정도 몬스터를 상대해 본 사람이 많아서 그런지 빠르게 적응하더라고."

"특별히 애먹는 사람은 없어?"

"음… 다들 협조적이야. 대검 든 그 친구도 집단전투에 대해 어느 정도 감을 잡은 것 같더라고. 오히려 안나가 문제야."

"그 러시안 인형?"

"잉? 그건 또 뭔데요?"

수현의 물음에 은숙이 대답했다.

"그냥 별명이야. 여자들끼리 부르는…."

"하긴 안나 씨가 인형처럼 예쁘게 생기긴 했죠."

"하여간 꼬추 달린 남자들이란… 예쁘면 사족을 못 쓰지!"

"어억!"

"은숙. 부마스터의 체통을 지켜."

"뉘에뉘에."

은숙은 안나의 이름이 언급될 때마다 다소 신경질적인 반응이었다. 자신감 넘치던 그녀를 긴장시킬 만큼 안나의 외모는 독보적이긴 했다.

"저격수를 일반적인 레이드 대형에선 활용하기 마땅찮 긴 할 거야. 차라리 원거리 딜러 그룹에 넣지 말고 따로 풀 어 줘버려."

"음. 그럼 슬아 같은 암살자 롤인가?"

"그렇지. 통제에 묶지 않고 풀어주는 편이 그녀의 장점 을 살리는 방법일 거야. 같이 훈련이 어려우면 나에게 보 내. 내가 따로 교육할게."

"오빠!"

이번엔 유화가 소리쳤다. 슬아의 표정도 조금 딱딱해졌다. 태랑이 별생각 없이 내뱉은 한마디는 큰 파장을 가져왔다.

'음… 여자들이 안나를 의식하는 게 상당하구나. 사람이 너무 예뻐도 곤란하군.'

태랑은 상황을 무마키 위해 말을 바꿨다.

"…할까 했지만, 다음 작전 계획으로 바쁠 것 같군. 아무튼, 안나의 활용방법은 좀 고민할 필요가 있겠어."

태랑의 말에 겨우 유화와 슬아의 표정이 풀렸다. 은숙은 그것 보라는 듯이 태랑을 향해 혀를 내밀었다.

'…흠 골치 아픈데. 사람이 많아지니 인간관계가 가장 신경 쓰이는구나. 좀 더 팀워크를 맞출 방법에 대해 생각해 봐야겠어.'

태랑은 분위기를 쇄신하기 위해 테이블을 탕- 치면서 말했다.

"자자, 오늘 아침회의는 이걸로 끝! 배고프니까 식사부터 하자. 오늘 메뉴는 뭐야?"

"된장찌개요. 아참, 텃밭 꾸미는 김에 닭도 좀 키우는 건 어때요? 계란 프라이 못 먹어서 어떻게 생겼는지도 까먹었어요."

"닭을 또 어디서 잡을 건데? 양계장 닭들은 이미 다 폐사했겠다."

"아니 저기 뭐 계곡 같은데 토종닭 파는 데는 아직 남아 있지 않을까요?"

"그럼 오늘 오후에 혼자 다녀오도록. 정보참모."

"아앗!"

폭식의
군주 6

4. 히드라 레이드(1)

포식의
군주

4. 히드라 레이드(1)

몬스터 출몰 이후 세상은 무법천지로 변했다.

숭고한 희생은 천박한 농담처럼 취급되고, 이긴 자가 모든 것을 쟁취하는 일(Winner takes all)이 당연시됐다.

한 마리의 몬스터라도 더 죽이고, 한 개의 아티펙트라도 더 빼앗는 사람이 오래 살아남는 세상이었다.

때문에 대부분 강자들은 이기적인 타입이 많았다. 또 그런 부류의 사람들이 빠르게 성장했다. 이를 바탕으로 한 집단의 수장이 되기도 했다.

그러나 군림하는 것과 통치하는 것은 전혀 다른 차원의 문제였다.

좋은 아티펙트가 나올 때만 앞장서고 위험한 장소에

들어갈 땐 뒷짐 지다 보니, 의지하고 따르던 부하들도 점점 신뢰를 잃어갔다.

불신과 증오가 싹트고, 의심과 배신이 기지개를 켰다.

만인에 대한 만인의 투쟁.

강자생존.

약자도태.

새로운 세상의 법칙처럼 여겨지던 힘의 논리는 오히려 인간들의 단합을 가로막는 걸림돌이 되었다.

대부분의 클랜이 길드까지 올라서지 못하고 성장의 한계를 맞이하는 이유도 바로 이런 이기적인 리더의 존재가 결정적이었다.

하지만 모든 리더가 그런 것은 아니었다.

인간미가 실종되고, 불의가 판을 치는 와중에서도 묵묵히 소신을 지키는 사람들도 있었다.

타고난 포용력과 남다른 배려심을 가진 이들은 비록 처음엔 두각을 드러내지 못하더라도 시간이 갈수록 그 진가를 드러냈다.

태랑이 바로 그런 이들 중 하나였다.

모질지 못한 그의 성격은, 몬스터 인베이젼 초기 생존 단계에선 큰 단점으로 작용했다.

미래를 알고 있기에 좀 더 이기적이고 교활하게 행동할 수 있었음에도 그는 완고할 만큼 정도(正道)를 고집했다.

위기에 처한 사람을 대가 없이 구하기도 했으며, 맨이터로 판명되지 않은 이상 누군가를 해치는 일도 없었다. 심지어 적이 확실함에도 자비를 베풀어 살려준 예도 있었다.

이는 그를 믿고 따르는 사람들마저 사냥개를 자처하게 할 만큼 답답한 행보였다.

그러나 조직의 인원이 늘고 리더십을 발휘해야 하는 지금에 이르러선 오히려 그의 성격은 강점으로 변해 있었다.

세이버 클랜이 짧은 사이에 견고한 체제를 구축하게 된 것도 그가 보여준 부드러운 카리스마 덕분이었다.

다소 부족한 사람이라도 그만의 장점을 찾아 임무를 부여했으며, 뛰어난 사람에겐 무한한 신뢰를 보여 진심으로 감복시켰다.

실력이 뛰어나다고 우쭐대거나, 남의 자존심을 짓밟는 성격이었다면 부하들은 그를 두려워할지언정 존경심을 품진 않았을 것이다.

태랑은 그렇게 자신도 모르는 사이 점점 군주의 길로 접어들고 있었다.

모든 구성원의 노력으로 클랜이 빠르게 안정세에 접어들었지만, 태랑은 여전히 바삐 움직였다.

오전 간부회의를 마친 후에는 하루도 거르지 않고 수련에 매진했다. 무기술의 숙련도를 높이기 위해서였다.

대련을 도와주던 민준이 교관 일로 바빠지면서 자신의 소환수를 연습 상대로 삼아야 했는데, 최근 들어 소환수들의 능력이 비약적으로 상승하면서 혼자 숙련도를 올리는데도 큰 불편은 없었다.

거듭된 수련 끝에 창술의 특수기 '신월(新月)'과 궁술 특수기 '분대시야', 마지막으로 도끼술 특수기 '낙뢰 강타'가 개방되었다.

신월은 그 이름처럼 창을 초승달 모양으로 휘둘러 전방 180도에 걸리는 적들을 모조리 넉백 시키는 기술이었다. 또 분대시야는 소환수와 시야를 공유하여 사거리를 확장시킴으로써 원거리 저격을 가능케 했다.

끝으로 낙뢰 강타는 도끼를 투척한 자리로 동시에 번개를 떨어뜨리는 것으로, 가진 특수기 중 단일대상을 상대로 최강의 공격력을 자랑하는 기술이었다.

숙련도를 높이는 자체 훈련을 마무리한 태랑은, 이후 기지 곳곳을 순시하며 부서별 임무 진행을 체크했다.

식량창고에 다다른 태랑은 은숙이 부하들 셋을 데리고 창고 정리를 하는 것을 보게 되었다. 그녀는 흡사 마트의 점장처럼 상세한 지시를 내리는 중이었다.

"아니지. 쌀 포대는 직사광선을 피해서 좌측 선반으로, 통조림 종류는 우측으로… 그건 냉동식품 아냐? 그걸 왜 가져왔어? 지난번 트럭에 실어온 대형 냉장고 있잖아, 거기다 넣어야지. 어? 마스터 왔어?"

은숙이 태랑을 발견하고 아는 체를 했다. 그러자 분주히 일하고 있던 헌터들이 나란히 허리를 숙였다.

"오셨습니까, 마스터."

"안녕하십니까!"

"아아. 바쁜데 일들 보세요."

태랑의 순시는 감시의 목적보다는 격려의 의미였다. 처음엔 마스터의 잦은 등장에 불편해하던 대원들도 그의 의도를 알고 나서는 크게 괘념치 않게 되었다.

다시 짐 정리에 들어간 부하들을 뒤로하고 태랑이 물었다.

"부마스터. 뭐하는 거야? 창고는 저번에 정리 끝난 거 아니었어?"

"그렇긴 한데, 배치가 조금 잘못된 거 같더라고. 구분도 없이 중구난방으로 흩어진 품목이 많아. 텃밭 개간도 끝난 김에 시간이 남아 다시 정렬 중이야."

"고생이 많네. 참, 조만간 레이드를 벌일 예정이야. 인원이 예전보다 많이 늘었으니 전투식량 보급방안을 강구해야 할 것 같아."

"전투식량? 안 그래도 휴대가 용이한 식품들로 구상 중이었어. 혹시 야전 취사를 할지 몰라서 도구도 미리 준비해 뒀고."

"야전 취사라니?"

"인근 도로도 어느 정도 뚫렸잖아. 트럭을 활용하면 취사도구를 직접 날라 현지에서 밥해 먹는 것도 가능할걸?"

은숙의 아이디어에 태랑이 고개를 끄덕였다.

"좋은 생각이네. 보급에 실패한 부대는 이길 순 있어도 배식에 실패한 부대는 이길 수 없다는 말이 있거든. 식량이든 비품이든 레이드 준비에 관련된 건은 너에게 모두 일임할 테니, 책임지고 챙겨 봐줘."

"예썰! 마스터."

이어 태랑은 연구소 바깥에 천막을 쳐놓고 임시 대장간을 꾸린 한모를 찾았다.

그는 용접 마스크를 쓴 채 한창 용접에 몰두하는 중이었다. 그의 뒤로 군수부에 속한 헌터들이 보조를 맞추어 온갖 무기를 만들고 있었다.

군수부에 속해 있던 아이템 제작능력자 윤정민이 가장 먼저 태랑을 발견하고 큰 소리로 인사했다.

"안녕하십니까, 김태랑 마스터!"

우렁찬 정민의 목소리에, 한모가 용접봉을 내려놓고 마스크를 들어 올렸다.

"어, 왔는가. 마스터."

한모는 자연스럽게 반말을 섞어 말했다. 아무래도 이제껏 동생처럼 대하던 습관 때문에 쉽게 존대가 붙지 않았다.

한모의 걸걸한 성격을 아는 부하들도 그 점에 대해 충분히 인지하고 있었기에 태랑도 한모의 언행을 크게 신경 쓰지 않는 편이었다.

"제작 현황 좀 보러 왔어요. 이제 곧 레이든데 물량 맞출

140 폭식의 군주 6

수 있겠어요?"

"충분하제. 보조 무기까지 개인당 두벌씩 마련해 놨어
야. 아따 이 짓도 이번 레이드 성공하면 한 시름 덜겠구만."

"그렇죠. 그때가 되면 무기보다는 아이템 제작 쪽에 중
점을 두셔야 할 거예요."

"알제. 우리 막내가 항시 대기 중인께 걱정하덜 들 말고."

한모가 가리킨 막내는 바로 제작공방 특기를 가진 윤정
민이었다. 활기찬 성격의 그녀는 귀여움을 독차지하며 클
랜 모두의 여동생으로 불리는 실정이었다.

"열심히 하겠습니다!"

태랑은 씩씩한 정민의 태도에 흡족히 웃으며 정보팀으로
넘어갔다. 연구소 2층 사무실 하나를 통째로 차지하고 있
는 정보팀은 수많은 컴퓨터와 프린터, 수십 대의 모니터가
실시간으로 모니터링되는 중이었다.

"정주야, 강서구 쪽에 떠오르는 길드가 있다는데 인원
규모 좀 파악해봐. 그리고 기현이 너는 이번 한강변 쪽에서
열리는 블랙마켓에 올라오는 아티펙트 리스트 확보하고.
어? 마스터. 오셨어요!"

한참 분주하게 일하던 수현은 태랑을 보고 반갑게 인사
했다.

"바빠 보이네."

"아, 뭐 일상이죠. 참. 지난번에 부탁하신 인접 클랜 현
황은 확보해 놨어요. 크게 요주의 되는 그룹은 없는 것

같더라고요."

"그래. 잘했어. CCTV 작업은 얼마나 진척됐어?"

"아지트 외곽 500M 라인까지요. 저기 4x4 배열로 배치된 모니터가 감시카메라 화면이에요. 아직 몇 군데 사각지대가 있긴 한데, 민준이 형네 팀이 오후에 작업 마무리하기로 했고요."

"조만간 야간에 좀비 들개 순찰 안 시켜도 될 날이 오겠네."

"네. 그것 때문에 항상 피곤하셨을 텐데 더 빨리 못해드려서 죄송해요. 근데 오늘은 슬아가 안 보이네요? 보디가드라고 그림자처럼 따라다니더니…."

"응. 유화네 팀이랑 같이 작전 지역으로 순찰 보냈어. 조만간 레이드가 있을 예정이니까 아무리 바빠도 오전 훈련 게을리하지 말고."

"아! 곧 시작되는군요. 네 열심히 준비할게요."

태랑은 마지막으로 훈련장을 보수 중이던 민준에게 갔다. 평탄화 작업을 진행하던 훈련 팀은 태랑의 등장에 큰 목소리로 인사했다.

"오셨습니까, 마스터!"

"안녕하십니까!"

훈련 팀은 가장 인원이 많은 편이었는데, 평소엔 도로 확보작업을 진행하거나 기지 내 설비를 보수하는 일을 맡고 있었다.

"훈련장 재정비하는 거야?"

"오전 훈련 때 구덩이가 많이 패여서 메꾸는 중입니다. 마스터."

민준은 사석이라면 몰라도 부하들 앞에선 태랑에게 깍듯이 대했다. 태랑은 민준의 태도가 처음엔 어색했지만, 상하 관계를 중시하는 그의 성격을 알고부턴 신경 쓰지 않기로 했다.

"내일 오전 훈련은 생략해줘. 좀 이따가 정찰팀 돌아오는 데로 동선 잡고, 내일 작전 브리핑에 들어갈 거야."

"브리핑 장소는 어디로?"

"아까 정보 참모에게 말해 놨는데, 3층에 전체 회의실에서."

"알겠습니다."

"요새도 훈련 빡세게 시킨다지? 오전 훈련 마치고 나면 다들 녹초가 되가지고 오후 일과 때 다리가 후들거린다던데…."

태랑의 농담에 민준이 진지한 표정으로 대답했다.

"연습 때 흘린 땀이 실전에 흘릴 피를 대신할 겁니다."

"음. 내가 훈련 교관 하나는 제대로 뽑았군."

"과찬의 말씀."

태랑이 기지 순시를 마치고 집무실로 복귀하자 정찰을 나갔던 유화와 슬아가 그를 기다리고 있었다.

"마스터. 말씀하신 경로로 정찰을 나가봤는데, 크게 문제되는 구간은 없었어요. 확보된 도로까진 차량으로 움직이고, 중간부터는 도보로 이동하면 될 것 같아요."

"수고 많았어. 고생했을 텐데 숙소에서 좀 쉬어."

"저는 마스터 곁을 지키겠습니다."

유화와 함께 정찰을 따라갔던 슬아는 기지에 복귀하자마자 자신의 임무를 챙겼다. 태랑은 그녀에게 쉬라고 말해봐야 말을 듣지 않을 것을 예상하고 더 권하지 않았다.

"그래. 그럼 지금부터 브리핑 자료 좀 만들 건데, 슬아가 동선 딸 때 옆에서 좀 거들어줘."

"네, 마스터."

태랑은 넓은 테이블 위에 서울시 지도를 펼쳐 넣고는 작전 계획을 최종적으로 점검했다. 오랜 준비 기간을 거친 만큼 완벽을 기한 작전도식도가 그려져 있었다.

모든 계획을 마무리한 태랑은 다음날 클랜의 헌터 전원을 대회의장으로 불러 모았다.

대학 소강의실 정도의 크기인 이곳에 세이버의 헌터 27명이 모두 모였다.

"다들 그간 새로운 환경에 적응하느라 고생 많았다. 간부들도 고생했습니다."

"아닙니다."

"내일은 기다리던 레이드 날이다. 지금부터 작전 브리핑을 할 테니 꼼꼼히 듣고 의문사항이 있으면 자연스럽게 질의하도록."

"옙."

태랑은 하얀 스크롤을 댄 벽면에 휴대용 빔프로젝터를 이용해 전체적인 작전 구상도를 띄웠다.

"레이드 장소는 동대문 역사공원이다. 이동 거리가 20km를 넘어가 이틀가량 소요될 예정이다. 현 위치에서 올림픽대로를 지나, 강변북로를 따라 쭉 이동 후 북상하는 루트를 탄다. 정찰결과 여기까지 도로가 확보되어 차량 이동이 가능하지만, 이 부근부터는 완전히 야생이라고 생각해도 좋다."

태랑은 차분한 태도로 긴 설명을 이어갔다.

몇몇 헌터는 수첩을 준비해 꼼꼼히 기록하기도 하고, 몇몇 헌터는 커피를 마시며 눈으로 집중하며 동선을 되뇌었다.

"이동 경로 상 레드불 길드와 아다지오 클랜의 접경을 지나게 된다. 부마스터의 협조요청으로 해당 구간까지는 대부분 정화지역(몬스터의 출현 빈도가 낮은 지역)으로 판단되지만, 안전지역(몬스터의 출현이 거의 없는 지역)은 아니니만큼 스스로 자위권을 발동하라는 권고를 받았다. 문제는 강변북로에 올라선 이후다."

태랑은 한번 호흡을 끊더니 휘하의 헌터들을 쓱 바라보았다.

일부러 긴장을 유도하는 행동에 자세가 흐트러져 있던 헌터들도 허리를 꼿꼿이 세웠다.

"어느 정도 클랜이 자리 잡은 강남과 달리 강북은 아직도 몬스터의 낙원이나 다름없다. 언제 어디서 몬스터가 출몰할지 모르니 이 구간부터는 정신을 바짝 차려야 한다."

태랑은 다음 슬라이드 화면을 넘기며 동대문 역사공원의 전개도를 펼쳤다.

"오히려 역사공원에 도착하면 몬스터들의 등급은 하향된다. 이 일대를 지배하고 있는 놈들은 요크라 불리는 오크의 사촌쯤 되는 놈들인데, 좀 더 늘씬하고 키가 큰 종족이다. 물론 등급은 A급으로 낮지."

"이놈들이 1등급 아티펙트를 떨군다는 그 몬스터군요."

"그렇다. A등급이긴 하지만 상당히 높은 확률로 1등급 롱소드를 떨구지. 높은 확률이라 해봐야 스무 마리 잡으면 하나쯤 나올까 하지만…."

"마스터, A등급 몬스터가 5% 확률로 1등급 아티펙트를 떨구면 이미 헌터들에게 사냥당했을 가능성도 크지 않을까요? 그 정도면 완전히 노다지란 소린데…."

아티펙트는 현재 블랙 마켓을 통해 높은 가격에 거래되고 있었다.

저등급 아티펙트라고 해도 그 수가 다량으로 확보된다면 값비싼 아티펙트 못지않은 큰돈을 벌 수 있다.

당연히 인근 클랜들이 그런 사냥터를 방치했을 리 없었다.

"타당한 지적이다. 하지만 요크를 사냥하지 못하는 건 놈들 때문이 아니다."

"그럼?"

"요크의 대부락 근방에 괴물이 살고 있기 때문이지."

태랑이 자연스럽게 다음 슬라이드 화면을 넘겼다.

그리고 그 화면에는 머리가 5개 달린 거대한 도마뱀이 나타나 있었다.

"아니 저게 뭐야?"

"세상에!"

사람들이 경악한 것은 흉측한 생김새 때문이 아니었다.

유치원생이 발로 그린 것 같은 조잡한 그림 솜씨가 이제까지의 진중한 분위기와 너무 동떨어졌던 것이다.

태랑은 재빨리 분위기를 눈치채고 민망한 듯 헛기침을 했다.

"흠흠. 마우스 그림판으로 그리다 보니…."

"마스터, 혹시 저거 혹시 머리가 여섯 개인 괴물인가요?"

"아니 다섯 갠데… 아, 이건 꼬리다."

태랑의 궁색한 답변에 착석해 있던 헌터들이 웃음을 터뜨렸다.

"야, 근데 꼬리랑 머리랑 무슨 차이냐?"

"잘 보라고. 끝에 주둥이가 달려 있잖아."

"헐, 저게 주둥이라고? 난 부등호 표시해놓은 줄….."

쏟아지는 악평 속에 태랑이 살짝 체면을 구겼다.

'음, 다음부터는 인터넷에서 비슷한 이미지를 따오는 편이 낫겠어. 이게 무슨 망신이람.'

"아무튼, 지금 보는 괴물은 '히드라'라고 불리는 F급 몬스터다. 요크 서식지 DDP 인근에 사는 놈인데, 요크를 사냥하면 100% 이놈이 튀어나올 거야. 냄새에 무척 예민하거든. 특히 인간의 냄새를 기가 막히게 잘 맡지."

"완전히 함정 급인데요? A급 몬스터 사냥터에 F급 몬스터라…"

헌터들의 안색이 순식간에 어두워졌다.

비록 태랑이 G급 몬스터 래그나돈 슬레이어라곤 하지만, 당시 레이드 땐 무려 6개 길드와 클랜이 연합을 이루었고, 공략 전에 참가한 헌터만 200이 넘었다.

그러나 세이버 클랜의 현재 인원은 고작 27명. 이 정도 규모의 클랜이 단독으로 F급 몬스터를 공략한다는 것은 전무후무한 일이었다.

태랑이 다소 자신감이 떨어진 부하들을 독려하기 위해 일부러 큰소리쳤다.

"히드라가 강력하다곤 하지만, 현재 우리 클랜 전력이면 충분히 해볼 만한 몬스터다. 참고로 나는 이기지 못할 싸움이라면 시작하지도 않아. 그게 이제껏 단 한 번도 패하지 않았던 이유다."

"오…."

"대단한 자신감이다."

"역시 우리 마스터!"

"김태랑 마스터만 믿습니다."

분위기가 다시 달아오르자 태랑은 레이저 포인트를 이용해 히드라의 머리를 가리켰다.

"따라서 이기는 것은 당연하다. 다만 이기더라도 최소한의 피해로 이겨야 한다. 상처뿐인 승리는 패배나 다름없으니까. 그러니 지금부터 내가 하는 설명에 집중하도록."

태랑은 히드라 특징에 대해 상세한 설명을 시작했다.

"히드라가 가진 다섯 개의 머리는 각기 독특한 브레스를 뿜어댄다. 맨 왼쪽부터 독, 그 옆이 냉기, 가운데가 화염, 또 그 옆은 천둥구, 가장 오른쪽이 무쇠 파편이다. 따라서 단일 마법 저항 능력만 가지고는 놈을 상대하기 매우 까다롭지."

"독, 냉기, 화염, 뇌전, 물리라니… 5대 속성 마법을 다 갖췄다는 소리군요? 종합 선물 세트 같은 놈이네."

"게다가 하나의 머리를 해치워도 나머지가 살아있는 한 절대 쓰러지지 않는다는 점이다. 즉 목숨이 다섯 개나 되는 셈이지."

"진짜 괴물인데요?"

"그림은 웃겼는데 듣고 보니 무시무시하군."

"저 정도면 래그나돈보다 더 까다로운 거 아닌가?"

"에이 그래도 F급이랑 G급의 체급 차이가 있는데…."

"참고로 래그나돈은 군단 지휘자 계통의 몬스터. 하지만 히드라는 전형적인 거대 괴수 타입이다. 각개의 전투력만

놓고 본다면 실제로 히드라가 래그나돈에 비해 꿀리지 않는다. 하지만 놈의 특성을 안다면 분명 상대할 방법은 있다."

태랑은 다시 각각의 머리에 주목했다.

"머리가 다섯 개라고 하지만 숨통은 결국 하나다. 즉 놈의 브레스는 결코 동시에 나오지 않는다는 소리다."

"아!"

"브레스는 다섯 개의 머리 중 꼭 하나에서만 나온다. 우리가 조를 나누어 다섯 머리를 동시에 공략한다면 나머지 넷은 브레스도 뿜지 못하고 개점휴업을 하는 셈이지. 브레스를 상대하는 팀에 항마 마법과 버프를 집중하고, 나머지 머리를 하나씩 해치운다. 그게 우리의 전략이다."

"역시 우리 마스터야."

"훌륭합니다!"

이전의 팀들이 히드라에게 전멸당한 가장 큰 이유는 놈에 대한 정보 부족이 원인이었다. 고급 몬스터의 공략은 앞서간 자의 희생을 대가로 밝혀지는 게 대부분. 그러나 미래를 내다본 태랑은 그런 희생 없이 공략법을 알 수 있었다.

기존의 멤버들은 태랑의 비밀을 알고 있기에 크게 놀라지 않았지만, 신규로 들어온 대원들은 그저 감탄사만 연발할 뿐이었다.

태랑은 만에 하나 의문점을 남기지 않기 위해 사족을 덧붙였다.

"이건 고급 정보상을 통해 비싼 값에 매입한 정보다. 하지만 놈을 해치울 수 있다면 그 이상의 값어치를 하겠지."

"이번 레이드는 그럼 전원 출전입니까?"

태랑의 설명을 듣던 대원 하나가 질문했다.

"안 그래도 그 부분을 막 설명하려던 참이다. 기지에는 당연히 수비 병력이 남는다. 부 마스터."

"네."

"부 마스터를 포함한 원거리 공격수 전원에 마법사 하나, 탱커 둘까지 모두 일곱 명의 잔여 병력을 남기겠다. 공략대가 떠난 동안 기지를 잘 지킬 수 있도록."

미리 언질을 해놓은 상태였기 때문에, 은숙은 태랑의 잔류명령을 군소리 없이 받아들였다. 그러나 레이드에서 열외 된 헌터들은 아쉬운 표정을 감출 수 없었다.

태랑이 그들을 다독였다.

"기지를 수비하는 것도 레이드만큼 중요한 임무다. 우리가 아무리 열심히 사냥해도, 정작 본진이 털리면 의미가 없다. 단, 연속해서 레이드에 불참하는 일이 없도록 다음 레이드 땐 꼭 이번에 빠진 사람들을 최우선으로 배정할 것을 약속한다. 또한, 전리품은 분명 모두가 공평히 나눠 가질 것이다."

"넵."

"알겠습니다."

"괜찮습니다. 마스터."

헌터에게 있어 레이드는 위기이자 기회.

자칫 목숨을 잃을 수도 있지만, 스킬을 얻고 레벨링을 위해선 무조건 전투에 참여해야 했다.

태랑도 가능하면 클랜원 전원에게 경험치를 먹이고 싶었지만, 그렇다고 기지 방어를 소홀히 할 수도 없었다. 도둑 길드처럼 빈집털이를 일삼는 비겁한 악당들은 호시탐탐 기회를 노리고 있었다. 비축해둔 식량이나 각종 비품이 그들의 욕망을 부추길 것이다. 태랑이 은숙에게 수비를 맡긴 것은 그녀의 실력이 부족해서가 아니라, 자신이 없어도 능히 임무를 감당할 수 있었기 때문이었다.

태랑은 마지막으로 참모진들에게 최종적인 준비사항을 전달하고 브리핑을 마쳤다.

대원들은 이날 하루 레이드 준비를 위해 분주히 움직였다.

태랑은 주먹을 불끈 쥐며 속으로 생각했다.

'…신입 대원을 받고 맞이하는 첫 번째 레이드다. 꼭 성공시키고 말겠어.'

다음 날, 태랑을 비롯한 20명의 대원들이 기지를 출발했다.

클랜원을 실은 군용 트럭은 민준의 차지였다. 그는 검도장을 운영하던 과거에 원생들을 실어 나르기 위해 대형

면허를 취득했었다. 자연스럽게 운전도 그의 몫이 되었다.

트럭의 보조석엔 태랑이 앉고, 15명의 대원은 군용 트럭 뒤에 나머지 셋은 오토바이를 이용해 트럭을 앞서 달렸다.

오토바이에 탄 사람은 각각 한모와 유화, 그리고 슬아. 이 중 슬아는 최근에 원동기 운전을 익혔는데, 운동신경이 좋아 금방 능숙해졌다.

전체적으로 보면 30M 전방에 세 대의 오토바이가 선발대를 서고, 뒤에서 두 돈 반 군용 트럭이 뒤따르는 형국이었다.

세이버의 간부 중에선 유일하게 트럭 뒤에 자리한 수현은 대원들의 긴장을 풀어주기 위해 모처럼 입을 열었다.

"전 군대도 안 다녀왔는데 이렇게 군용 트럭 뒤에 타보네요."

"어? 정보 참모님 미필입니까?"

"당시 대학생이었거든요. 2학년 마치고 입대하려던 차에 마침 몬스터 인베이젼이 터졌지 뭐예요."

"일찍 가셨음 억울할 뻔했네요. 그때 군인들이 젤 많이 죽었다는데…."

"총알도 안 먹히는 몬스터를 상대로 무리한 작전을 펼치다 말이죠?"

한참 몬스터 인베이젼 당시 이야기를 나누던 중 탱커 그룹에 속한 구타 유발자 이정우가 수현을 향해 넌지시 농을 던졌다.

"참모님, 근데 군대 갔으면 살짝 위험했을지도 모르겠는데요?"

"제가요? 왜요?"

"말 못 할 그런 게 있어요. 하하."

이정우가 넉살 좋게 웃었다. 그는 타고난 성격이 낙천적이고 유들유들해 금세 다른 사람과 친해졌다. 다만 섹드립이 다소 과해 여성 대원들은 조금 꺼리는 인물이었다.

"정우 너, 지금 비누 드립 치려고 그러지?"

동갑내기 고효상이 이정우에게 물었다. 두 사람은 나이도 같은 데다 은근히 죽이 맞아 콤비를 이루었다.

두 사람이 능글맞게 웃는 모습을 보며 수현은 여전히 이해가 안 된다는 표정이었다.

"잉? 비누라뇨?"

"그 왜 있잖습니까? 군대에서도 주말에 목욕탕을 가거든요. 그때 얼굴이 예쁘장한 후임이 들어오면 일부러 비누를 줍게 시켜요. 비누를 주우려고 허리를 숙이는 순간 확 그냥!"

"어으~ 저질! 고만 좀 해라. 귀 썩는다."

"예비군 끝나서 민방위 받는 사람 앞에서 뭔 군대 얘기냐."

트럭에서 한바탕 야유가 쏟아졌다. 그러나 그 때문에 긴장으로 경직되었던 분위기가 다소 누그러졌다.

"정보 참모님 혹시 애인 없어요? 인기 되게 많으실 것 같은데⋯."

수현의 맞은편에 앉은 여자 헌터가 물었다. 그러자 트럭에 타고 있던 다른 여자들도 귀를 쫑긋 세웠다. 그때 다른 헌터가 대신 대답했다.

"내가 저번에 여쭤봤는데 천둥 군주님 아직 모쏠이래."

"헐, 정말? 말도 안 돼. 저 얼굴에 모쏠? 눈이 엄청 높으신가?"

"저 비주얼이면 따르는 여자만 연병장 두 바퀴 줄 세울 것 같은데?"

대원들의 관심에 수현이 얼굴을 붉혔다. 부끄러움이 많은 그로서는 쏟아지는 시선을 감당하기 어려웠다.

'어흑. 나도 오토바이 타고 갈걸. 괜히 여기 타가지고 취조당하는 기분이네….'

"그냥 어쩌다 보니 그렇게 됐어요."

"참, 우리 클랜에 미인들 많잖아요. 레이첼 부마스터님이나 유화 공대장님 거기다 경호실장님도 체조를 배워서 몸매가…."

"군수팀 정민이도 귀엽지 않아?"

"갸는 고딩이잖아. 범죄야 범죄."

"무슨 지금 시대에 아청법이 어딨어?"

"안나도 어디 가서 꿀리지 않지."

"야. 나 여기 있거든? 당사자 앞에 두고 그런 얘긴 좀 삼가줄래?"

구석에 앉아있던 안나는 자신의 이름이 거론되자 발끈했다.

그녀는 실력보다 외모로 평가받는 것에 심한 거부반응을 보였다. 이국적인 외모 때문에 항상 주목받다 보니 오히려 그런 식의 평가가 달갑지 않았다. 왠지 외모만 부각되다 보니 실력을 제대로 평가받지 못하는 기분이었다.

안나가 불쾌감을 표하자 외모 평가를 내리던 이들이 입을 다물었다. 라이컨슬로프 장정문이 그녀를 두둔했다.

"그래. 다들 적당히 좀 해. 헌터가 싸움만 잘하면 되지, 외모가 무슨 상관이야."

"나도 동감. 잘생긴 외모랑 능력 중에 하나만 고르라면 무조건 후자야."

"그렇게 말하기엔 좀 억울하지 않냐?"

"응?"

"넌 둘 다 못 받았잖아."

"뭐라고? 이게!"

"하하하."

웃고 떠드는 사이 어느새 차량 이동 지점까지 도착했다.

더 이상은 차도가 정비되지 않아 트럭이 달릴 수 없었다. 트럭에서 내린 세이버 클랜의 대원들은 위장막을 펼쳐 차량을 가리고 오토바이 역시 적당한 곳에 숨겼다.

"이제부터 도보 이동이다. 특히 올림픽대로를 지나고 나면 위험지역에 들어가니 사주 경계를 철저히 하도록."

"옙!"

세이버 대원들은 길게 늘어진 횡대 대형으로 교량을

건넜다. 다리 위에는 부서진 차량들이 어지러이 널려있어 그날의 끔찍했던 참상을 말해주고 있었다.

"한강을 잇는 다리들 대부분이 이 모양이야. 특히 양쪽 출입구 쪽이 가장 처참하지."

"병목지점으로 차량이 죄다 몰리면서 난장판이 돼버렸나 보네."

"참, 손석민씨는 강북 쪽에서 활동했다고 했지?"

태랑이 근처에 함께 걷던 대원을 향해 물었다. 윈드 커터 마법을 특성으로 받은 손석민은 '칼날바람'이라는 별칭이 따로 있을 정도로 실력을 인정받고 있었다. 이번 모집한 신입 대원 중에선 가장 완성된 인물이라 할 수 있었다.

"네, 마스터. 주로 강북에 소재한 클랜을 떠돌며 용병처럼 지냈습니다."

"최근 강북 쪽 현황은 어때? 레이드 게시판에 올라오는 글들 보면 상당히 복잡해 보이던데."

태랑의 물음에 석민이 푸념하듯 말했다.

"강북의 문제는 몬스터도 몬스터지만 클랜들 사이가 너무 안 좋다는 점이죠. 저야 소속된 클랜이 없었으니 클랜전에 낀 적은 없지만, 거긴 정말 상생하려는 생각은 쥐뿔도 없는 곳입니다."

"클랜전?"

태랑의 옆에서 나란히 걷던 민준이 물었다. 게시판 활동을 잘 하지 않는 그에게 있어선 무척 생경한 단어였다.

태랑이 대신 설명했다.

"클랜전은 클랜끼리 전투를 벌이는 거야. 맨이팅이랑 살짝 다른데, 상대 클랜을 죽이는 일이 많아서 결과적으론 비슷하지."

"네, 맞습니다. 강북은 그래서 허구한 날 싸움박질입니다. 하루는 몬스터랑, 하루는 다른 클랜이랑. 거기에 질려서 한강 이남으로 내려간 헌터들도 많았죠."

태랑 역시 미래를 봤기에 어렴풋이 알고 있던 사실이었다.

지역마다 클랜의 성격도 조금씩 달라진다지만, 강북의 경우는 '클랜전'이라는 이름하에 서로 죽고 죽이는 일이 너무 빈번하게 발생했다.

복수는 원한을 낳고, 원한은 또 다른 복수를 불렀다. 은 원들이 뒤섞이면서 어느새 강북은 도무지 손 쓸 수 없는 처지까지 이르게 되었다.

'…후에 패왕이 나타나기 전까지 말이지.'

패왕(霸王)은 강북지역을 일통했던 헌터의 별호였다.

강력한 카리스마로 불과 1년 만에 혼란에 빠진 강북을 제패했고, 그 이후 사냥터 독점을 통해 다른 클랜들이 싹을 못 피우도록 철저하게 가로막았다.

이른바 '사다리 걷어차기'라 불리는 전략.

자신이 먼저 높은 자리에 오른 다음 후발주자들이 기어오르지 못하게 발판을 없애 버리는 짓이다.

그렇게 힘을 키워 세상을 구하는 데 썼다면 태랑도 어느 정도 납득을 했을 것이다. 그러나 그는 막강한 세력을 보유했음에도 클랜마스터 공의회를 비롯한 어떠한 몬스터 항쟁에도 참여하지 않았다.

그는 자신의 힘을 불리는 데만 치중했고, 그의 목표는 오로지 세상의 왕이 되는데 있는 것 같았다.

태랑은 그런 부류를 가장 혐오했다.

세상이 망하건 말건, 자신의 잇속만 챙기는 자들.

강력한 힘을 갖추고도 다른 사람을 구하는데 일절 관심조차 없는 자들.

어쩌면 맨이터보다 해악을 끼치는 자들이 바로 그런 자들일 것이다.

맨이터는 명백한 위협이라는 인식이라도 있지만, 멀쩡히 헌터를 자처하며 독자노선을 걷는 이들은 내부의 적이나 다름없었다.

세포의 증식에 몰두하여 생명유지활동을 망각해 버린 암세포와 같다고 할까?

'…조만간 패왕은 혼란에 빠진 강북을 완전히 먹어 치우게 될 거야. 그를 내버려 두는 것이 과연 옳은 일일까?'

태랑은 생각 같아선 패왕이 충분히 성장하기 전, 그를 찾아 없애버리고 싶었다. 하지만 아직은 힘이 부족했다. 자신의 클랜은 이제 막 발돋움했고, 강북까지 힘을 뻗치기엔 여력이 없었다.

"무슨 생각을 그리 골똘히 하십니까?"

태랑의 곁으로 누군가 다가와 말을 걸었다. 자기 키만 한 대검을 짊어진 안상훈이었다.

그는 한쪽 이마에 깊은 흉터가 있는 데다, 말투도 군인처럼 딱딱해 주변 동료들과 잘 어울리지 못했다. 그런 그가 먼저 말을 걸어온 데 태랑은 흥미를 느꼈다.

"아니다, 아무것도… 무슨 일이지?"

"지난번 테스트…."

"아, 그것 말인가? 그러잖아도 모의전투를 한번 해주려고 했는데 일정이 바빠서 못했군. 이번에 돌아가면 정식으로 붙어주지."

"…감사합니다."

여전히 무뚝뚝한 사내였다. 그는 용건을 말하더니 다시 자신의 자리로 되돌아가려 했다. 태랑이 그를 붙잡았다.

"안상훈."

"네."

"헌데 그 대검은 어디서 구한 거지?"

"이것 말입니까?"

"그래. 예전부터 궁금했는데, 흔히 볼 수 있는 일본도나 진검도 아니고… 그렇게 큰 검이 어디서 났을까 해서 말이야."

"국립 중앙 박물관에서 챙겼습니다."

"박물관이라고?"

폭식의 군주 6

"네. 설명에 보니 어떤 장군이 말 위에서 휘두르던 마상검(馬上劍)이라고 하더군요."

"아… 골동품이군."

"맞습니다. 하지만 제법 손질이 잘 되어 있어 쓸 만합니다."

"한 번 들어 볼 수 있을까?"

"……."

안상훈은 잠시 주춤거렸다. 그에게 검을 달라는 사람이 마치 처음이라는 표정이었다.

"왜? 내가 못 들 것 같아?"

"…그건 아닙니다."

안상훈은 마스터의 요청을 거절 못 하고 대검을 건넸다. 태랑이 한 손으로 거대한 마상검을 들어 올렸다. 강철의 건틀릿 효과에 포스로 강화된 근력이 이를 가능케 했다.

자기도 벅찬 대검을 아무렇지도 않게 들어 올리는 태랑의 모습을 본 안상훈은 살짝 질린 표정이 되었다. 마스터의 능력은 대체 어디까지일까?

"음… 멋진 검이군. 무게감도 좋고."

태랑이 다시 검을 건넸다.

"감사합니다."

"사람들하고 어울리는 게 불편하나?"

"…네."

역시 단답. 예의가 없다기보다 천성이 과묵한 타입인 듯

했다. 이쯤 되면 지레 포기하기 마련이건만 태랑은 끈기 있게 대화를 이어갔다.

"저번에 입단 이력을 보니 주로 솔로잉 위주로 사냥을 했다 하더군. 정말 그런가?"

"맞습니다."

"솔로잉은 쉽지 않지. 그건 일인군단이라 불리는 네크로맨서 능력자에게도 만만치 않은 일이야. 솔로잉을 하다 클랜에 합류하게 된 것은 사냥에 한계를 느껴서겠지?"

"…네."

"대게 모든 일이 그래. 사람은 혼자 설 수 없기 때문에 함께 의지하는 거라 하더군. 그것이 레이드건, 혹은 일상에서건… 우리 클랜에 들어온 이상 자네도 이제 세이버라는 단체에 묶인 거야. 그 안에 속한 사람들끼리 서로 챙기고 보듬어 줘야지. 타고난 성격상 힘들 순 있겠지만, 다른 사람들하고 얘기도 나누면서 친해져 봐. 전장에서 서로에게 등을 맡길 수 있는 전우는 하늘에서 뚝 떨어지는 게 아냐. 스스로 노력을 통해 만들어 나가야지. 그러면 솔로잉에서 막혔던 벽을 돌파할 수 있을지도 모르지."

"…조언 감사합니다."

안상훈은 뭔가 느끼는 바가 있는 듯 꾸벅 고개를 숙이고 물러났다.

"마스터, 그런 말도 할 줄 아십니까?"

뒤에서 두 사람의 대화를 지켜보던 민준이 다가와 물었다.

그는 부하들이 있는 곳에선 태랑에게 깍듯이 존대하는 편이었다.

"팀원을 융화시키는 게 마스터의 역할이니까. 언제고 안상훈에게 해주고 싶은 말이었어."

"제가 사람 하나는 잘 모셨군요."

"모시기는… 나에게 저절로 복이 굴러들어 온 거지."

"아닙니다. 그때 마스터의 도움이 없었다면 저도 큰 고초를 겪었을 겁니다."

민준은 거미 여왕에게 붙들렸던 당시를 떠올렸다.

친한 동생들의 객기에 자신과 여동생이 잡혀가 죽을 뻔한 것을 태랑의 구조로 벗어날 수 있었다.

그 뒤 민준은 태랑에게 큰 빚을 졌다고 생각하고, 이에 보답하기 위해 그에게 되돌아 왔다. 그는 의리 있는 사내였다.

태랑이 대답했다.

"민준도 마스터가 되었다면 충분히 잘해냈을 거야. 이건 진심이야."

민준의 과거를 아는 태랑은 그가 자신을 만나지 않았더라면 거대 클랜의 마스터에 오르고도 남았음을 알고 있었다. 어쩌면 자신의 욕심으로 그의 앞길을 막은 셈이나 마찬가지였다. 그 생각을 하면 항상 미안했다.

그러나 민준은 대수롭지 않게 여겼다.

"아닙니다. 저는 마스터를 보좌하는 게 더 좋습니다. 뱀의 머리가 되느니 용의 일부가 되는 편이 적성에 맞으니까요."

태랑은 그의 대답에 흡족해하며 살짝 귓속말을 전했다.

-야. 근데 친구끼리 자꾸 존댓말 하니까 어색해 죽겠다. 한모 형처럼 편하게 말하면 안 되냐.

민준 역시 귓속말로 되받았다.

-애들이 보잖아. 마스터의 위신은 무엇보다 중요한 거야. 빨리 익숙해지라고.

귓속말을 마친 민준이 다시 씨익 웃으며 태랑에게 고개를 숙였다.

'…거참. 마스터 자리도 여간 불편한 게 아니군.'

그때 선두에 가던 척후조에게서 기별이 왔다. 멀찍이 앞장서 가던 슬아가 급히 되돌아온 것이었다.

"마스터. 앞에서 몬스터를 발견했습니다."

"다리를 건너 강북으로 넘어왔으니 이제 나타날 때도 됐지."

"근데 몬스터만 있는 게 아닙니다."

"뭐라고?"

"헌터로 보이는 무리가 몬스터와 대치 중입니다."

과연 슬아의 정찰보고 대로였다.

만약을 위해 후방에 클랜원을 남겨두고 슬아와 둘이 앞장선 태랑은 건물 위에 올라 레이드 중인 헌터들을 지켜보았다.

'대충 스무 명 정도인가. 일개 클랜정도 규모인데… 강북에 소재한 녀석들일까?'

그들과 싸우고 있는 것은 가고일이라 불리는 석화 능력의 몬스터였다. 전투가 불리해지면 높은 곳으로 날아가 석상으로 변신해 체력을 회복하는 놈들로, B급 몬스터 중에선 상당히 까다로운 편이었다. 특히 군체를 이루는 특성 탓에 대개 3~40마리가 함께 움직였다.

"마스터. 저 몬스터는 돌로 변신하는 능력이 있는 것 같습니다."

"잘 관찰했군. 보통은 석상의 모습으로 있다가 사람을 발견하면 변신해 습격하지. 특히 석상 상태가 되면 체력을 빠르게 회복할 수 있어."

"상대하기 곤란하군요."

"게다가 약간의 비행능력이 있어서 원거리 능력자가 없으면 무척 애먹을 거야."

"비행능력이요?"

"저기 저 날개 보이지?"

"네, 그렇지만 덩치에 비해선 조금 작아 보이네요."

"장시간 비행은 불가능하지만, 보조로 사용하면 어지간한 건물 높이까진 날아오를 수 있지. 싸우다가 부상을 입으면 도망쳐 체력을 회복해 오기 때문에 도망 못 가도록 끊임없이 견제해 줘야 돼. 헌데 저 클랜은 놈들을 사냥 온 게 아니라 불시에 조우한 모양이야."

슬아가 놀란 표정으로 물었다.

"그걸 어떻게 아세요?"

"가고일을 잡으러 왔다면 원거리 공격이 가능한 궁수든, 마법사든 잔뜩 데려왔겠지. 하지만 지금 보면 대부분이 근접 전사들이잖아. 이는 준비된 레이드가 아니라, 몬스터에게 습격을 당했다고 봐야겠지."

"역시 마스터는 예리하시네요."

슬아가 선망의 눈으로 태랑을 바라보았다.

"뭘 이런 걸 가지고…."

"근데 어떡하실 생각이세요?"

"우린 당연히 인간들 편이지. 제법 곤란한 상황인 것 같으니…."

그때였다. 가고일과 대치 중이던 무리로 한 사내가 뛰어들었다. 전투 중 부상을 입은 듯 머리에 피를 흘리고 있었지만, 눈빛은 매섭게 이글거렸다.

그의 등장에 헌터들이 환호성을 내질렀다.

"마스터가 다시 돌아왔다! 조금만 힘내자!"

"오오! 끝내 녹턴을 혼자서 물리치셨군요!"

'녹턴이라고?'

태랑은 그 단어에 살짝 놀랐다.

녹턴은 램프의 요정 지니처럼 상반신만 있고 하반신은 연기로 이루어진 D급 괴수다. 종잡을 수 없는 행동 패턴으로 유명하며 오우거에 필적하는 전투력을 지녔다고 알려져 있었다.

'저 사내가 녹턴을 1:1로 제압했단 말인가? 상당한 솜씬데?'

태랑이 볼 때 세이버에서 녹턴을 1:1로 제압 가능한 사람은 유화나 민준 정도였다. 한모나 슬아도 50% 이상 승리를 장담할 수 없을 것이다.

"여준상 마스터는 역시 강북 최강이라니까!"

태랑은 그 말에 벼락을 맞은 것처럼 충격을 받았다.

'여준상이라고? 그렇다면 저자가!'

"마스터 왜 그러세요? 혹시 아는 사람인가요?"

"…이럴 수가! 여기서 그를 만나게 될 줄이야."

패왕 여준상.

독특한 성씨 덕에 도저히 잊을 수가 없는 이름이었다. 태랑은 혹시나 잘못 들었나 싶어 그의 무기를 유심히 살폈다.

톱날처럼 날이 선 그의 검 '크라우프'와 대포알 같은 마탄(魔彈)을 쏘아댄다는 그의 방패 '테리우스'가 분명했다.

두 무구는 패왕을 강북의 지배자로 만들어 준 5등급의 아티펙트. 태랑의 설정에서 묘사된 것과 똑같은 형태를 확인하고 그가 패왕임을 알아차렸다.

태랑은 그의 정체를 확인하자 살짝 몸이 떨었다.

'하늘이 준 기회다. 그를 없앨 수 있는….'

태랑은 등에 멘 빙궁을 풀어 시위를 매겼다. 그 모습에 슬아가 놀란 표정으로 물었다.

"설마 저자, 맨이터인가요?"

"맨이터는 아니다. 하지만 맨이터 이상으로 위험한 자지."

맨이터가 아니란 말에 슬아가 손을 들어 태랑을 저지했다.

"잠시만요. 마스터! 맨이터도 아닌데 지금 저 사람을 죽이신다고요?"

김태랑은 이제껏 사람을 함부로 해친 적이 없었다. 따라서 슬아는 태랑의 행동을 이해할 수 없었다. 빙궁을 조준하던 태랑은 슬아의 말에 다시 화살을 내렸다.

'내가 좀 흥분했나? 다짜고짜 그를 죽이기엔 당장의 명분이 마땅치 않군.'

확실히 애매했다.

생각 같아선 기회가 있을 때 그를 저격해 버리고 싶지만, 이는 아직 벌어지지도 않은 일에 대해 책임을 묻는 격이었다.

그것이 태랑을 혼란스럽게 했다.

만약 과거가 그대로 되풀이되지 않는다면? 지금의 역사는 자신이 되돌아오기 전과 많이 달라졌다. 어쩌면 패왕도 태도를 고칠 여지가 있지 않을까?

'그래. 지금 패왕을 없앤다고 한들 또 다른 패왕이 출현하지 않으리란 보장도 없어. 차라리 그를 설득해 보자. 적을 만들지 않는 가장 좋은 방법은 적과 친구가 되는 것이지. 막고라 길드의 박성규 마스터 역시 과거에는 전혀 다른

행보를 걷던 인물이었어. 하지만 이제는 나와 혈맹을 맺으면서 그의 조력을 받게 되었지. 어쩌면 패왕도…'

생각을 고쳐먹은 태랑은 잠자코 여준상의 실력을 지켜보기로 했다.

확실히 그의 무용은 대단했다.

얼음 군주에 따르면 패왕은 최후의 5인까지 살아남지 못한 인물. 하지만 그럼에도 불구하고 그의 전투능력은 타고난 데가 있었다.

스스로 고립정책을 펼치지 않고, 인류에 협조했다면 그역시 과거로 돌아오는 대열에 합류했을지도 모른다.

"여준상이란 마스터 대단하네요. 혼자서 가고일 열 마리를 박살 냈어요. 들고 있는 검과 방패도 고급 아티펙트로 보이구요."

"맞아. 가끔 시대를 잘못 태어난 자들이 있지. 저 사람은 냉병기 시대에 태어났다면 천하를 호령했을 장군이 되었을 거야."

"그건 마스터도 마찬가지예요."

"응?"

"마스터도 옛날에 고시공부만 했다는 게 믿기지 않는다구요."

"그런가? 하하."

태랑은 신중한 태도로 끼어들 기회를 엿봤다.

자칫 어설프게 개입해 '스틸'로 간주될 것을 우려했다.

스틸이란 헌팅 중인 사냥감을 가로채 경험치와 아티펙트를 빼앗는 행위로, 클랜 간의 분쟁 소요를 일으키는 주된 원인이었다.

'…패왕이 인접 클랜에 시비를 걸 때 주로 사용하던 방법이기도 하지.'

클랜전을 일삼는 행위나 맨이터들의 약탈은 사실상 종이 한 장 차이였다. 그것은 바로 '명분'의 문제였고, 패왕은 교묘하게 명분을 이용할 줄 알았다.

'놈이 주로 쓰던 수법을 한 번 역으로 이용해 볼까?'

태랑이 작전을 꾸몄다.

그의 예상대로면 놈들은 분명 가고일에게 기습을 받은 상황. 이 점을 적극적으로 공략해야 했다.

"슬아야. 우리 클랜 애들 이쪽으로 데려와. 대신 내가 하는 말에 아무 말 하지 말고 듣고만 있으라고 전해. 알겠어?"

"어쩌시게요?"

"일단은 그렇게만 전하면 돼. 여준상에게 신세를 지워야겠어."

"알겠어요."

슬아가 거미줄처럼 늘어나는 슬라이머의 팔을 이용해 빌딩 숲을 넘나들며 사라졌다. 태랑은 그녀의 동작이 스파이더맨과 비슷하다고 생각했다.

'대단한 적응력이군. 언제 저렇게 자유자재로 사용하게

되었지?'

슬아는 팀원 중 유일하게 독자 훈련권을 부여받았다.

애초 그녀는 레이드 포지션에 속하지 않은 암살자.

대형에 속하지 않고 자유롭게 풀어주는 게 그녀의 능력을 최대로 활용하는 방법이기도 했다.

그녀는 개별적으로 훈련하며, 다루기 힘든 슬라이머의 팔을 원하는 대로 사용할 수 있을 때까지 연습을 거듭했다. 그 결과가 지금의 모습이었다.

'참, 성실하단 말이지. 충성심도 강하고….'

슬아가 일행을 부르러 간 사이 태랑은 광각의 심안을 동원해 가고일의 대피소를 수색했다. 여준상이 열심히 가고일을 상대하고 있지만, 아직까지 본거지를 찾지 못하는 상황이었다.

그보다 먼저 움직여야 한다.

광각으로 확장된 시야 속에 석상들이 모인 건물이 눈에 들어왔다.

'찾았다. 저 건물이군.'

태랑은 석상이 잔뜩 모여 있는 빌딩을 발견했다. 슬아처럼 도약 스킬을 쓸 수 있다면 좋았겠지만, 거리가 너무 멀었다.

태랑은 급히 건물을 뛰어 내려가 가고일이 모인 빌딩에 올랐다. 건물 옥상에는 가고일 석상들이 조각가의 창고처럼 잔뜩 쌓여 있었다. 시선 방향이 건물 아래로 향해 있었기 때문에 놈들은 아직 태랑을 발견하지 못한 듯했다.

"때려 부수는 덴 이게 최고지."

태랑이 등에 멘 무반동 도끼를 꺼내 들었다.

경량 합금으로 만들어진 현대식 도끼는 가벼우면서도 내구성이 좋았다. 특히 손잡이에 전해지는 충격량을 흡수하는 설계로 장시간 사용해도 피로감이 적었다. 아티펙트에 비할 바는 아니지만, 포스를 주입하면 무기로 쓰기엔 충분했다.

"으라차!"

태랑이 힘을 실어 도끼를 휘두르자 석상으로 변신한 가고일 한 놈의 머리통이 박살 났다. 일격에 한 놈을 해치운 태랑은 곧바로 옆에 서 있던 다른 놈도 때려 부쉈다. 강력한 포스가 담긴 도끼질에 석상이 산산조각 났다.

습격을 받은 가고일이 그제야 태랑의 존재를 눈치챘다.

놈들이 일제히 눈을 뜨자 시멘트처럼 회색빛을 띠던 몸체가 붉은 기운 도는 괴물의 형상으로 돌변했다. 근육질의 상체는 보디빌더의 그것처럼 늠름하게 빠져 있었다.

그러나 스무 마리의 가고일 무리에 둘러싸인 태랑은 전혀 두려워하는 표정이 아니었다. B급 몬스터 정도는 어느새 그에겐 간식거리에 지나지 않았던 것이다.

"잘됐군. 이 기회에 특수기 좀 사용해 볼까?"

태랑은 그간 소환수를 통해 연습한 기술을 실전에 써볼 생각이었다.

그가 뭉쳐진 가고일 무리로 도끼를 집어 던졌다. 빠르게 회전하며 날아간 도끼는 토르의 망치처럼 투척 지점에 도착하는 순간 강력한 번개를 동반했다.

콰르르릉!

마른하늘에 날벼락이 떨어지며 가고일 무리에 직격했다.

가진 특수기 중 최강의 공격력을 자랑하는 '뇌전 강타'가 발동하며 5~6마리의 가고일이 일제히 쓰러졌다. 감전의 여파로 온몸이 까맣게 타들어 간 놈들은 그대로 즉사했다.

'생각했던 것보다 범위가 넓은 편이군.'

도끼 투척 이후 흥분해 달려드는 가고일을 보며 태랑이 급히 창을 뽑았다.

"귀찮으니 한꺼번에 덤벼라!"

가고일은 조그만 날개를 퍼덕이며 태랑을 동시에 공격하기 시작했다. 빙 둘러 포위 공격을 펼치는 놈들의 기세가 여간 매섭지 않았다. 그러나 이는 태랑이 바라던 바였다.

"신월!"

창간을 잡고 반원으로 빠르게 휘두르자 창끝에서 초승달 모양의 강기가 뿜어져 나왔다. 섬광이 번뜩이며 몰려들던 가고일이 일순간 두 동강 났다. 위아래가 분리된 가고일이 맥없이 쓰러지자 남은 가고일이 전의를 상실한 채 등을 돌렸다. 도저히 상대가 안 되는 것을 알고 안전한 곳을 찾아 석상으로 변신하려는 것이었다.

"또 어딜 가 짱 박히려고? 그렇게는 안 되지!"

태랑은 이번엔 허리 아래 걸쳐둔 서리 궁수의 활을 꺼내 들었다. 화살 없이도 발사되는 빙궁은 포스만 공급된다면 무한에 가까운 연사가 가능했다.

사방으로 날아오른 가고일을 노리며 태랑이 다발 사격 기술을 선보였다. 부채꼴로 펼쳐진 얼음의 화살이 도망치던 가고일에 적중하며 공중에서 추락시켰다.

가고일 일당 대부분을 전멸시킨 태랑은 밑으로 도망친 마지막 한 놈을 급히 찾았다. 놈은 여준상이 있는 방향으로 피신하는 중이었다.

태랑은 난간 끝에 한 발을 걸치고 침착하게 호흡을 가다듬었다. 상당히 먼 거리까지 벌어졌으나 광각의 심안의 확장된 시야는 표적을 정확하게 정조준하게 했다.

'어딜 도망쳐!'

빙궁의 시위를 놓자 활 끝에 맺힌 화살이 빠르게 날아가며 가고일의 뒷목을 꿰뚫었다.

푸욱—

마지막 놈까지 끝내 바닥으로 고꾸라졌다. 지상에 있던 여준상은 눈앞에서 쓰러진 가고일을 보고는 화살이 날아온 방향을 찾았다.

여준상이 태랑을 발견하고 소리쳤다.

"웬 놈이냐!"

태랑은 정황을 다 알면서도 뻔뻔하게 연기했다.

"그러는 네놈은 웬 놈이냐!"

두 사람은 건물의 옥상 위아래에서 대화를 나누었다.

"우린 검은 별 클랜이다!"

"그딴 건 알 바 없고, 네놈들 지금 우리 사냥감을 스틸한 거냐?"

"스틸이라니? 그게 무슨 헛소리야! 놈들은 우리의 사냥감이야!"

"뭐? 적반하장도 유분수지. 뻔뻔하기 이를 데 없군."

말을 마친 태랑은 5층 건물에서 과감하게 뛰어내렸다. 낙하지점에서 중간쯤 이르렀을 때 태랑이 왼손에 쥔 도끼로 벽면을 내리찍었다.

쾅—!

가공할 포스에 콘크리트가 박살 나며 도끼가 깊이 박혔다. 태랑은 중간 높이에서 도낏자루를 잡고 대롱대롱 매달렸다. 낙하 높이를 줄여 충격을 분산하려는 의도였다. 태랑은 다시 도끼를 뽑아 지상으로 낙법을 통해 착지했다.

태랑이 보인 놀라운 솜씨에 여준상을 비롯한 검은 별 클랜의 멤버들이 바짝 긴장했다. 먼 거리에서 정확히 화살을 맞추는 능력은 명사수의 솜씨였고, 콘트리트 벽에 도끼를 꽂아 넣는 무지막지한 힘은 강력한 전사의 그것이었다. 원거리와 근거리 능력 무엇 하나 빠지는 게 없었다.

"다시 말해 보시지? 내가 방금 가고일의 본진을 털고 왔는데, 너희들이 사냥 중이었다?"

"본진?"

태랑은 당황해 하는 여준상의 모습에 더욱 거세게 몰아 붙였다.

"뭐야, 너희들은 놈들의 본거지도 모르면서 레이드를 하고 있었다고 우겼단 말이야? 억지도 정도가 있어야지."

"그, 그건 우리가 중간에 기습을 당하는 바람에….'

"지금 스틸을 인정하는 건가?"

여준상은 슬쩍 주위를 살폈다. 가고일은 어느새 정리가 끝난 상태. 클랜원이 몇 명 죽거나 다쳤지만, 15명 이상이 건재해 있었다. 거기다 상대는 고작 한 명. 제법 강하다 하지만 동시에 15명을 상대할 수준은 안 될 것이다.

이에 여준상이 다시 자신감을 갖고 소리쳤다.

"너희들이 먼저 싸웠다는 증거라도 있어? 지금 혼자서 가고일과 레이드를 벌였다고 주장하는 거냐?"

그때 마침 슬아가 세이버의 헌터들을 끌고 태랑 쪽으로 합류했다. 어느 틈에 스무 명에 가까운 헌터들이 태랑의 뒤에 버티고 섰다.

"혼자라니? 어딜 봐서 혼자라는 거야?"

갑작스레 몰려든 헌터들로 검은 별 클랜이 웅성이기 시작했다. 한눈에 보아도 범상치 않은 자들이 태반이었다.

특히 장갑을 매만지는 여자 헌터나, 몽둥이를 든 덩치, 그리고 검을 뺀 든 사내가 만만치 않았다. 태랑의 말대로 입을 꾹 다문 채 인상을 쓰고 있으니 몹시 화가 난 모습이었다.

여준상은 결국 태랑의 뻔뻔한 연기에 말려들었다.

'제길! 내가 녹턴을 상대하는 동안 우리 애들이 저들이 사냥 중이던 가고일 잔당을 건드린 모양이구나! 젠장, 이러면 완전히 입장이 곤란해지는데….'

명분을 빼앗긴 상태였기 때문에 여준상이 살짝 저자세로 나왔다.

"우리 클랜 애들이 가고일과 싸운 것은 맞다. 하지만 결코 고의가 아니었어. 저놈들이 먼저 우릴 공격했다고."

"그건 너희의 일방적인 주장이지. 내가 볼 땐 우리가 열심히 양념 쳐놓은 것을 네놈들이 스틸 하려 했다고밖에 생각되지 않는데?"

"으윽…."

스틸 행위는 도둑질이나 마찬가지.

의도치 않게 남의 헌팅을 방해한 셈이지만 어쨌든 귀책은 검은 별 클랜에 있었다. 여준상이 사태를 무마하기 위해 결국 고개를 숙였다.

"미, 미안하다. 클랜의 대표로 정식으로 사과하겠다."

태랑은 이쯤에서 적당히 사과를 받아주기로 했다.

"흠… 뭐 사정을 듣고 보니 고의로 그런 것 같진 않군. 좋아. 사과를 받아주겠다. 난 세이버 클랜의 김태랑이다."

"어엇! 세이버라고?"

"저 사람 레이드 게시판에서 본 적 있어."

"래그나돈을 혼자서 물리쳤다는 소문의 그 헌터잖아?"

태랑은 어느새 전국적인 유명인사가 되어 있었다. 여준상 역시 태랑의 이름을 듣고는 깜짝 놀랐다.

'네크로마스터라고 불리는 그 헌터구나! 어쩐지 범상치 않더라니….'

"검은 별 클랜의 여준상이다."

"부하들도 지쳐 보이는 데 잠시 쉬게 하는 게 어떤가?"

"그렇게 하지."

태랑은 아직까지 영문을 모르는 세이버 클랜을 향해 등 돌려 소리쳤다.

"오해는 모두 풀렸다! 이곳에서 잠시 쉬었다 가겠다."

태랑은 포켓에서 담배를 꺼내들더니 여준상에게 권했다.

"한 대 피울 텐가?"

"좋지."

두 사람은 잠시 주변을 거닐며 얘기를 나누었다. 태랑의 계략으로 여준상의 입장이 곤란한 상황이었으므로 대화의 주도권은 태랑이 가지고 있었다.

"본의 아니게 폐를 끼친 것 같아 미안하군."

"괜찮다. 가고일이 무슨 대단한 몬스터도 아니고…."

"세이버 클랜의 명성은 익히 들었다. 소문대로 클랜원들이 하나같이 쟁쟁하더군."

여준상의 말은 겉치레가 아니었다. 그는 진심으로 감탄하고 있었다. 무릇 마스터라면 뛰어난 부하들을 보유하고 싶어 하는 게 인지상정. 그는 아직 완전한 기반을 갖추지 못했고, 태랑의 세이버 클랜이 가진 역량을 진심으로 부러워했다.

"과찬이군. 너희 클랜도 충분히 좋은 클랜으로 보인다."

"헌데 듣기론 강남 쪽에서 활동한다고 들었는데 여긴 무슨 일로?"

"헌터가 움직이는 이유는 한 가지 뿐이지."

"가고일 정도를 사냥하러 오진 않았을 테고…."

"히드라."

"히드라? DDP에 출몰한다는 그 몬스터?"

"맞다."

여준상은 다시 한번 놀라움을 금치 못했다. 히드라는 강북의 몇몇 클랜들이 덤볐다가 재기가 불가능할 정도로 박살 났다는 F급의 몬스터. 그 이후 감히 히드라에 덤비는 클랜은 전무한 상태였다.

당당하게 놈을 사냥하러 왔다는 태랑의 자신감이 그를 자극했다.

"대단하군."

태랑은 이쯤에서 슬슬 본론을 꺼내기로 했다. 그를 적으로 두기보다 동지로 만드는 것이 이번 계략의 최종 목표였다.

"여준상이라 했지? 이렇게 만나게 된 것도 인연인데 같이 해 볼 텐가?"

"…우리 검은 별 클랜과 연합하자고?"

"그렇다. 솔직히 가고일 정도의 몬스터로는 성에 안 차지. 히드라는 F급의 몬스터. 전리품도 쏠쏠할 것이다."

여준상은 태랑의 제안에 갈등했다.

히드라는 검은 별 클랜만 가지고는 엄두도 내지 못할 몬스터. 하지만 세이버라는 뛰어난 클랜과 연합한다면 승산이 있을 것이다.

게다가 태랑은 스틸에 대해서도 쿨하게 넘어갈 만큼 배포가 큰 사내였다. 자신이었다면 아티펙트를 받아 내거나 하다못해 배상금이라도 요구했을 것이다.

'김태랑은 믿을 수 있는 남자다. 어쩌면 우리 클랜이 발전하는 계기가 될지도 몰라.'

"잠시 클랜원들과 얘기 좀 하고 와도 되겠나?"

"얼마든지."

여준상이 자신의 클랜으로 돌아간 사이 태랑도 세이버 클랜의 간부를 모아 대강의 사정을 밝혔다.

"아깐 당황했지?"

"대체 무슨 일이에요? 저 사람은 또 누구구요?"

유화가 물었다.

"적으로 두면 피곤할 타입, 하지만 아군이 되면 큰 보탬이 될 사람이야."

"으잉? 그게 뭔 소리?"

"저쪽 클랜에 히드라 레이드의 연합을 제안했어요."

"쪽수야 많으면 좋긴 한디… 실력은 믿을 만한겨?"

"다른 사람은 몰라도 저 마스터는 충분하죠. 잠재력이 대단한 사냅니다."

"혹시… 등장인물?"

민준이 대강 눈치를 채고 물었다. 태랑이 적극적으로 나선 것을 보면 뭔가 사연이 있을 거라 짐작했던 것이다.

"어쩌면 막고라 길드의 박성규 마스터처럼 우리의 든든한 아군이 되어 줄지도 몰라. 이번 기회에 그를 포섭해야겠어."

"혹시 박성규 마스터와 같은 케이스로 만들 생각이세요?"

"그렇지. 어차피 미래는 변하기 마련이야. 과거의 적이라도 현재는 얼마든지 동료가 될 수 있으니까."

"과거요? 미래가 아니라?"

태랑은 순간 말실수한 것을 깨닫고 황급히 주워 담았다.

"아… 내가 꿈을 꾼 게 과거다 보니 말이 헛나왔군. 아무튼, 막고라의 박성규도 지금 같은 관계가 될 거라곤 예상 못 했잖아. 진심을 다한다면 여준상도 분명 든든한 조력자가 될 수 있을 거야."

다행히 꼬투리를 잡는 사람은 없었다. 눈치 빠른 은숙이 이 자리에 없는 것이 천만다행이었다.

"흐미. 나는 그래도 쪼까 껄쩍지근 헌디? 사람 함부로 믿는 거 아니여. 생각 잘해."

조직에 몸담았던 한모는 과거 숱한 배신을 경험했다. 어제의 동지가 내일의 원수가 되는 경우는 별 놀라운 일도 아니었다. 평소엔 형님아우 부르며 지내다가도, 곤란한 상황이 발생하면 남보다 못한 사이가 되는 경우가 부지기수였다.

하지만 태랑은 여전히 자신만만했다.

"그도 분명 처음부터 나쁜 사람은 아니었을 거예요. 그리고 만에 하나 놈이 배신할 것 같으면 그땐 제 손으로 직접 처단할게요."

"뭐, 그라믄 다행이고."

잠시 후 클랜원과 협의를 마친 여준상이 태랑에게 왔다.

"부하들은 설득했다. 이번 히드라 레이드 함께 하겠다."

"잘 생각했군."

"전리품에 대한 부분은 좀 더 논의가 필요할 것 같은데…"

역시나 그는 계산이 빠른 사내였다.

태랑도 두루뭉술한 것은 싫었기 때문에 이 자리에서 확정을 짓는 편이 낫다고 생각했다.

"그건 투입된 인원수로 결정하기로 하지. 너희 클랜 총원이 15명이니 1:3으로 나누면 되겠군."

"무슨 소리야? 세이버 클랜도 스무 명 정돈데? 이 정도면 거의 비슷한 셈 아닌가?"

"아, 내가 전력을 모두 안 보여 줬나 보군."

태랑은 왼손으로 바닥으로 향해 뭔가를 뽑아내는 시늉을 했다. 그러자 땅속에서 해골 병사 한 마리가 솟아올랐다. 검은 색의 동공이 불타는 해골 병사는 한눈에 보아도 범상치 않은 기운을 뿜고 있었다. 여준상이 그 모습을 보고 생각했다.

'아차, 그의 호칭이 네크로마스터였지. 싸우는 모습만 보고 전사라고 착각했다.'

"해골 병사가 22마리, 좀비 들개와 골렘까지 더하면 지금 병력의 두 배는 넘을 거야. 이 정도면 납득이 되나?"

여준상이 살짝 인상을 찌푸렸다.

"이건 좀 억지지 않나? 소환수까지 클랜원에 포함시키는 경우가 어딨어?"

"억지라고? 아니, 전혀. 내 소환수의 위력은 어지간한 클랜하나와 맞먹는 전력이다. 혹시 래그나돈 공방전에서 도둑 길드의 이야기 못 들었나?"

"으음…."

여준상도 물론 들은 적 있었다.

태랑이 뒤치기를 획책한 도둑 길드 전원을 단신으로 박살 냈다는 소문. 게다가 도둑 길드에 적법사 클랜까지 포함되어 그 수만 거의 40에 이르렀다고 했다.

"참고로 내 해골 병사의 전투력은 B급 몬스터를 상회한다. 궁금하면 너희 클랜원을 대상으로 시험해 봐도 좋아."

여준상은 끝내 납득할 수밖에 없었다. 칼자루를 쥔 쪽이 김태랑이란 걸 다시 확인했다. 같은 클랜 대 클랜의 연합이지만 실제 전력 차는 3배 이상이었다. 1:3이라는 정산비율마저 태랑이 후하게 쳐준 셈이다.

"…알겠다. 그 조건으로 연합에 합류하겠다."

"그럼 출발해 볼까?"

준상은 속으로 생각했다.

'지금은 어쩔 수 없이 받아들이마. 하지만 계속 기고만장하지 않는 게 좋을 거야, 김태랑.'

세이버 클랜과 검은 별 클랜은 적당히 떨어져 동행했다. 목적지까지 한 번에 이동하기엔 이미 해가 떨어지고 있었기 때문에 두 클랜은 자연스레 빈 건물을 찾아 숙영해야 했다.

태랑은 건물 주변으로 좀비 들개를 순찰시키고, 야간에도 불침번을 세워 경계를 강화했다. 여준상 역시 맡은 경계구역을 책임진 후 몰래 클랜 수뇌부를 불러 모았다.

"놈들이 혹시나 뒤통수를 치진 않겠죠?"

말을 꺼낸 사람은 검은 별 클랜의 책사로 불리는 정원민이라는 사내였다. 그는 염소수염을 기른 교활한 사내로, 협잡질과 이간질의 달인이었다.

"왜? 우리 전력이 딸리니까 겁이 나나?"

"김태랑이란 사내의 소문은 익히 들었습니다. 굉장히 평판이 좋더군요. 하지만 사람의 본심은 절대 알 수 없는 거니까요."

원민은 인간 불신이 극심했다.

그 스스로가 항상 배신할 생각을 했기 때문에, 남들도 자신과 똑같다고 생각했다.

"뭐, 공명정대한 사람인 것 같긴 했어. 하지만 절대 호구는 아니더군. 전리품 정산을 정할 때 칼같이 끊더라니까."

"그럼 이대로 연합을 계속 진행하실 겁니까?"

구레나룻이 수북한 사내는 검은 별 클랜의 오른팔로 불리는 기승찬이라는 사내였다. 그는 하루만 수염을 안 밀어도 얼굴을 가득 덮는 수염 덕에 주로 털보라는 별명으로 불렸다.

겉보기엔 인심 좋은 아저씨처럼 보이지만, 속내는 새까만 것이 정원민 못지않았다.

여준상이 고심하는 표정으로 대답했다.

"일단은 신중하게 움직여야 해. 욕심을 잘못 부렸다간 우리가 골로 갈지도 모르거든."

"어차피 김태랑이 우리와 손을 잡은 것도 꿍꿍이속이 있어서 일 겁니다."

"그렇겠지. 히드라를 상대하려면 많은 인원이 필요할 테니."

"저희 클랜을 사지로 내몰까 걱정되는군요."

"마냥 당하고 있진 않을 거야. 당분간은 생각대로 움직여 주자고. 기회가 한 번쯤은 오겠지."

"역시… 전리품을 나누는 것이 맘에 들지 않죠?"

"가질 수 있는 것은 모조리 쟁취한다. 그게 나 여준상의 방식이야."

태랑의 생각과 달리 여준상은 뼛속부터 이기적인 사내였다.

유유상종이라고 그를 따르는 부하들마저 똑같았다.

태랑은 이를 아는지 모르는지 조용히 잠을 청하고 있었다.

다음날 DDP 인근까지 접근한 두 클랜은 몬스터들의 동정을 살폈다. 요크라는 몬스터는 오크의 친척뻘이라 그런지 부락을 짓는 습성이 있었다.

DDP 광장 곳곳에 육각모 형태의 등지가 가득했다.

단망경으로 정찰하던 슬아가 물었다.

"마스터. 저게 혹시 놈들의 집인가요? 모양이 조금 특이한데요?"

"맞아. 요크는 벌집 모양으로 집을 짓지."

"벌집이요?"

"그러니까 위가 막히고 옆으로 문이 달린 벌집이라 생각하면 돼. 아마도 벽을 붙여서 건축의 효율성을 높이려는 거겠지."

"그럼 저 방들이 모두 연결되어 있다는 거예요?"

거대한 벌집은 DDP 광장 부근을 가득 메우고 있었다.

'요크 정도는 히드라를 상대하기 전 애피타이저쯤으로 생각했는데… 지난번 오크 부락보다 훨씬 크겠군.'

A급 몬스터는 평범한 각성자도 죽일 수 있을 만큼 약했다.

그러나 간혹 A급 중에서도 집단의 힘을 이용할 줄 아는 놈들이 있었다. 오크나 리져드맨 같은 놈들이 대표적. 요크 역시 오크에서 갈라져 나왔기에 성향이 비슷했다.

"그럼 저 벌집 하나에 한 마리씩 산다고 쳐도… 둥지 하나에 100여 마리는 너끈히 들어 있단 소리군. 큰 둥지가 모두 5개는 되어 보이니까."

태랑과 함께 정찰을 나온 여준상이 요크의 수효를 가늠하고는 놀란 표정으로 물었다.

"500마리? 아무리 A급이라도 해도 저건 너무 많은데?"

"저 벌집 가득 요크가 들어차 있진 않을 거야. 놈들은 오래된 집을 비우고 새집으로 갈아타는 경향이 있거든. 공실률을 감안하면 대충 300마리쯤?"

"어떻게 그걸 알고 있지?"

태랑이 제시하는 정보는 지나치게 상세했다.

준상은 의구심을 가질 수밖에 없었다.

"레이드엔 정보가 생명인 거 모르나? 중요한 정보는 얼마를 들여서라도 사들여야지."

"음…."

태랑의 대꾸에 여준상이 입을 다물었다. 그러나 여전히 의심을 지우지 않았다.

'아무래도 이상한데… 강북에 사는 요크에 대한 정보를 강남에 근거지를 둔 이 녀석이 어떻게 빠삭히 알고 있는 거지? 게다가 정보상도 결국엔 헌터들에게 정보를 입수하기 마련이잖아? 요크 토벌 전에서 살아 돌아간 헌터가 얼마나 있다고….'

하지만 의혹을 품기엔 태랑이 다음으로 하는 말이 너무 충격적이었다.

"좋아. 정면으로 돌파한다."

"뭐라고? 그건 너무 무식한 방법 아닌가? 놈들은 롱소드로 무장한 풋맨과 같아. 스크럼을 짜서 덤빈다고."

요크는 강북 이곳저곳에 출몰했다. 따라서 검은 별 클랜도 소규모의 요크들과 싸워본 경험이 적지 않았다. 여준상은 태랑이 너무 요크를 얕잡아 보고 있다고 생각했다.

"설마 내가 너보다 요크에 대해서 모를 것 같아서 하는 조언인가?"

"상대 병력은 우리의 5배가 넘는다. 둘러싸이면 아무리 A급 몬스터라도 무시하기 힘들어."

"둘러싸이기 전에 해치우면 돼. 것보단 전투가 벌어진 이후를 더 걱정해야지."

"히드라 말인가?"

"그래. 우리의 최종 목표는 결국 히드라야. 내가 부탁 하나 하지."

"뭔데?"

"너희 병력들로 최소 히드라의 머리 두 개를 맡아 줘야해. 우리 클랜이 나머지 세 개를 맡지."

태랑이 굳이 검은 별 클랜을 끌어들인 이유가 이것이었다. 히드라를 상대할 땐 클랜 전체가 모두 덤벼야 한다. 그러나 세이버 클랜 인원으로만 상대한다면 필시 부상자가 발생할 것이다.

하지만 검은 별 클랜이 머리 두 개를 맡아준다면 병력의 운용에 상당한 여유가 생겼다.

"좋아. 그 정돈 해보지."

"한 가지만 명심해. 히드라는 강력한 브레스를 뿜어 대. 놈의 목울대가 꿀렁거리면 맞서지 말고 무조건 대피해."

"알겠다."

작전 회의를 마친 태랑은 신속히 전투를 준비했다.

"내 소환수들이 모루 역할을 맡을 거다. 너희들은 전선이 무너지지 않게 버티면서 공격에 집중해. 그리고 우리 타겟은 요크가 아니라, 나중에 등장할 히드라임을 명심해야돼. 힘을 다 쓰진 말란 소리다."

"옙!"

말을 마친 태랑은 동시에 모든 소환수를 불러일으켰다.

22마리의 스켈레톤, 4마리의 좀비 들개, 2마리의 스톤 골렘까지. 일개 클랜 규모의 소환수 군단이 그 앞에 도열했다.

'진형을 활용해 봐야겠군.'

태랑은 소환수를 대상으로 최근에 습득한 전술대형 중 하나이 방원진을 적용시켰다.

방원진은 방어력을 극대화한 진형으로, 해당 진형을 적용할 경우 기동성과 공격력이 감소하지만 방어력이 200% 증가하는 장점이 있었다.

진형 전개를 명령받은 태랑의 소환수들은 최대한 밀집하더니 곧 완벽한 방어대형을 갖추었다. 진형에 소속된 소환수들의 몸체로 붉은 기운의 테두리가 둘러쳐져 평소와는 조금 달라 보였다.

"이게 진형이라는 겁니까?"

"맞아. 진형이 가진 자체 버프에 군단의 깃발 특성, 거기다 스킬효과 두 배 뻥튀기가 더해져 전차부대만큼 단단해졌지."

"대단한데요? 그럼 정확히 얼마나 강해진 거죠?"

"스켈레톤 하나가 스톤 골렘하고 맞먹을 정도?"

"우아… 진짜 장난 아닌데요."

"대신 이동속도는 많이 느려. 공격보다 방어에 치중한 진형이거든. 결국, 공격은 헌터들의 몫이야."

"아따 그 정돈 맡겨만 주랑께."

한모가 가시 몽둥이로 바닥을 쿵쿵 치며 전의를 불태웠다. 항상 탱커 역할을 하던 그로서는, 마음껏 공격에 집중하라는 태랑의 명령에 엄청 신나있었다.

태랑은 이어 슬아와 안나에게도 따로 지시를 내렸다.

"두 사람은 대형에 끼지 말고 멀리 물러서서 적 지휘관을 노려."

"요크에게 지휘관도 있나요?"

"대략 30여 마리당 하나꼴로 통솔권을 가지고 있어. 소대장 같은 개념이지."

"저희가 구분할 수 있을까요?"

"놈들 중 상대적으로 덩치가 크거나 특별히 용맹한 놈들이 있어. 그것들이 지휘관이야. 원거리에서 안나가 저격을 하고 슬아는 안나의 호위를 맡아. 총소리가 들리면 분명 놈들이 별동대를 보낼 테니까."

"헌데 제가 없으면 마스터의 경호는 누가…."

태랑이 단호히 고개를 저었다.

"전투 시까지 나를 지킬 필욘 없어."

"알겠습니다."

"자. 움직이자."

세이버 클랜이 주공을 맡은 사이 여준상이 이끄는 검은 별 클랜이 보조 공격을 맡았다. 그들은 우측에 약간 떨어진 상태로 진형을 잡고 있었다.

"마스터. 놈들이 슬슬 움직입니다."

"정말 300마리의 요크를 정면 돌파할 셈일까요?"

부하들의 물음에 여준상이 차갑게 웃었다.

"어디 호언장담할 만한 실력이 되는지 한번 지켜보자고. 자, 우리도 가자."

헌터들이 접근하자 벌집에서 요크들이 뛰쳐나왔다. 태랑은 방원진을 짠 소환수를 착실하게 진격시키며, 공격 명령을 지시했다.

"가라! 세이버의 용맹을 보여줘라!"

"우아아아아!"

세이버의 헌터들이 들소 떼처럼 달려드는 요크 무리와 격돌했다. 오크보다 좀 더 키가 크고 보다 날렵한 요크들은 롱소드를 두 손에 쥐고 과감한 공격을 전개했다. 쪽수를 활용한 인해전술.

그러나 태랑의 예상처럼 방원진을 꾸린 소환수들은 단단한 벽과 같았다. 소환수들은 충돌해 온 요크 무리에 한 발자국도 밀리지 않고 굳건히 버텨냈다. 돌격을 마치자 요크의 기세가 주춤하며 제풀에 쓰러지는 놈들이 발생했다.

세이버 클랜 헌터들은 기회를 놓치지 않고 요크들을 척살했다. 민준이나 유화, 한모는 말할 것도 없고, 새로이 영입된 발차기의 고효상이나 대검 학살자 안상훈도 눈에 띄는 활약이었다.

"아다다다다! 선풍각 맛 좀 봐라!"

공중에 떠올라 요크를 짓밟는 고효상은 물 찬 제비와 같은 움직임을 보여주었다. 중력 거부자라는 특성을 이용해 요크 부대의 어깨를 밟고 다니며 머리를 걷어차는 솜씨에 벌써 여러 마리의 요크들이 쓰러졌다.

안상훈의 모습은 더욱 극적이었다.

그의 대검이 풍차처럼 휘둘러 질 때마다 요크들이 짚단처럼 썰려 나갔다. A급 몬스터들은 그들에겐 너무도 손쉬운 상대였다.

그때 요크 중 유난히 덩치가 좋은 한 놈이 칼을 하늘 높이 쳐들었다. 그 신호에 맞춰 놈들이 어깨를 맞대며 스크럼을 짜기 시작했다. 난전 상황에선 힘을 못 쓰던 놈들이지만, 대형을 갖추자 생각보다 수비가 견고해졌다.

"이것들이 잔재주를!"

공격이 살짝 답답해지던 순간, 멀리서 "탕"하는 총성이 울려 퍼졌다. 동시에 지휘관 요크의 이마에 커다란 구멍이 뚫리며 널브러졌다.

잠시 후 한 발의 총성이 또 울렸다. 이번엔 다른 지휘관 요크가 숨을 거뒀다.

그제야 저격수의 존재를 눈치챈 놈들은 지휘관을 보호하기 위해 둘러싸는 한편 일부 요크들이 우회해 저격수를 찾아 나섰다. 보이지 않은 위협에 놈들의 움직임이 급격하게 움츠러들었다. 지휘관을 보호하기 위해 대형이 다시 흐트러졌다.

'슬아가 지키고 있으니 별일은 없겠지. 그보다는 히드라가 나타나기 전에 빨리 놈들을 쓸어버려야겠다. 시간이 촉박해.'

태랑은 직접 도끼를 들고 요크 무리의 한복판으로 뛰어들었다. 그의 도끼날이 휘둘러 질 때마다 요크의 목이 하늘을 날았다. 이제는 완연한 근접 전사로 변모한 태랑은 요크의 한복판에서 종횡무진 날뛰었다.

그가 지나간 자리로 요크의 시체가 수북하게 쌓여갔다. 도끼에선 번개가 내리치고, 얼음 화살이 하늘을 갈랐다. 매서운 창이 휘둘러 질 때마다 요크들은 산적처럼 꿰뚫렸다.

세이버 헌터들의 활약을 바탕으로 엄청난 인원을 자랑하던 요크 무리가 눈에 띄게 줄어들었다. 측면에서 전투 중이던 여준상은 세이버 클랜이 보여주는 무용에 자극을 받았다.

'쳇… 입만 산 허풍선이는 아니었나 보군. 하지만 이대로 무임승차하는 건 헌터로서 자존심 상하는 일이지.'

여준상이 양손에 크라우프와 테리우스를 치켜들었다. 각각 5등급의 아티펙트로, 이제껏 그가 목숨 걸고 쟁취한 무구였다.

톱날 검 크라우프에는 상대방의 몸에 닿는 순간 전기톱처럼 살을 파고드는 마법이 걸려 있었다. 준상이 크라우프를 휘두르자 달려들던 요크들이 순식간에 두 토막으로

폭식의
군주 6

분리되었다. 이어 사자 얼굴이 양각된 방패 테리우스가 빛을 뿜었다.

방패에 조각된 사자의 입이 살아있는 생물처럼 입을 벌리자, 푸른색의 마탄(魔彈)이 뿜어지며 요크 무리를 덮쳤다. 포켓볼에서 첫 구를 때리면 뒷공이 사방으로 튕겨 나가는 것처럼, 마탄에 적중당한 놈은 주변에 있던 다른 놈까지 모두 쓰러뜨렸다.

'들러리에 안주할 생각은 추호도 없다.'

"검은 별 클랜의 헌터들이여! 돌격하라! 우리의 힘이 결코 세이버에 밀리지 않는다는 걸 증명해 보여라!"

"우아아아아!"

"대장님만 믿습니다요!"

여준상의 활약으로 사기가 오른 검은 별 클랜이 요크를 사정없이 도륙했다.

태랑은 멀리서 그 모습을 지켜보면서 흐뭇한 표정을 지었다.

'연합을 제안하길 잘했군. 일을 맡기면 자기 몫은 능히 해내는 사람이야.'

그러나 태랑의 생각과 달리 여준상은 호시탐탐 배신할 기회만 엿보고 있었다.

'요크 따위로 그를 막을 수는 없겠어. 상상했던 이상으로 강하단 말이지. 차라리 여기서 신뢰를 얻고 히드라 때를 노려봐야겠다.'

이에 생각이 미친 준상은 더욱 격렬하게 요크를 학살했다.

그가 받은 특성은 '무신(武神)'.

포스가 소모될수록 공격력과 방어력이 동시에 증가하는 특성이었다. 이는 태랑이 오우거를 해치우고 얻게 된 '전투 각성'과 '괴수'의 특성 두 개를 합친 것과 동일한 효과.

더 놀라운 것은 태랑의 경우 쉴드가 손상을 입을 때만 특성이 발휘되는 반면, 그의 특성은 스스로 포스를 소모하며 능동적으로 사용할 수 있다는 점이었다.

그야말로 패왕이라는 별칭에 걸맞은 사기적인 특성.

태랑은 전장에서 미쳐 날뛰기 시작한 여준상의 모습을 보고 생각했다.

'예상대로 대단한 잠재력이다. 그가 과거와 달리 인류 해방의 대의에 동참한다면 누구보다 큰 보탬이 될 거야. 꼭 그를 우리 편으로 만들어야겠어.'

이처럼 동상이몽을 꿈꾸는 두 사람이 요크를 쓸어 담고 있을 무렵, 갑자기 DDP 건물 인근에서 쿵─ 하는 굉음이 울려 퍼졌다.

태랑이 소리가 난 방향으로 고개를 돌리자 빌딩 숲 사이로 거대한 괴물이 빼꼼 머리를 내밀었다.

'드디어 모습을 드러냈구나, 히드라.'

놈의 머리는 하나가 아니었다. 곧이어 다섯 개의 머리가 빌딩 숲을 배경으로 차례로 모습을 드러냈다.

포식의
군주 6

대형 포크레인 크기의 몸체는 이제껏 만나본 몬스터 중 흑갑룡 다음으로 컸다. 다섯 개의 머리를 모두 쳐들자 마치 사다리차를 뽑아낸 것처럼 고개를 꺾어야 볼 수 있을 정도로 높이 우뚝 섰다.

"저, 저게… 히드라?"

거대 몬스터에 대한 풍문은 레이드 게시판을 통해 숱하게 전해져 왔지만, 실물로 그것을 처음 본 헌터들은 압도적인 크기 앞에 할 말을 잃고 말았다. 이제는 신화로 남은 공룡의 재림을 목도한 기분이랄까?

실제 몇몇 헌터들은 자기도 모르게 엉덩방아를 찧거나 다리가 풀려 주저앉았다. 너무 놀라서 무기를 떨구는 사람도 있었다.

'다들 겁을 먹었군. 이래선 곤란한데.'

태랑은 우선 요크 잔당의 처리하기 위해 소환수의 진형을 바꾸었다.

"소환수, 추행진으로!"

태랑의 명령에 수비진형을 꾸리고 있던 몬스터들이 화살촉 모양으로 대형을 전개했다. 추행진은 기동력을 극대화한 진형으로 평지에서의 기동력을 150% 상승시키는 효과가 있었다.

"요크는 이제부터 내 소환수가 마무리할 것이다. 지금부터 모든 헌터는 히드라에게 달라붙어라! 쫄지마."

이동속도가 상승한 소환수들이 빠르게 요크 무리를 휘젓는 사이, 세이버와 검은 별 클랜의 헌터들은 애초 계획대로 다섯 무리로 나뉘어 히드라의 앞을 가로막았다.

서른 명이 넘는 헌터가 거대 괴물 앞에서 대치한 장면은 무척 인상적이었다. 만약 공룡과 인간이 공존하는 시대가 있었다면 딱 지금과 같은 모습이었으리라.

"놈의 브레스만 조심해!"

세이버 클랜은 모두 3그룹으로 나뉘었는데, 유화와 수현이 주도한 1조와 한모와 민준이 선두에 선 2조, 그리고 태랑과 슬아가 포함된 3조가 각각이었다.

여준상 역시 자신의 클랜을 둘로 쪼개 믿을만한 부하인 기승찬과 정원민이 포함된 한 조와 자신이 이끄는 조로 팀을 꾸렸다.

모두 5개의 그룹으로 나누어진 헌터들은 히드라의 다섯 머리를 하나씩 담당하며 동시에 싸움을 전개했다. 히드라의 다섯 머리는 각각이 독립된 개체인 것처럼, 다섯 방향으로 나뉘어 공격해 들어왔다.

브레스를 뿜지 않을 때 놈의 머리는 아나콘다와 흡사했다. 사람 하나쯤 가볍게 집어삼킬 것 같은 거대한 입이 헌터들을 덮치자 그들은 저마다 회피와 방어 기술을 선보이며 놈의 공격에서 벗어났다. 일부 용감한 헌터들은 마법으로 대항하거나 도검을 들이밀기도 했다.

"진짜 어마무시하게 큰데? 이놈 정말 F등급 맞아? 래그나돈 보다 더 강해 보여."

독 브레스를 뿜는 맨 왼쪽의 머리를 상대하던 유화가 놈의 공격을 피하며 소리쳤다. 그녀는 이제껏 거대 괴수형 몬스터와 싸워본 적 없었기 때문에 어떤 식으로 싸워야 하는지 감을 잡을 수 없었다. 그녀의 장점은 주로 대인격투, 특히 1:1 대결에 있었다.

같은 그룹에 속한 수현이 대답했다.

"레그나돈은 군단을 지휘하는 타입이잖아요. 단일 개체의 공격력만 따지면 이제껏 만난 괴물 중 가장 셀지도 모르죠."

"이대로 도망만 다녀선 절대로 잡을 수가 없겠어. 네가 뭐라도 해봐."

"그러잖아도 한 방 먹이려고 준비하고 있어요."

수현이 번개 창을 뽑아 들며 말했다.

유화와 달리 원거리 공격이 가능한 수현은 상대의 몸집이 큰 것이 오히려 편하게 느껴졌다. 표적이 큰 만큼 아무렇게나 던져도 적중시킬 수 있었기 때문이었다.

"라이트닝 스피어!"

백색의 번개창이 허공을 격해 히드라의 머리에 직격했다. 짜릿한 감전의 충격이 전해지자 히드라 전체가 부르르 몸을 떨었다.

"어라? 이놈만 공격했는데 모두가 타격을 입네?"

"당연하지. 머리는 각기 놀아도 결국 한 몸이니까. 어쨌든 고맙다!"

수현의 공격으로 순간적으로 냉기 히드라를 상대하던 민준에게 기회가 찾아왔다.

그는 한모에게 눈짓으로 사인을 보냈다.

한모가 뼈의 장벽을 머리 위로 들어 올리자 이를 발판 삼아 민준이 도약을 시도했다. 한모는 민준이 방패를 밟는 타이밍에 맞추어 다시 한 번 더 방패를 들어 올렸다.

검을 치켜든 민준은 한모의 도움으로 거의 5M를 솟구쳐 올랐다. 그의 앞으로 거대한 냉기 히드라의 머리가 나타났다.

"대가리를 썰어주마!"

민준은 오러 블레이드를 입힌 철혈도로 단숨에 히드라의 목을 쳤다. 그러나 놈의 몸통은 너무나 두꺼웠기에 절삭력을 강화한 그의 철혈도로도 단칼에 잘라낼 수 없었다.

1/3쯤 박힌 검이 중간에 멈춰 서자 민준은 허공에 대롱대롱 매달리는 신세가 되었다.

"으윽! 젠장!"

냉기 히드라는 고통에 겨워하며 사정없이 머리를 흔들었다. 민준은 튕겨 나가기 전 스스로 검을 뽑아 공중에서 떨어졌다. 높이가 너무 높아 그냥 착지했다간 두 다리가 부러질 판이었다.

"질풍참!"

민준은 스킬을 발휘해 지면 방향으로 회오리바람을 일으켰다. 회오리바람은 추락하던 민준의 몸을 떠받치며 낙하의 충격을 줄여주었다.

쿵-!

겨우 부상은 면했지만, 적잖은 충격에 민준이 쓰러지고 말았다.

"으따, 괜찮냐잉!"

놀란 한모가 급히 달려갔다. 그때 공격을 받고 흥분한 냉기 히드라의 목울대가 꿀렁거리기 시작했다.

"내, 냉기 브레스다!"

혹독한 냉기의 스프레이가 민준 앞을 가로막은 한모를 덮쳤다. 그는 부상을 입을 민준을 보호하기 위해 방패로 전면을 가린 체 한 걸음도 물러서지 않았다. 동시에 마법사들의 항마 버프가 한모와 민준에게로 집중되었다.

드라이아이스의 연기 같은 차가운 안개가 대지를 뒤덮었다.

"꺄악! 군수 참모님이랑 훈련 교관님이 브레스에 맞았어!"

"이를 어째!"

잠시 후 냉기가 걷히고 한모의 모습이 들어왔다. 그는 눈썹에 새하얗게 서리가 내려앉아 산 채로 얼어버린 모습이었다.

"한모 형님!"

태랑이 서리 궁수의 화살을 쏘아 냉기 히드라를 물러세우며 한모에게 달려갔다. 한모는 겨우 목을 좌우로 비틀었다.

"으따… 시베리아구만. 니미럴."

"괜찮으세요?"

"요. 갑옷 때문에 살았다잉."

그가 입고 있는 서리 마녀의 판금 갑옷은 특히 냉기 속성의 마법에 저항력이 뛰어났다. 만약 독이나 화염의 브레스였다면 이렇게 직격당하고 살아남기 어려웠을 것이다.

"민준이는 괜찮아?"

민준이 다리를 절뚝이며 검을 짚고 일어섰다.

"…죄송합니다. 괜히 저 때문에."

"뭘 다 그런 것 가지고 그냐. 근디 태랑아, 저 공룡 새끼 가죽이 허벌라게 질긴 거 같다? 민준이 검도 안 박혀브러야."

태랑이 히드라를 쏘아보며 말했다.

"아니에요. 놈도 분명 타격을 입었어요. 지금은 쉴드량이 최대치라 그렇지만, 계속 공격을 받으면 놈도 끝까지 버티지 못할 거예요."

한편 반대편에서도 치열한 싸움이 전개되고 있었다.

병력 대부분이 근접 전사로 이루어진 검은 별 클랜은, 원거리 공격이 불가능했기 때문에 놈들의 머리가 지상으로 내려올 때를 기다려야 했다.

"놈이 온다!"

털보 기승찬은 뇌전 히드라가 하강하는 타이밍에 맞춰 스킬을 선보였다.

"벽력장!"

두 손을 동시에 내밀어 후려치는 공격은 그의 주특기였다.

쌍장에서 뿜어져 나오는 맹렬한 기운에 뇌전 히드라의 머리가 둔기에 얻어맞은 것처럼 휘청거렸다.

그때 정원민이 부하들을 향해 소리쳤다.

"지금이다! 놈의 머리를 난도질해라!"

그는 인접한 헌터들에게 독 데미지를 씌우는 버프를 걸었다. 녹색으로 빛나는 무기를 치켜든 검은 별 클랜의 헌터들이 혀를 내밀고 쓰러진 뇌전 히드라에게 달려들어 가차 없는 공격을 퍼부었다.

그러나 히드라의 회복력은 굉장했다.

벽력장을 정통으로 맞고도 금세 정신을 차린 놈은 자신을 공격하는 헌터들을 용서하지 않았다. 순식간에 두 명을 깨물어 죽인 뒤 정원민을 향해 빠르게 쇄도했다.

"으읏! 뭐야, 이건!"

원민은 두 발이 굳어 꼼짝할 수 없었다. 그 순간 뇌전 히드라를 향해 대포알 같은 마탄이 날아들었다.

펑-!

마탄은 뇌전 히드라의 벌어진 입속으로 들어가 폭발하며 놈의 입안을 엉망으로 만들었다. 충격을 받은 놈이 괴성을 지르며 다시 물러섰다.

"고, 고맙습니다. 마스터!"

"섣불리 공격하지 마! 놈의 쉴드가 무척 단단하다!"

마탄을 쏘아 부하를 구한 여준상이 이빨을 꽉 깨물었다.

'젠장, 김태랑은 대체 제정신인 건가? 이런 괴물을 우리끼리 잡을 수 있다고?'

그러나 다른 생각을 할 겨를이 없었다. 그가 상대하던 무쇠 히드라의 목울대가 꿀렁이기 시작한 것이었다.

'아차! 다른 쪽을 도와주다 놈의 움직임을 놓치고 말았구나!'

준상은 황급히 물러서려다 뒤에 있는 부하들을 보고는 생각을 고쳐먹었다.

'내가 피하면 부하들이 죽고 말 거야. 막아내야 한다.'

"내 뒤로 바짝 붙어!"

무쇠 히드라가 브레스를 뿜자 검은색의 철 파편 수백 개가 총탄처럼 날아들었다. 준상은 사자 얼굴 장식의 방패, 테리우스를 치켜들어 소리쳤다.

"라운드 배리어!"

해당 스킬은 테리우스에 귀속된 광범위 배리어 마법이었다.

포식의 군주

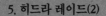

일인을 보호하는 은숙의 배리어 기술과 달리 방패 주변
으로 원형을 막을 형성되며 특정 범위 전체에 배리어 마법
이 둘러쳐졌다.

벌 때처럼 날아온 무쇠 파편은 준상의 배리어에 막혀 사
방으로 튕겨 나갔다. 여준상의 마법 뒤에 숨어 목숨을 건진
부하들이 그에게 감사를 표했다.

"고맙습니다, 마스터!"

"덕분에 살았습니다!"

"다들 정신 바짝 차려! 죽어 버리면 전리품이고 뭐고 소
용없다고!"

"넵!"

태랑은 무쇠 파편 브레스가 뿜어지는 것을 보며 생각했다.

'아까 전 냉기 브레스를 쏘고 나서 대략 5분 정도의 텀인가? 놈의 브레스는 무한대로 나오는 기술이 아냐. 분명히 재사용시간이 존재한다. 그렇다면 지금부터 5분간 개점휴업인 셈이군.'

"전원 돌격하라! 기회는 지금뿐이다!"

태랑이 과감하게 선공에 나섰다.

"낙뢰 강타!"

히드라의 몸체를 향해 도끼 투척 스킬이 시전 되었다. 하늘에서 벼락이 떨어지며 거대한 히드라를 타격했다. 강력한 뇌전 마법에 히드라가 움찔거리며 몸을 떨었다.

이를 시작으로 전 방위에서 무차별적인 공격이 전개되었다. 브레스를 뿜지 않는 히드라는, 그저 거대한 뱀에 불과했다.

유화의 주먹이, 한모의 몽둥이가, 민준의 철혈도가 히드라의 머리를 노리고 쏟아졌다. 안상훈의 대검이 놈의 몸체를 짓누르고, 늑대인간으로 변신한 장정문의 발톱이 사정없이 파고들었다. 결정타는 윈드 커터의 손석민이었다.

"윈드 커터!"

마법의 반달 칼날이 제대로 적중하자 마침내 독 브레스를 가진 히드라의 왼쪽 머리가 뎅겅 썰려 나갔다. 단단한 태랑의 스톤 골렘도 두부처럼 잘라내던 그 솜씨 그대로였다.

머리 하나가 통째로 날아간 히드라가 고통에 몸부림치며 날뛰기 시작했다. 태랑이 흥분한 히드라의 몸통을 향해 깊이 파고들었다.

"삼조격!"

같은 지점을 세 번 연거푸 찌르는 창술의 특수기가 놈에게 치명상을 입혔다. 몸통이 상처를 입자 히드라의 세 머리가 동시에 태랑을 노리고 날아들었다.

'본체를 공격하니 곧바로 반응이 오는구나.'

하늘에서 두꺼운 기둥 세 개가 내리꽂히는 광경에 헌터들이 비명을 내질렀다.

"으앗, 마스터 위험합니다!"

"피, 피해요!"

그러나 태랑은 침착했다. 사각을 조이고 들어오는 놈들의 공격을 가까스로 피해내더니, 마지막으로 꽂히는 히드라의 머리통을 향해서 창을 깊숙이 찔러 넣었다.

푸욱—

창신이 거의 절반 가까이나 들어갔지만, 히드라의 맷집 역시 보통은 아니었다. 놈이 창에 찔린 그대로 머리를 쳐들자 창대를 붙잡은 태랑이 하늘 높이 끌려 올라갔다. 공중으로 솟아오른 태랑은 로데오에 매달린 기수처럼 사정없이 흔들리는 와중에도 끝까지 창대를 놓지 않았다.

'나랑 한 번 해보자는 거지?'

순간 그의 눈빛이 붉게 물들었다. 광폭화 특성이 발휘

되며 연이어 전개된 '분노의 일격' 스킬의 무기의 데미지 2배 효과가 4배까지 증폭되었다. 태랑은 강화된 힘을 바탕으로 두 발로 놈의 머리를 짓누른 자세로 계속 창을 밀어 넣었다.

"죽어!"

창은 이제 겨우 손잡이만 남을 정도로 깊이 박혀 들었다.

머릿속을 헤집은 공격에 히드라의 눈이 하얗게 뒤집혔다. 그때 히드라의 가운데 머리가 과감한 결단을 내렸다.

치명상을 입은 자신의 머리를 향해 화염의 브레스를 내뿜은 것이다. 이미 희망이 없는 머리를 포기하고 기필코 태랑을 태워 죽이겠다는 각오였다.

이제 태랑은 브레스를 온몸으로 막아내든지, 아니면 속절없이 지상으로 뛰어내리는 방법밖에 없었다.

태랑에겐 민준의 질풍참 같은 완충기술이 없었기 때문에 추락한다면 부상은 피할 수 없었다. 그러나 그는 불길이 덮쳐오는 순간에도 여유를 잃지 않았다.

'살을 주고 뼈를 깎겠다는 거냐? 하지만 나는 살도 뼈도 모두 가져야겠다.'

"카운터 매직!"

태랑이 마법을 발휘하자 어깨를 보호하던 래그나돈의 견갑이 하얀빛을 뿜었다. 3LV의 카운터 매직 스킬이 모든 마법을 튕겨내는 것은 아니지만, F급 몬스터의 마법을 상대하는 데는 충분했다. 래그나돈이 놈보다 상위 몬스터였기 때문이었다.

화염방사기처럼 뿜어져 나온 불길이 태랑의 역공에 다시 반대로 거슬러 올라갔다. 자신이 뿌린 불길을 온전히 뒤집어쓴 히드라는 그대로 머리가 익어버렸다.

태랑은 순식간에 머리통 두 개를 해치우고는, 기울어지는 히드라의 머리를 미끄럼틀 삼아 지상으로 빠르게 내려왔다. 히드라의 경추를 타고 여유롭게 내려오는 모습에 여준상은 경악에 가까운 충격을 받았다.

'이것이 소문으로 듣던 네크로마스터의 실력이란 말인가? 눈으로 보고도 믿지 못할 정도구나. 이제껏 누구보다 강력한 특성을 받았다 자부했거늘, 그는 나보다 한 수 위, 아니 두 수는 위에 있지 않은가?'

여준상은 태랑을 배신하려던 생각이 과연 옳은 판단이었는지 의문에 빠졌다.

'그는 지금 내 실력으로 어찌해볼 상대가 아니다. 게다가 클랜원들마저 하나같이 쟁쟁해. 자칫하면 최악의 판단이 될 수도 있겠군.'

준상은 형세판단이 빠른 사내였다.

상대가 약하다 싶으면 망설이지 않고 잡아먹었고, 강하다 싶으면 비굴할 정도로 바짝 엎드렸다.

잠시 무릎 꿇는 건 창피한 일이 아니라고 생각했다. 이보 전진을 위한 일보 후퇴는 전략적으로 합당한 선택이었다.

'…결국, 최후에 웃는 자가 승자지. 이번엔 원하는 대로 따라주마.'

이제 히드라의 다섯 머리도 두 개만 남은 상태.

하나는 윈드 커터에, 또 하나는 태랑의 창에, 그리고 하나는 자신의 마법을 돌려받고 죽었다. 준상은 남아있는 무쇠 히드라 정도는 자신의 손으로 처리해야 한다고 생각했다.

'다섯 개 중 하나도 처리 못 한다면 검은 별 클랜의 위신이 서질 않아.'

준상이 사자 머리 방패를 번쩍 들었다. 5등급 아티펙트인 테리우스에는 모두 두 가지 귀속 마법이 걸려 있었는데, 하나는 아까 무쇠 파편 브레스로부터 클랜원을 보호했던 '라운드 배리어'였고, 또 하나는 '마탄'이라 불리는 에너지파를 쏘아내는 스킬이었다.

"어이, 뱀대가리. 여기 좀 보실까!"

방패에 조각된 사자 머리가 입을 번쩍 벌리자 푸른색의 마탄이 포탄처럼 쏘아졌다. 무쇠 히드라는 날아오는 마탄을 피해 머리를 흔들었다. 여준상은 좀 더 앞으로 달려나가며 마탄을 날렸다.

두 번째 날아간 마탄을 피해 한 번 더 히드라가 고개를 저었다. 그런 식으로 마탄을 쏘며 접근하자 어느새 여준상은 무쇠 히드라의 바로 앞까지 접근해 있었다.

마탄은 처음부터 약진을 위한 견제수단일 뿐이었다.

적의 본체 가까이 접근한 준상은 충분히 거리가 가까워지자 이번엔 그의 애검 크라우프를 뽑아 들었다.

톱날 검이라 불리는 크라우프는 베이는 것에 치명상을 입히는 특징이 있었지만, 귀속된 마법은 그뿐만이 아니었다.

"대지의 검!"

준상이 검을 하늘 높이 들어 올리더니 지면을 향해 내리꽂았다. 그러자 그의 검이 박힌 주변으로 땅바닥이 균열이 가기 시작했다. 균열은 의지를 가진 생물처럼 히드라의 본체를 향해 지그재그로 뻗어나더니 놈의 발밑에서 폭발을 일으켰다.

퍼어엉—!

폭발의 위력은 히드라의 거대한 몸체를 뒤흔들 만큼 대단했다.

대지의 검은 뛰어난 위력에 비해 중단거리 스킬이라는 한계로 최대한 근접해 펼쳐야 했다. 준상이 그것을 해낸 것이었다.

태랑은 그가 위험을 무릅쓰고 만든 기회를 놓치지 않았다.

"좋아, 여기서 끝낸다! 모두 돌격하라!"

휘청이는 히드라를 향해 마흔 명의 헌터가 우르르 몰려들었다. 거대 몬스터는 자기 허벅지 사이즈도 안 되는 인간의 공격 앞에 점차 힘을 잃어갔다.

과거 원시인들이 맘모스를 사냥할 때처럼, 수십 명의 헌터들이 히드라를 에워싸며 갖은 공격을 펼쳤다. 둘 밖에 안 남은 머리는 대항할 여력이 없었다.

끝내 놈이 바닥으로 쓰러지면서 쿵- 하는 굉음을 냈다.

준상은 톱날 검을 들어 놈의 머리를 베어냈고, 한모의 몽둥이가 또 다른 머리를 짓이겼다. 다섯 개의 머리가 모두 끝장나자 히드라가 마침내 숨을 멈췄다.

"우아아! 히드라를 해치웠다!"

"F급 몬스터를 우리가 물리쳤어!"

승리의 기쁨도 잠시, 태랑은 광각의 심안을 이용해 소환수들의 움직임을 살폈다. 추행진을 통해 빠르게 정리하고 있었지만, 워낙에 수가 많아 아직도 사방에선 전투가 벌어지는 중이었다.

"우선 요크의 잔당부터 마저 정리하자."

"옙!"

태랑의 소환수가 시선을 끌어주었기 때문에 헌터들은 아무 걱정 없이 온전히 히드라만 상대할 수 있었다.

이제는 그에 보답할 차례였다.

남은 헌터들이 모두 요크를 뒷정리하러 가는 사이 태랑과 한모, 민준 그리고 여준상과 정원민, 기승찬은 히드라의 전리품을 챙기기 위해 남았다.

잠시 후 웅장한 무덤 같던 히드라의 주검이 빛무리로 변하며 헌터들에게 흘러 들어갔다. 태랑은 그중 녹색의 차크라가 있는 것을 보고 생각했다.

'드디어 레벨 업 할 수 있겠구나. 정말 오랜만이군.'

태랑은 그동안 긴 정체구간에 머물러 있었다.

그만큼 레벨 업은 시간이 갈수록 지난한 일이었다. 태랑
은 레벨 업 할 스킬을 나중에 신중히 고르기로 하고 먼저
히드라의 사체가 있던 자리에 나타난 아티펙트를 살폈다.

아티펙트는 모두 4개로 각각 무기와 방어구, 장신구 마
지막으로 스킬북이었다.

태랑은 우선 무기부터 살폈다.

[히드라의 사모(蛇矛)창] 6등급 아티펙트.

−날 끝부분이 뱀처럼 구부러진 장병기.

+히드라의 5속성 마법 데미지가 랜덤하게 펼쳐진다.

−독 : 창끝이 녹색 빛을 띠며 적 공격 시 독 데미지를 추
가로 준다. 특수효과, 중독.

−냉기 : 창끝이 하얀빛을 띠며 적 공격 시 냉기 데미지를
추가로 준다. 특수효과, 둔화.

−화염 : 창끝이 붉은빛을 띠며 적 공격 시 화염 데미지를
추가로 준다. 특수효과, 발화.

−전격 : 창끝이 푸른 빛을 띠며 적 공격 시 뇌전 데미지
를 추가로 준다. 특수효과, 감전.

−물리 : 창끝이 검은빛을 띠며 적 공격 시 물리 데미지를
추가로 준다. 특수효과, 치명타.

'이건 꼭 내가 챙겨야 할 물건이군. 아티펙트 무기가 필요했는데 마침 창이 나왔어.'

방어구는 평이한 수준이었다.

[히드라의 바지] 4등급 아티펙트.

−히드라의 가죽으로 만든 바지.

−속성 마법에 대한 저항력 15% 상승.

+쉴드 19% 상승효과.

+거대 괴수 몬스터를 상대할 때 추가적인 방어 효과.

장신구는 색깔이 계속 바뀌는 가락지였다.

[오색의 순환 고리] 5등급 아티펙트.

−5가지 색으로 번갈아 바뀌는 가락지.

−독, 냉기, 화염, 전격, 물리 속성의 순으로 12초에 한 번씩 색이 바뀜.

+변하는 색에 따라 특정 속성 마법의 위력이 40% 증가.

+지속성 마법의 경우 변색된 순간 동안만 적용.

'이 가락지는 스킬 쿨 타임만 연동시킬 수 있다면 마법사에겐 최고의 아티펙트겠군. 이것도 탐이 나는데?'

마지막으로 스킬북은 생각보다 레벨이 낮게 나왔다.

[용이 되지 못한 자] 3등급 스킬북

-스킬 북 소모 시 다음의 2가지 스킬을 배울 수 있음.

+파이어 플레임(1LV)

전방을 향해 화염방사기처럼 불길을 내뿜음.

+철편 난무(1LV)

전방을 향해 수류탄 파편 같은 무쇠 조각을 쏟아냄.

4개의 아티펙트에 대한 감식이 끝나자 각 클랜의 대표로 모인 수뇌부들은 머릴 굴리기 시작했다.

"잠시 얘기 좀 하고 오겠소."

여준상이 심복들을 이끌고 잠시 물러나자 한모가 말했다.

"생각할 것도 없네. 제일 좋은 거 3개 우리가 갖고 남은 거 하나 먹고 떨어지라고 해. 뭐시냐, 3등급짜리 스킬북 던져주면 되겠네."

그로서는 고민할 필요도 없는 문제였다. 그러나 태랑은 조금 생각이 달랐다.

"하지만 히드라를 무리 없이 사냥한 데는 여준상의 공을 무시할 수 없습니다."

민준도 동의했다.

"맞습니다. 마스터가 그와 연합을 결심한 이유도 앞으로 그의 조력이 필요하기 때문입니다. 괜히 서운한 마음이 들게 한다면 이제까지의 관계가 틀어질 가능성도 있습니다."

"허, 근다고 놈들이 좀 거들었다고 노른자만 쏙 빼주는
건 죽 쒀서 개 주는 거 아녀?"

한모의 말도 설득력이 있었다. 태랑은 둘 사이의 접점을
찾아야 했다.

"분명 전리품은 3:1의 비율로 나누기로 했습니다. 그렇
다고 먼저 3개를 차지한 뒤 남은 것을 고르게 한다면 민준
의 말대로 섭섭한 마음을 품게 할 것입니다. 연합한 것을
후회하거나 이용당했다고 생각할 수 있죠. 이는 장기적인
관점에서 손햅니다."

"그럼 어쩔 건디?"

태랑은 잠시 생각을 가다듬고 말했다.

"지금 나온 아티펙트 중 최고는 히드라의 사모창이죠.
이 무기는 제가 꼭 필요한 것이기도 합니다. 일단 이것을
확보하고 나머지를 먼저 고르게 하는 방식은 어떻습니까?"

민준도 동의했다.

"그 정도면 상대도 충분히 납득할 수 있지 않을까? 일단
은 두 번째로 기회를 준 셈이니까. 게다가 저쪽 클랜 구성
상 마법사가 부족해서 순환 고리를 포기할지도 모르고."

태랑 역시 그 점을 생각했다. 꼭 필요한 것은 사모창, 그
리고 오색의 순환고리였다. 하지만 상대의 2순위는 마법
관련 아티펙트가 아닐 가능성이 컸다.

"좋아. 그렇게 하자. 혹시라도 반지를 선택한다면 어쩔
수 없는 일이지."

반면, 여준상도 이와 비슷한 생각을 하고 있었다.

"사모창은 내줘야 해."

"아쉽군요. 저게 핵심인데…."

"4개 중에 하나만 고르라고 했으니 저희가 먼저 가져간다고 해보는 건 어떻습니까?"

승찬의 말에 준상이 고개를 저었다.

"명분이 약해. 결국 히드라의 머리 4개를 날린 건 놈들이야. 우리의 지분이 없다고 할 순 없지만, 괜히 말 꺼냈다가 본전도 못 찾을지도 몰라."

"그렇다면 차순위는 마법 반진데, 저희에겐 크게 필요 없지 않습니까? 나중에 마법사를 영입한다면 몰라도."

"마법사를 영입한다 해도 그냥 주긴 아깝지. 그래도 5등급 아티펙트른데… 이런 건 어떻습니까?"

검은 별 클랜의 책사 정원민이 아이디어를 냈다.

여준상은 정원민을 신뢰했다. 사람이 다소 간사한 건 흠이긴 하지만, 충성심이 깊고 무엇보다 무척이나 잔머리가 좋았다.

"…그렇게 딜을 걸어 보는 겁니다."

"음… 괜찮은데? 일단 그렇게 해보자."

다시 모인 두 클랜의 지도부는 아티펙트를 놓고 의견을 나누었다. 어떤 면에선 사냥보다 중요한 게 전리품의 분배의 문제였다. 그만큼 예민한 문제였고, 잘못 처리하면 분쟁의 씨앗이 될 수도 있었다.

태랑이 먼저 입을 열었다.

"전리품을 3:1의 비율로 나누기로 했으니 우리가 먼저 하나를 고르고 남은 것 중 하나를 고르는 게 어떤가?"

"뭐, 그렇게 하지."

여준상이 순순히 대답하자 태랑이 살짝 의구심을 품었다.

'내 예상으론 그들에게 마법 반지는 그다지 쓸모가 없을 텐데, 어쩔 속셈일까? 순순히 받아들일 성격은 아닌 것 같은데….'

"우린 히드라의 사모창을 갖겠다."

태랑이 물건을 집어 들며 말했다. 다음은 여준상의 차례였다. 그는 고심하는 표정을 짓더니 마법 반지를 집어 들었다.

"이건 우리에게 쓸모는 없지만… 등급이 아까워서라도 고를 수밖에 없군."

자연히 남은 두 개는 세이버 클랜의 몫이 되었다.

그때 검은 별 클랜의 정원민이 입을 열었다.

"마스터, 어차피 쓸모도 없는데 그건 블랙마켓에 팔거나 다른 것으로 교환하는 게 좋겠습니다."

"좋지. 돈을 버는 것도 나쁘진 않아."

태랑은 두 사람의 대화를 들으며 생각했다.

'흠… 우리 들으라고 말하는 건가?'

"참, 혹시 세이버 클랜도 이 반지가 필요하지 않습니까?

귀 클랜에는 마법사들이 제법 보이던데요."

"필요하긴 하지."

"그렇다면 번거롭게 블랙마켓을 통할 필요 없이 그쪽과 바로 트레이드 하고 싶은데 어떻습니까?"

'아차! 속셈이 저것이었군.'

태랑은 그제야 한 방 먹은 것을 깨달았다.

검은 별 클랜이 마법 반지를 고른 것은, 그것을 사용하기 위해서가 아니라 다른 것으로 바꾸기 위한 술책이었던 것이다.

"음, 그 히드라의 바지랑 스킬북 정도면 적절할 것 같은데…."

"뭐? 그럼 너희가 네 개중에 두 개를 갖는 것이나 마찬가지잖아? 어디서 개수작이야?"

한모가 흥분해 소리쳤으나 태랑이 그를 말렸다. 어쨌든 그들은 정해진 룰 데로 움직인 것뿐이다. 여기서 화를 내봐야 괜히 모양새만 우스워진다.

"제가 직접 처리하겠습니다. 그러니까 5등급의 오색의 순환 고리 하나랑 4등급의 히드라의 바지 그리고 3등급의 스킬북을 맞교환하자고?"

"그렇습니다. 어차피 저희에겐 반지가 쓸모가 없고, 그쪽에선 쓸모가 있으니 적절하지 않습니까? 뭐 사실 저희는 귀찮아도 블랙마켓을 통해 화폐로 바꾼 뒤에 다른 걸 구해도 상관없습니다만…."

한껏 여유 부리는 정원민이 거슬리는 태랑이었지만 그들의 말이 아주 틀린 건 아니었다. 3:1의 배분 비율을 순식간에 2:2로 만들어낸 술책에 태랑이 감탄했다.

　'제법 머리 좀 굴리는군. 필요도 없는 마법 반지를 굳이 챙긴 후에 그것을 나머지 두 개랑 맞교환하는 전략이라⋯ 내가 너무 놈들을 쉽게 봤나.'

　하지만 순순히 따르자니 태랑도 배알이 꼴렸다. 결국 제 꾀에 당한 셈이지만, 협상은 아직 끝난 게 아니었다. 태랑이 속내를 감추고 말했다.

　"그거야 뭐 가치로 보면 그렇긴 한데 어차피 그쪽도 쓸데없는 마법 반지를 당장 필요한 아티펙트 두 개랑 교환하는 셈이잖아. 우린 사실 나머지 아티펙트를 그냥 써도 상관은 없거든. 우리 클랜엔 전사들도 많으니까."

　태랑의 대답에 정원민도 살짝 주춤했다.

　안 바꿔도 그만이라는 식으로 나올 줄 몰랐기 때문이었다. 태랑은 다시 주도권을 빼앗았다 생각하고 다시 제안을 건넸다.

　"그쪽이 블랙 마켓이 열리길 기다려 다시 원하는 물건으로 바꾸는데 드는 수고와 노력. 그에 대한 값까지 쳐주면 거래를 생각해보지."

　"으읏."

　"요크를 잡으면 10% 확률로 롱소드가 떨어진다. 지금 대충 보니 20자루 이상은 나올 거 같은데⋯ 너희들 몫으로 배분된 것을 우리에게 모두 넘겨. 그러면 거래에 응하겠다."

태랑이 설마 거기서 더 딜을 걸어올 줄 몰랐기 때문에 정원민도 쉽게 대답하지 못했다. 이 지점은 마스터의 결단이 필요한 부분이었다.

두 사람의 대화를 듣던 여준상은 인상을 찌푸리더니 아직 남은 아티펙트 두 개를 바라보았다.

'…반지를 골라서 한 방 먹이려고 했는데 거기다 배팅을 건단 말인가? 정말 끝까지 호락호락하지 않군.'

하지만 협상의 주도권은 이미 태랑에게 있었다.

그의 말마따나 세이버 클랜은 굳이 반지를 안 가져도 다른 것들을 활용할 여지가 있었지만, 검은 별 클랜의 입장에서는 반지가 전혀 쓸모가 없었다.

게다가 태랑의 말처럼 언제 열릴지 불확실한 블랙마켓을 찾아, 그것을 제값에 팔고 또다시 원하는 물건을 얻는다는 게 말처럼 쉬운 일은 아니었다. 검은 별 클랜은 자충수에 빠진 것이다.

"…우리 몫의 롱소드 절반을 내주지. 롱소드가 아무리 1등급짜리 긴 해도 나름 아티펙트인데 모두 가져가는 건 너무하는군."

태랑도 그쯤에서 한발 물러섰다.

더 이상 압박하면 협상이 문제가 아니라 의가 상할지도 모를 일이었다. 처음부터 전부를 요구했던 이유도, 양보를 위한 포석일 뿐이었다. 마치 딴 돈의 절반만 챙긴다는 도박의 진리처럼 태랑은 과욕을 부리고 싶은 생각은 없었다.

"오케이. 협상이 타결됐다. 마침 요크도 슬슬 마무리된 것 같군."

협상이 성사될 즈음해 요크의 처리 역시 끝이 났다.

요크를 해치우고 수거한 롱소드를 한 대 모으자 모두 24자루였다.

3:1의 비율에 따라 18:6으로 나눈 상태에서 태랑은 약속대로 그들 몫의 절반인 세 자루를 더 챙겼다.

'롱소드 21자루면 마법사를 제외한 모든 클랜원들에게 기본 무기로 하나씩 제공할 수 있겠군. 거기다 6등급 5등급의 아티펙트까지. 소득은 이 정도면 충분해.'

"좋은 연합이었다. 덕분에 큰 피해 없이 히드라를 잡았어."

"뭐… 우리도 득을 봤으니 만족한다."

여준상은 마지막 전리품 분배까지 치열하게 두뇌 싸움을 벌이던 태랑이 결코 만만한 상대가 아님을 느꼈다.

이제껏 이 정도의 인물을 마주한 건 처음이었다.

태랑은 헤어질 즈음에 담배를 건네며 말했다.

"한 대 필 텐가? 언제 다시 볼지 모르는데…."

"계속 얻어 피는 건 사양한다."

이번엔 여준상이 태랑에게 자신의 담배를 건넸다. 태랑은 그 모습에 그가 자존심이 무척 강한 타입임을 다시 한번 상기했다.

'무엇하나 지려 하지 않는군. 부하들을 아끼는 태도도 훌륭하고. 저런 인물이었으니 강북 전체를 일통할 수 있었겠지. 그가 태도를 전향하면 정말 좋을 텐데….'

"여준상. 강북에만 있기엔 무대가 너무 좁다고 생각하지 않나?"

"무슨 말이지?"

"너는 지금보다 훨씬 큰물에서 놀 수 있어. 그만한 자질과 배포를 갖췄다고 생각한다. 그 힘을 좁은 강북에서 썩히기엔 너무 아까워서 하는 말이다."

준상이 복잡한 표정으로 담배 연기를 내뿜었다.

"…강북 상황을 잘 몰라서 그러나 본데, 여긴 강남과 많이 달라. 아니 서울 어디에도 이렇게 치열한 전쟁터는 없지. 우린 몬스터하고만 싸우는 게 아니다. 헌터라는 이름을 한 인간 사냥꾼들이 지천에서 득시글댄다. 일전에도 몇 번이나 습격을 당했지."

"흐음…."

"차라리 몬스터는 나아. 명백한 적의를 드러내니 알아서 조심할 수 있잖아. 하지만 인간들은 웃으며 다가와 등 뒤에서 칼을 겨누더군. 나는 칼을 맞느니, 베는 쪽이 되고 싶다."

태랑은 그의 말을 듣고 생각했다.

'역시 사연이 있었군. 여기가 이기적으로 변할 수밖에 없는 환경이었던 것일까….'

"물론 네 말도 맞다. 하지만 그런 말도 있지. 괴물을 상대하는 자는 자신 역시 괴물이 되지 않도록 경계해야 한다는."

"……"

"결국, 인류의 적은 몬스터다. 같은 붉은 피를 흘리는 우리 인간이 아니라, 우릴 먹잇감으로 여기는 몬스터. 힘을 키우는 이유가 꼭 살아남기 위한 것이라면 너무 안타깝지 않나? 나는 이 세상을 정상으로 되돌려놓을 생각이다. 그렇기 위해 강해지려 하고."

"…현실적인 줄 알았더니 굉장한 이상주의자였군."

"꿈이 없으면 사람은 죽은 거나 마찬가지니까. 치열하게 현실을 살더라도 원하는 방향을 향해 나아가야지. 목표가 어딘지도 모르고 달리는 건 사실 한 걸음도 나아간 게 아니거든."

기지로 복귀하는 세이버 클랜을 배웅하며 준상은 태랑과의 마지막 대화를 곱씹었다.

'괴물을 상대하는 자는 자신 역시 괴물이 되지 않도록 경계해야 한다라…'

그 말은 그에게 두고두고 회자되며 깊은 파장을 남겼다.

"마스터, 마지막에 둘이서 무슨 얘기 한 거예요?"

복귀하는 길에 유화가 태랑에게 물었다.

"별거 아니야. 앞으로도 잘 지내보자고."

"좀 심각해 보이던데요?"

"진지한 얘기도 좀 했지. 그의 생각을 고쳐 주기 위해서."

"사람 성격이 그리 쉽게 바뀔까요?"

"그건 알 수 없지. 하지만 만에 하나 그가 느낀 게 있다면 우리에게 큰 도움이 될 거야. 그만한 역량을 갖춘 사람이니까."

"글쎄요. 전 별로 신뢰가 안 가던데…."

태랑이 빙긋 웃으며 유화의 머리칼을 헝클었다. 그가 애정을 표현하는 방식이었다.

"사람이 바뀌지 않으면 애초에 가르칠 이유도 없는 거겠지. 훌륭한 교육제도도, 헌신적인 선생도, 위대한 성현의 말조차 다 부질없는 짓일 테니까. 하지만 인간은 변화할 수 있기에 가치 있는 존재라고 생각해. 난 인간의 힘을 믿어."

"이열~, 오빠 그런 말도 할 줄 알아요?"

"역시 너무 진지했지?"

동행하던 민준이 물었다.

"마스터, 이번에 혹시 레벨 업 하지 않으셨습니까?"

"그래, 그걸 깜빡하고 있었네. 잠시 쉬는 시간이니 스킬이나 골라볼까?"

태랑은 모처럼 만의 레벨 업에 들떴다.

스텟창을 켜자 가용한 스킬들이 주르륵 나열되었다.

'꼭 주력 스킬을 올려야 돼. 어중간한 스킬들을 레벨 업해봐야 효과는 미미할거야.'

현재 주력으로 쓰는 스킬은 맨 처음에 랜덤으로 받았던 '레이즈 스켈레톤' 기술과 '불카토스의 화신' 스킬이었다.

조던링의 올 스킬 +1 효과를 받아 각각 4레벨과 3레벨의 스킬.

태랑은 두 가지 중에 뭘 올릴지 고민에 빠졌다.

'다음 레벨로 올라가면 어떤 변화가 있는지부터 확인해볼까?'

'레이즈 스켈레톤' (4LV)

-다음 스킬레벨에 도달하면 동시에 33마리의 해골을 소환할 수 있음.

-다음 스킬레벨에 도달하면 소환할 메이지 스켈레톤을 선택할 수 있음.

-다음 스킬레벨에 도달하면 해골 궁수의 무기가 석궁으로 업그레이드됨.

-다음 스킬레벨에 도달하면 해골 전사의 갑옷이 플레이트 메일로 업그레이드됨.

'불카토스의 화신' (3LV)

-다음 스킬레벨에 도달하면 불카토스의 대검술을 사용할 수 있음.

태랑이 기억하기로 스킬의 최종 단계는 7레벨까지였다. 그 이상이 되면 스킬 레벨을 올려도 다른 효과가 추가되지 않고 스킬의 쿨타임이나 포스 소모가 줄어드는 정도에 그쳤다.

'당장 효율이 괜찮은 건 레이즈 스켈레톤 스킬이군. 해골 전사나 궁수가 강력하게 업그레이드될 뿐 아니라, 메이지 스켈레톤의 종류를 고를 수 있다는 장점도 있어. 하지만 불카토스의 무기술 역시 분명 매력적인데….'

태랑은 이번에 거대 괴수형 몬스터를 상대하며 대형무기가 필요함을 재차 확인했다. 만약 그가 안상훈이 쓰는 대검류를 다룰 수 있었다면 히드라를 처치하기가 훨씬 용이했을 것이다.

'문제는 당장의 전투력 상승효과가 미미하단 말이지.'

불카토스의 화신 스킬은 다룰 수 있는 무기의 종류를 늘려주지만, 결국엔 숙련도를 높이지 않으면 1LV짜리 스킬을 추가한 것이나 다름없었다.

태랑은 고민을 거듭한 끝에 레이즈 스켈레톤을 올리기로 했다. 소환하는 해골 수의 증가는 분명 메리트가 있었다. 특히나 다른 소환 관련 스킬이나 스텟의 증가에 시너지를 받으므로 배 이상의 상승효과를 노려볼 수 있었다.

태랑이 레벨 업을 마치고 다시 스텟창을 켜자 스킬 설명이 다음과 같이 바뀌어 있었다.

'레이즈 스켈레톤' (5LV)

+포스의 30%를 사용해 동시에 33마리의 해골을 소환해 둘 수 있음.

+전사, 궁수, 마법사, 광전사의 비율은 5:3:2:1을 따름.

+메이지 스켈레톤 종류를 선택 가능함.

+해골 전사의 갑옷과 해골 궁수의 무기가 상향됨.

-다음 스킬레벨에 도달하면 동시에 48마리의 해골을 소환할 수 있음.

-다음 스킬레벨에 도달하면 거대 해골 전사의 소환이 가능함.

-다음 스킬레벨에 도달하면 해골 병사 소환한 상태에서 포스가 닳아지지 않음.

"와, 엄청나게 좋아졌는데요?"

태랑의 스탯창 설명을 듣던 유화가 놀란 표정으로 말했다.

"스킬레벨 5면 거의 한계치까지 올린 거나 마찬가지야. 여기서 두 단계 더 올리면 최고레벨이거든. 거기까지 도달하는 게 가능할지 몰라도."

"7레벨에 이르면 대체 스켈레톤이 몇 마리까지 느는 거죠?"

"증가치가 등비수열 공식에 따라 올라가니까 계산해보면 48마리 다음엔 66마리까지?"

"히엑. 66마리면 거의 길드급 규모 아녜요?"

"아따 나는 야가 조폭네크대장 할 줄 알았당께."

"66마리로 놀라긴 이르지. 아티펙트 중에선 소환개체수를 두 배로 뻥튀기하는 것도 있거든. 물론 전설급, 그러니까 9등급 이상의 아티펙트지만…."

"대박이네요. 두 배면 100마리도 넘는단 소리잖아요?"

"하지만 전설급 아티펙트를 구하기가 쉬운 게 아니지. 적어도 필드나 던전에선 불가능이야."

"그럼요?"

태랑이 멀리 보이는 빌딩을 가리켰다.

"타워. 타워에 올라야 제대로 된 고급 아티펙트가 등장해."

"히야. 오빠 보니까 빨리 레벨 업 하고 싶어요."

"유화야. 마스터라고 불러야지. 애들도 듣는데."

"민준 오빠 너무 깐깐해. 누가 훈련 교관 아니랄까 봐."

231

포식의 군주

6. 강철의 군주

히드라 사냥을 완벽하게 성공시킨 세이버 클랜의 명성은
하루가 다르게 높아져 갔다. 레이드 게시판 눈팅이 취미이
자 업무인 수현은 정보부 소속의 부하들과 잡담을 나누는
중이었다.

"정보 참모님 이거 보세요. '떠오르는 신성, 세이버 클랜
전격 해부' 라는 칼럼이 올라왔어요."

"칼럼? 뻘글 아니고?"

"왜 과거에 기자 출신이라거나 자유기고가로 활동하던
사람들 있잖아요. 그 사람들은 대충 글을 써도 확 티가 나
거든요. 글빨 좀 괜찮은 사람들이 일정 수 이상 추천인을
확보하면 '칼럼리스트' 로 등업이 되거든요."

수현이 혀를 내둘렀다.

"하다못해 레이드 게시판에도 네임드가 생기는구나. 참 적응력 대단하다. 사람들도."

"어, 대충 훑어보니 주요 인물 소개란에 정보 참모님도 언급 있는데요?"

수현은 자신과 관련된 내용이 있다는 말에 귀를 솔깃했다. 사람은 누구나 자기 얘기에 관심이 많을 수밖에 없다.

"정말? 한번 읽어줄래?"

"네, 잠시만요."

성명 : 이수현

나이 : 24

-클랜 서열, 7위.

"잠깐. 내가 7위야?"

"네, 여기엔 그렇게 적혀 있는데…."

수현은 자기 위로 누가 있는지 생각해보았다.

'마스터는 그렇다 치고… 부마스터? 좋아. 뭐 원래 부마스터는 여느 클랜이든 넘버 투니까. 거기다 유화누나, 한모형, 민준이형… 음 이중에 내가 이길만한 사람은 없군. 그럼 누가 더 있지? 설마 슬아?'

다른 사람은 다 인정하겠지만 자기보다 늦게 합류한 슬아보다 낮은 서열로 취급 다는 게 못내 섭섭한 수현이었다.

'솔직히 레이드에서 기여도로 보면 대량 살상이 가능한

내가 훨씬 좋은 평가를 받아야 하는 거 아냐? 우리 클랜 마법사 중에선 단연 내가 최곤 줄 알았는데….'

수현은 이제껏 자신이 클랜 내 마법사 원탑이라 자부했다.

은숙의 매직 미사일이나 배리어 스킬도 활용도는 높지만, 자신의 스킬만큼 한 번에 많은 적을 없앨 순 없었다. 또 최근 영입한 손석민은 두말할 나위 없었다. 그의 윈드 커터는 한마디로 필살기다. 실패하면 공백이 너무 크다.

'음… 저평가를 받으니 기분이 좋지 않군.'

"아래 설명이 더 있는데 마저 읽어드릴까요?"

"또 뭐가 있는데?"

─전격 계열 마법을 주특기로 하며 체인라인 특성을 이용한 대량 살상 스킬을 보유하고 있다. 별칭으로는 천둥 군주, 뇌전의 지배자, 그리고….

수현의 프로파일을 읽던 부하가 잠시 머뭇거렸다.

"응? 뭐야 왜 더 안 읽어?"

"아… 이건 좀 음…."

"괜찮아. 뭔데? 원래 유명한 헌터일수록 별호가 많다며?"

"저… 전기…."

"응 전기."

"전기뱀장어라는…."

"뭐라고!"

'아니 멋있는 별명 다 제쳐 두고 전기뱀장어는 또 뭐야?'

수현은 부끄러움에 얼굴이 빨개졌다.

아마도 천둥 군주의 심판 스킬 뒤에 자동 방출되는 천둥 갑옷 이펙트 때문에 그런 별호가 붙은 것 같았다. 접근한 상대에게 스파크를 일으키는 특성이 전기뱀장어의 그것과 똑같았던 것이다.

"그만. 더 안 들을래."

"네, 넵."

잠시 정적이 흐르는 사이 다른 정보부원이 새로운 소식을 전했다.

"어! 정보 참모님. 이거 완전 빅뉴슨데요?"

"이번엔 또 전기메기야?"

"아뇨 아뇨, 인천 송도에서 최초로 타워 공략에 성공한 길드가 등장했데요!"

"타워?!"

"네."

"자세히 말해봐. 아니 마스터에게 보고해야 할 사항 같으니까 요약해서 당장 프린트해줘. 알았지?"

"넵!"

수현은 마음이 급해졌다.

태랑의 설명에 따르면 헌터들의 타워 공략이 가능한 시점은 몬스터 인베이젼 사태 이후 1년 이상이 흐른 뒤에라야 했다.

그런데 지금은 겨우 반년 남짓한 시간만 흘렀을 뿐이다.

미래가 바뀌고 있었다. 그것은 불길한 징조였다.

태랑은 짬을 내서 일전에 부탁한 안상훈과 특별 대련을 벌이는 중이었다. 그는 전력을 다해 태랑의 소환수와 붙어 보고 싶어 했다.

"스켈레톤 광전사 3마리다. 내 소환수 중에선 가장 강력한 놈들이지."

태랑이 소환한 스켈레톤 광전사 세 마리는 양손에 쌍도끼를 들고 있었다. 보랏빛을 띠는 동공 색깔은 다른 여느 소환수보다 진하게 타올랐다. 광기마저 느껴지는 눈빛.

"3마리라… 마스터께서 생각하시는 저의 전투력은 그 정도입니까?"

"내가 가진 모든 특성을 개방할 생각이다. 최소 C급 이상 몬스터 3마리와 동시에 싸운다고 생각하면 될 거야."

C급 이상이라는 말에 안상훈의 표정도 제법 진지해졌다.

"…감사합니다."

'강력한 상대를 만날수록 호승심이 끌어 오르는 타입인 건가? 근성 하나는 마음에 드는군.'

태랑의 신호에 맞춰 광전사 3마리가 동시에 달려들었다. 피아를 구분 못 할 정도로 전투에 굶주린 놈들은 당장에라도 안상훈을 토막 낼 기세였다.

안상훈은 대검을 넓게 펼쳐 광전사의 공격을 막아냈다.

까가강-!

C급 몬스터에 준한다는 태랑의 말은 과장이 아니었다.

놈들의 움직임은 보통의 스켈레톤 전사와는 비교도 안 되게 빠르고 거칠었다. 자신을 돌보지 않는 무모함으로 굉장히 위협적인 동작들도 거리낌 없게 펼쳤다.

안상훈은 곧바로 수세에 몰렸다.

묵직한 중검을 들고 사방에서 날아드는 도끼날을 피하기도 역부족인 상황이었다. 태랑이 그를 자극하기 위해 도발했다.

"흠. 실망스럽군. 그 정도 실력으로 대련을 요청한 건가? 나는 그리 한가한 사람이 아냐."

"…아직 실망시키지 않았습니다."

안상훈은 지난 레이드에서 스킬을 하나 더 얻게 되었다.

지금 그것을 선보일 차례였다.

"태산 가르기!"

안상훈이 검을 높이 들어 땅을 내리치자 검 날이 박힌 지면이 움푹 파이며 좌우로 충격파가 발생했다. 그것은 한모가 지닌 대지 격동과 흡사하게 특정 범위에 스턴을 먹이는 동시에 전방으로는 검기를 쏘아내는 기술이었다.

광전사 셋 중 하나가 태산 가르기의 검격에 직격당하자 해일에 휩쓸린 것처럼 형편없이 나가떨어졌다. 나머지 두 마리 역시 순간적인 스턴 충격에 정신을 못 차렸다.

'호오. 스턴으로 자신을 보호하면서 전방에 있는 몬스터를 날려버리는 기술이군. 제법 쓸 만한 스킬을 구했는데?'

"일섬!"

안상훈은 연이어 자신의 필살기를 펼쳤다.

쉴드를 무시하는 대검이 몰아치자 휘청거리던 광전사 두 마리가 그대로 상하가 분리되며 반 토막 났다. 침착하게 기회를 엿보던 안상훈이 연속 스킬을 펼쳐 동시에 두 마리를 해치운 것이었다.

태산 가르기 공격에 나가떨어진 광전사 스켈레톤이 겨우 몸을 일으키자, 그의 얼굴에 점점 여유가 피어났다. 3마리와 동시에 겨룰 때와 비교하면 타격을 입은 광전사 스켈레톤 한 마리 정돈 스킬을 쓰지 않고도 상대할 수 있었다.

"…소환수가 더 필요하지 않겠습니까? 마스터?"

현재 그가 소환 가능한 최대 숫자는 33마리. 안상훈은 지금보다 더 많은 상대를 원하고 있었다.

태랑이 안상훈의 도발을 듣고는 피식 웃었다.

"글쎄. 제법 그럴듯한 콤보지만, 뭔가 착각하나 보군."

"…네?"

"스켈레톤이 왜 껄끄러운 상대인 줄 아나?"

"……."

태랑의 말에 안상훈은 급히 두 동강 난 광전사 스켈레톤 쪽을 쳐다보았다. 위아래로 분리된 놈들이 서서히 몸을 일으키고 있었다. 하반신 없이 두 팔로 땅을 지탱하며 걸어오는 모습에 안상훈이 경악했다.

"저, 저런 말도 안 되는…."

"보통의 괴물이라면 저 정도 부상에 즉사했겠지. 하지만 뼛조각으로 조립된 스켈레톤에게 절단은 큰 문제가 아냐. 사지를 모두 잘라내지 않고선 끝까지 덤벼들걸?"

안상훈은 그제야 광전사 스켈레톤이 C급에 준한다는 말의 의미를 알게 되었다. 두터운 쉴드로 보호되는 내구력은 가루가 되어 부서지는 순간까지 형체를 유지할 수 있었다.

죽어도 죽지 못한 자.

리턴 언데드의 공포가 침착한 안상훈의 멘탈을 뒤흔들었다.

두 팔을 짚고 바닥을 빠르게 기어오는 두 마리의 광전사와 무표정한 얼굴로 도끼를 들고 달려드는 광전사를 두고 안상훈이 또다시 스킬을 펼쳤다.

"태산 가르기!"

그러나 같은 스킬에 두 번 당할 태랑이 아니었다.

그는 스켈레톤을 퍼뜨려 스턴의 범위를 벗어났다. 특히 전방으로 쏟아지는 검풍은 살짝 옆으로 피하면 그만이었다. 쓸데없이 포스만 낭비한 안상훈은 빠르게 지쳐갔다. 강력한 스킬은 그만큼의 포스를 갉아먹는다.

헌터는 쉴드가 떨어져도 위험하지만, 포스가 바닥나고 나면 몬스터를 죽일 방법이 없게 된다.

태랑은 애초부터 장기전으로 끌고 갈 요량이었다.

'근성도 맘에 들고, 호승심은 민준에 비견될 정도야. 하지만 아직 멀었어. 머리를 좀 더 써야 돼.'

결국 안상훈은 죽지 않는 몬스터를 상대로 백기 투항할 수밖에 없었다. 특히 반 토막 난 스켈레톤이 하단에서 올려치는 공격은 생전 처음 보는 방식이라 싸우기가 훨씬 불편했다.

"…져, 졌습니다."

"그래. 잘 싸웠다. 결코, 자존심 상해할 필욘 없다. 5레벨에 달하는 레이즈 스켈레톤들이었다. 이 정도 버틴 것만도 대단하다고 생각한다."

"…위로는 괜찮습니다. 더 정진하겠습니다."

"안상훈."

태랑은 풀이 죽어 고개를 들지 못하는 안상훈에게 말했다.

"앞으로 유화 공대장 곁에서 돌격대장 역을 수행해라. 너는 이제부터 우리 클랜의 레이드에서 최선봉을 맡는다."

"…네?"

"오늘부로 승진한 거야. 알겠지? 기대를 저버리지 않도록."

"감사합니다. 마스터."

대련에서는 비록 패했지만, 안상훈은 특유의 돌파력을 유감없이 보여주었다. 그가 더욱 실력을 갈고 닦는다면 세이버 클랜은 가장 박력 있는 돌격대장을 보유하게 될 것이다.

안상훈이 고개를 꾸벅 숙이고 물러나자 수현이 황급히 태랑을 향해 달려왔다.

"혀, 형! 큰일 났어요!"

태랑은 그가 마스터란 호칭을 잊고 형이라 부른 것을 보고 살짝 긴장했다.

"무슨 일이지? 정보참모. 침착하게 보고토록."

"네, 넵 마스터. 마스터께서 예전에 분명 타워 공략은 1년 뒤부터나 가능하다고 하셨잖아요."

"그랬지."

"근데 최근 타워를 공략했다는 길드가 나타났대요!"

"뭐라고?"

수현이 들고 온 프린트 용지엔 짧게 요약된 보고서가 담겨 있었다. 수현이 재빠르게 내용을 읊었다.

-동북아 무역 타워 공략 소식-

인천 소재의 강철 길드가 국내 최초로 타워 공략에 성공함.

송도 국제도시에 위치한 동북아 무역 타워는 68층에 이르는 초고층 빌딩으로 최상층에는 K등급 몬스터가 서식하는 것으로 알려짐.

강철 길드의 마스터 이명훈은…

"자, 잠깐! 누구라고?"

"네?"

수현은 태랑의 급작스런 질문에 손에 들고 있던 프린트물을 놓치고 말았다.

"방금 마스터 이름이 누구라고 했냐고!"

"이, 이명훈요. 이번 공략전을 성공시키면서 급부상한 인물이라 별다른 정보는 없어요."

"이명훈…."

태랑은 프로스트 핸즈 장건우에게서 들었던 회귀자 5명의 이름을 상기했다.

정령의 군주, 불멸의 군주, 얼음의 군주 그리고 방금 거론된 강철의 군주.

장건우의 말에 따르면 이명훈은 분명 자신과 함께 과거로 돌아온 회귀자였다. 그는 과거의 기억을 되살려 장건우처럼 빠르게 힘을 되찾은 게 틀림없었다. 그로 인해 자신이 기억하는 과거와 다르게 반년 앞서 타워 공략에 성공한 것이리라.

"…계속 읽을까요?"

태랑의 날 선 반응에 수현이 조심스럽게 물었다.

태랑은 딱딱해진 안면 근육을 억지로 풀며 고개를 끄덕였다.

"미안. 내가 순간적으로 흥분했나 보군."

수현은 이어 그들이 어떻게 타워 공략에 설명했는지 대략적인 개요를 읊었다. 태랑은 수현의 설명을 듣는 둥 마는 둥하며 속으로 고민에 빠져 있었다.

'강철의 군주 이명훈이 본격적인 움직임을 시작했나 보군. 분명 장건우는 다른 회귀자를 찾으러 간다 했는데….'

태랑은 슬며시 목에 걸린 검은 펜던트를 손에 쥐었다. 이는 장건우가 선물한 것으로 상대가 어디에 있든 곧바로 위치를 파악할 수 있는 특별한 아티펙트였다.

'현재 장건우의 위치는….'

태랑의 머릿속으로 지구본이 떠오르며 장건우의 위치가 깜빡이기 시작했다.

'응? 부산이잖아?'

장건우의 위치는 피난 도시 부산으로 나오고 있었다.

'다른 회귀자를 찾으러 갔나 보구나. 그때 얘기하기로 회중시계를 찾은 불멸의 군주가 부산의 맹주 출신이랬지. 일단 다른 회귀자가 모습을 드러낸 이상 나라도 빨리 움직여야겠군.'

"정보참모. 혹시 강철 길드의 소재지를 알고 있나?"

"네. 차이나타운으로 알려져 있어요."

"인천 차이나타운?"

"네. 거기 기반을 두고 있어서 인지 소속 헌터들 가운데 화교나 조선족 출신이 유난히 많다고 하더라고요."

"지금 당장 그를 만나러 가야겠어."

"이명훈을요? 왜요?"

수현은 태랑의 행동을 이해할 수 없었다.

평소의 그답지 않게 무척 서두르는 기색이었다.

태랑도 살짝 위화감을 느꼈는지 대충 얼버무렸다.

"음… 우리 세이버도 타워 공략을 목표로 하고 있으니까. 만나서 조언을 들어보면 좋을 것 같아서."

"아…네."

태랑의 변명에도 수현은 뭔가 석연치 않은 기분을 느꼈다. 태랑이 자신들에게 뭔가를 숨기는 게 분명했다.

"오늘 움직여야 할지 모르지 바로 간부들을 소집해줘."

"알겠습니다. 회의실로 집합시키겠습니다."

수현이 물러난 후 태랑은 주먹을 꼭 쥐었다.

'장건우가 불멸의 군주를 찾고 내가 강철의 군주를 찾게 된다면 벌써 회귀자 넷이 모이게 되는 셈이야. 회귀자들이 하루라도 빨리 힘을 모은다면 63빌딩의 공략이 예상보다 빨라질지도 모르겠어. 일단 그를 만나자.'

태랑의 긴급 호출에 간부들은 하던 일을 중단하고 급히 회의실로 모였다. 다들 전례 없던 일에 영문을 파악하지 못한 상황이었다.

"무슨 일인데? 맨이터라도 쳐들어온 거야?"

"뭐시여? 누가 감히 우리 클랜을 공격해?"

"적의 습격이라면 경보가 울렸겠지. 기지 바깥으로 가동 중인 CCTV랑 경보기만 몇 갠데?"

"넌 무슨 일인지 알고 있지 않아, 수현?"

수현도 자세한 내막을 모르긴 마찬가지라 어깨만 으쓱할

뿐이었다.

"음… 자세한 건 모르겠고, 태랑이 형이 인천에 가신다 나 봐요."

"인천?"

"왜? 거기 쓸 만한 몬스터라도 나타났데?"

"쓸 만한 몬스터는 또 뭐야? 몬스터라는 건 죄다 쓸데없 는 놈들뿐인데."

"왜 아티펙트는 듬뿍 주면서 상대하기 쉬운 놈들 있잖아 요. 성가시기만 하고 쥐뿔도 안 뱉는 애들 말구."

"요새 우리 공대장 몸이 근질근질 하나 보지?"

"헌터의 임무는 뭐니 뭐니 해도 레이드 아니겠어요?"

"흠… 레이드 때문은 아닌 것 같던데…."

수현의 푸념에 다들 추측을 내놓기 바빴다.

"레이드가 아니라고? 그럼 뭔데?"

"숨겨놓은 애인이라도 나타났나?"

"뭐라고요?"

농담처럼 내뱉은 은숙의 말에 유화가 대번에 언성을 높 였고, 조용히 있던 슬아의 표정도 딱딱해졌다. 은숙은 두 사람의 반응에 화들짝 놀라 사과했다.

"애들은 무슨… 농담도 못 하겠네."

"장난칠 게 따로 있죠!"

"저도 별로 재미없네요. 그 농담은."

분위기가 경직되자 민준이 화제를 돌리기 위해 수현에게

다른 질문을 던졌다.

"정보참모. 넌 방금 전까지 같이 있었다며. 인천에 간다는 거 말고 다른 아는 건 없어? 왜 하필 인천인건지, 무슨 목적으로 가는 건지."

"그건 내가 설명할 게."

마침 태랑이 회의실 문을 열고 들어왔다.

어느새 그는 전투 복장으로 갈아입은 상태였다.

오우거의 가죽 바지에 아이템을 가득 넣은 벨트를 차고, 왼쪽 허리 아래론 빙궁을 고정했다. 등에는 히드라의 사모창과 무반동 전투도끼를 교차시켜 매고, 머리끝에서 발끝까지 아티펙트로 무장하고 있었다.

"마스터."

태랑의 등장에 회의장에 모인 간부들이 일제히 기립했다.

어느새 클랜의 위계는 보다 엄격해졌다. 아직도 한모 등은 말을 편히 놓는 편이지만, 조직 내 기강을 세우기 위해서라도 대부분 간부들이 마스터에게 예의를 지켰다.

소수로 활동할 때는 가족같이 지내는 것도 좋다. 하지만 조직이 성장할수록 그에 맞는 격을 갖추어야 한다. 또한, 마스터의 위신을 높이는 일은 간부들 스스로를 위해서도 필요한 일이었다. 상관을 존중하는 모습을 본 부하들은 그들과 똑같이 행동할 것이다.

"모두 소집시켰습니다."

수현의 보고에 태랑이 가볍게 고개를 끄덕였다.

"다들 자리에 앉도록."

"넵."

태랑이 상석에 앉자 모두 착석했다. 태랑은 좌중을 한번 돌아보며 서서히 입을 열었다.

"정보참모에게 대충 들었겠지만, 인천에 좀 가봐야 할 것 같다. 만나볼 사람이 있어."

"만나볼 사람이요? 누군데요?"

유화가 불안한 눈빛으로 물었다. 은숙이 괜한 얘기를 꺼내는 바람에 긴장한 기색이 역력했다.

"강철 길드 마스터, 이명훈을 만날 거야."

"그 사람은 갑자기 왜 만나는 데요?"

"음… 지금은 사정상 다 얘기해 줄 순 없어."

"저희한테 까지요?"

이제껏 모든 비밀을 공유한 간부들이었기에 다들 약간은 섭섭한 표정이었다.

그러나 태랑의 입장에선 회귀에 대한 사실만큼은 철저히 숨겨야 했다.

몬스터와의 항쟁에서 인류가 패배했고, 이곳에 모인 모두가 사실 이미 죽은 사람이라는 사실을 굳이 밝힐 필요는 없었다. 그것은 불안감을 가중시키고 좌절감만 더하게 할 것이다. 때로는 모르는 게 약이 될 수도 있다.

"혹시 꼭 포섭해야 할 등장인물이라 그런 거?"

은숙의 추측에 태랑이 고개를 끄덕였다.

"그렇다고 봐야지. 어쨌든 그의 등장으로 내가 알고 있던 미래가 바뀌기 시작했어. 그 부분에 대한 조사도 해봐야겠어. 자칫 앞으로의 전개가 전혀 예상치 못한 방향으로 흘러가 버릴지도 모르거든. 불확실한 미래는 내 예지력을 쓸모없게 만들 테니까."

"저는 무슨 말인지 모르겠어요."

"가령… 63 빌딩의 공략을 다른 누군가가 선점해 버릴 수도 있다는 얘기지."

"앗! 그럼 안 되잖아요. 거기에 저희가 찾아야 할 노트북이 있는데…."

"물론 안 될 일이지. 그렇지만 동북아 무역 타워의 공략 난이도는 63빌딩과 비슷한 수준이야. 벌써 그것을 해낸 길드가 등장했다면 또 다른 인물이 나오지 않으리란 보장은 없어."

"차라리 다음 레이드를 63빌딩으로 직행하는 건 어때요?"

"아직 전력이 모자라. 중간도 못 가 나가떨어질걸."

"그럼 강철 길드의 이명훈은 어떻게 타워 공략을 해낸 거죠? 마스터보다 강하단 소린가?"

태랑이 씁쓸하게 웃었다.

이들은 얼음 군주 장건우의 존재를 모르고 있다.

태랑보다 강한 사람은 생각보다 많을지도 모른다.

"그 부분도 자세히 알아봐야지. 어쨌든 그를 하루라도 빨리 만나는 게 중요해."

"누가 함께 가죠?"

"다 같이 가는 거 아냐?"

"누군가 기지를 지켜야지. 애들 훈련도 계속해야 하고. 클랜이 그냥 돌아가는 것도 아닌데…."

"이번엔 다들 양보해. 저번 히드라 레이드 때 나만 기지에 짱 박혀 있었잖아."

"언니는 부마스터 잖아요. 마스터랑 부마스터가 둘 다 가버리면 어떡해요?"

간부들의 의견이 분분히 오가는 가운데 태랑이 짧은 한마디로 상황을 정리했다.

"이번엔 나 혼자 움직인다."

"네?"

"마스터 혼자요?"

"그건 위험합니다."

호위를 맡은 슬아의 우려에 태랑이 슬며시 웃었다.

"나에게 위험한 일이라면, 누가 같이 가도 비슷할 거야."

"아…."

태랑의 말은 허풍이 아니었다. 그는 최근 들어 급격한 성장을 이루었다. 약점으로 지적받던 근접전 능력마저 보완되었다.

"레이드를 뛰는 경우라면 다 같이 힘을 모으는 편이

좋겠지. 하지만 이번엔 단순히 사람 하나 만나러 가는 거야. 금방 다녀올 테니 다들 평소 맡은 일만 잘하고 있으면 돼."

모처럼 외출을 꿈꾸던 은숙이 입술을 삐죽 내밀었다.

"하-. 나는 부마스터 되고 나서부턴 어딜 나가질 못하네."

"내가 없더라도 클랜은 계속 움직여야 해. 현 시간부로 부마스터에게 전권을 위임하겠다."

"전권?"

"전권이라면⋯."

은숙의 눈이 휘둥그레졌다. 통상 마스터의 부재 상황에선 부마스터가 권한을 인계받는다. 하지만 전권을 모두 행사하는 경우는 드문 일이었다.

"부마스터가 적절히 판단해서 레이드도 필요하면 진행하도록 해. 새로 들어온 신입 대원들 성장도 시켜야 하고 아이템이나 아티펙트도 꾸준히 모아야 하니 마냥 놀고 있을 순 없지. 어차피 클랜이 커나갈수록 마스터가 참여 못하는 레이드도 많아질 거야. 그런 상황에 대비해 미리 연습한다고 생각하고."

길드급 규모에서는 조직 내에 레이드 팀이 여럿 존재하는 경우도 있었다. 길드원 전원이 우르르 몰려다니는 것보다, 사냥감에 맞춰 최적의 인원을 구성하는 것이 효율이 좋기 때문이었다.

태랑은 이제는 자신이 없더라도 다른 간부들이 레이드 임무를 수행하는 데 큰 무리가 없으리라 판단했다.

"저 혼자라도 따라가면 안 될까요? 전 레이드에서는 크게 필요 없는데…."

슬아가 마지막으로 태랑에게 간청했다.

그림자처럼 그를 호위하는 그녀로선, 먼 곳에 태랑 혼자 보낸다는 게 영 마음에 걸렸다. 마치 자신의 임무를 포기하는 느낌이었다.

그러나 태랑이 누구도 데려가지 않으려 했던 이유는 회귀자라는 사실을 숨기기 위해서였다. 게다가 슬아가 따라나서면 여자 친구인 유화 역시 함께하려 할 것이다. 인원이 늘면 늘수록 이명훈과의 은밀한 접촉은 불가능해진다.

"뜻은 고맙지만 사양하지. 슬아도 다른 사람들 도와 내가 없는 동안 클랜을 잘 지켜줘."

"네…."

"근디 인천까지는 우찌 갈라고? 걸어서 갈라믄 한참은 걸릴 것 인디?"

"오토바이 타고 나갈게요. 길이 닿는 데까진 계속 가보고, 안되면 거기서부터 걸어가야죠."

"그럼 오토바이 회수는 누가 하지? 길가에 버리긴 너무 귀한 물건인데…."

"음… 그걸 생각 못 했구나. 그럼 누구 하나 데려갔다가 기지로 같이 복귀시켜야겠다."

"오빠. 그럼 내가 같이 갈게요."

유화가 손을 번쩍 들었지만, 태랑은 이번에도 거절했다.

"그런 잡다한 일 하나하나 간부들이 직접 움직일 필욘 없어. 다들 바쁘지 않아?"

태랑의 말대로 조직이 커지고 나서는 다들 분주한 나날을 보내고 있었다.

수현은 매일 컴퓨터를 붙들고 살았고, 한모는 아이템 제작에 열을 올렸다. 민준은 방금 전까지도 부하들과 도로 정비를 하다 회의에 불려온 상태. 유화나 슬아, 은숙 역시 각자 자신의 일이 있었다.

"오토바이 가져다 놓는 일 정도는 큰일 아니니 내가 한가한 애들로 한 명 차출해 갈게."

"둘을 데려가는 게 나을 것 같은데…."

"둘씩이나?"

"중간에 충전할 장소만 확보되면 어디까지 갈지도 모르잖아. 한 명만 데려갔다가 까딱 인천까지 동행할 셈이야?"

"아, 그도 그렇군. 알겠어. 아무튼, 왕복하는 데 길어야 보름 정돌 거야. 좋은 소식 들고 올 테니 걱정하지 말고 기다리고 있어."

"지금 바로 떠나시게요?"

태랑이 몸을 일으키자 수현이 물었다.

"그러려고 장비 챙겨 온 거야. 해지기 전에 최대한 움직여야지."

"조심히 다녀오세요."

"몸 조심해라잉."

"오빠 다치면 안돼요."

"근데 레이드 정말 내 뜻대로 해도 돼?"

"무리만 하지 마. 너라서 안심하고 맡기는 거야."

"예썰, 마스터!"

회의실을 나선 태랑은 오토바이를 찾기 위해 차고로 향했다. 마침 차고에선 늑대인간 장정문이 트럭을 정비하고 있었다. 기름때가 묻은 멜빵 바지가 유난히 잘 어울렸다.

"장정문, 일하고 있었군."

"마스터, 무슨 일로 차고에 다…."

"근데 군용 트럭도 볼 줄 아는 거야?"

"네. 군에 있을 때 연대 정비대대 출신입니다. 1호 차부터 5톤까지 종류별로 다 고쳤죠."

"아, 닦고 조이고 기름치자?"

"네. 딱 맞습니다."

"혹시 전기 오토바이 완충시켜 놓은 거 있나?"

"네, 어디 나가시게요?"

"멀리 좀 가볼 데가 있거든."

"아아."

태랑은 멀리 구할 필요 없이 장정문을 데려가기로 했다.

"오토바이 운전은 할 줄 알지?"

"네."

"그럼 나 좀 따라와. 어차피 변신 능력자니까 장비를 더 챙길 필욘 없을 거 아냐."

"맞습니다."

태랑은 정문과 함께 기지를 나서다 훈련을 끝내고 숙소로 향하는 안나를 만났다. 안나는 길다란 저격총을 악기처럼 등에 메고 있었다.

"안녕하세요, 마스터. 어디 가시나요?"

"마침 잘 만났네. 안나 오토바이 몰 줄 알아?"

"네. 조금요."

"그럼 정문이 뒤에 타."

"네? 지금요?"

"무기도 들고 있겠다. 따로 준비할 거 없잖아. 총알은 넉넉하지?"

"네, 그렇긴 한데 갑자기…."

"바빠서 그래. 일단 타."

기지를 벗어나 잠시 휴식을 갖는 사이 태랑이 두 남녀를 향해 말했다.

"다짜고짜 끌고 나와 미안하군."

"아닙니다. 마스터."

"마스터 명령이라면 뭐든 해야죠. 괜찮습니다."

"멀리까지 나가진 않을 거야. 오토바이로 이동할 수 있는 장소에만 도착하면 두 사람은 다시 기지로 복귀하도록 해."

그제야 안나를 뒤에 태운 이유를 알게 된 정문이 고개를 끄덕였다.

"그럼 마스터 혼자 출타하시는 겁니까?"

"응. 멀리 좀 가볼 데가 있어서. 근데 두 사람은 좀 서먹한 사인가?"

오토바이를 함께 타고 온 안나와 정문은 휴식시간 동안 서로 거리를 두고 떨어져 있었다. 사실 안나는 레이드 훈련에 끼리 않고 독자적으로 움직였기 때문에, 식사 시간을 제외하면 다른 헌터들과 접점의 거의 없는 편이었다.

"오전 일과나 오후 훈련 때문에 그다지 얘기할 시간이 없어서요."

"차량 관리가 그렇게 바빠?"

"네. 정비 특기를 가진 사람이 클랜에 저밖에 없어서요. 차량 3대랑 오토바이 전부, 그밖에 불도저나 포크레인 같은 특수 장비까지 저 혼자서 관리 중입니다."

"그래. 다음에 인원 확충할 때 엔지니어들을 우선적으로 고려해 볼게."

"감사합니다."

"안나는 보직이 뭐지?"

"유화 공대장님 휘하에서 수색조를 담당하고 있습니다.

금일은 수색정찰이 따로 없는 날이라 오전부터 개인 훈련을 하고 있었습니다."

"개인 훈련이라면 사격?"

"네."

마스터 앞이라 그런지 두 사람 모두 살짝 긴장한 표정이었다. 태랑은 바짝 기합이 든 둘의 모습이 마음에 쏙 들면서도 긴장을 조금 풀어주고 싶었다.

"그 저격총 최대 유효 사거리가 얼마나 되지? 그러니까 얼마 정도의 거리에서 괴물 머리통을 날릴 수 있겠어?"

"머리통이라면…."

안나가 멀리 떨어진 관공서의 태극기를 가리켰다. 얼핏 잡아도 500m 이상은 떨어진 곳이었다.

"저 태극기까지는 가능할 것 같습니다."

장정문이 손바닥으로 챙을 만들어 태극기를 찾다가 깜짝 놀랐다.

"진짜?"

"포스를 입히면 적중률이 훨씬 올라가거든."

태랑은 흥미로운 표정으로 안나에게 말했다.

"어디 한번 실력 좀 보고 싶군."

"여기서요? 맞았는지 잘 보이지도 않을 텐데…."

"지금은 바람이 안부니까 맞으면 깃발이 펄럭이겠지. 왜, 마스터 앞이라서 조금 떨리나?"

"아뇨."

안나의 눈빛이 반짝였다.

'좋아, 실력을 보일 기회다. 대검 학살자 안상훈도 적극적으로 어필해서 돌격 대장 보직에 임명됐다고 들었어. 나도 마스터에게 잘 보이고 싶어.'

안나가 케이스에 넣어둔 저격 총을 꺼내 총열을 조립하기 시작했다.

나사 홈을 따라 총열을 돌리자 순식간에 저격총이 완성되었다. 안나는 7.62mm 대구경탄을 삽입 후 자세를 잡았다. 개머리판을 어깨에 바짝 견착시킨 사격자세 때문인지 그녀의 풍만한 가슴이 더욱 도드라지게 보였다.

장정문은 자신도 모르게 침을 꼴깍 삼켰다. 클랜 남자 헌터들이 하나같이 안나의 가장 섹시한 모습을 사격하기 직전이라 말하던 게 이해가 가는 순간이었다.

한참 조준경을 주시하던 안나는 서서히 방아쇠를 당겼다.

태랑이 보는 앞이라 다소 긴장하긴 했지만, 호흡과 격발의 순간만큼은 무아의 경지라 할 만큼 초집중하는 그녀였다.

'좋아, 제대로 들어갔다.'

탕-!

커다란 총성이 울리고 관공서의 태극기가 펄럭였다. 장정문은 500M 바깥의 목표물을 적중시킨 그녀의 솜씨에 혀를 내둘렀다. 만약 그녀가 마음먹고 누군가를 노린다면 쥐도 새도 모르게 없앨 수 있을 것이다.

태랑도 감탄하며 박수를 쳤다.

짝짝짝—

"굉장하군. 놀라운 솜씨야."

"아닙니다."

안나는 속으로 뛸 듯이 기뻤지만, 태랑의 앞이라 표현을 자제했다. 태랑은 고개를 끄덕이더니 왼손가락을 튕겨 좀비 들개 한 마리를 불러냈다.

바닥을 뚫고 징그럽게 생긴 사냥개가 기어 올라왔다. 온몸의 피부 가죽이 벗겨진 들개는 지옥에 산다는 헬하운드를 떠올리게 했다.

"크르릉….."

좀비 들개가 복종의 표시로 태랑의 앞에 바짝 엎드렸다. 다들 영문을 몰라 당황하는데 태랑이 좀비 들개를 관공서 방향을 뛰게 했다.

"마스터, 어째서 소환수를?"

"나도 한번 맞춰보고 싶어져서."

"네?"

"화살로요?"

태랑은 말없이 고개를 끄덕이며 다리에 고정시켜 둔 빙궁을 꺼내들었다. 그 모습을 본 안나는 태랑이 호기를 부린다고 생각했다.

'내가 진짜 맞춰 버리니까 몸이 달았나 보네? 마스터도 아이 같은 구석이 있구나. 귀여워.'

그러나 태랑은 단순히 호승심이 아니었다. 안나의 솜씨를 보자 자신의 궁술 특수기의 효과도 시험해 보고픈 생각이 들었다. 좀비 들개가 출발 후 어느 정도 시간이 지나자 태랑이 빙궁의 활줄을 당기며 '분대 시야'를 개방했다.

그의 머릿속 한 켠으로 좀비 들개의 시야가 펼쳐졌다.

분대 시야는 소환수의 시야를 공유하는 스킬로서, 원거리에서도 정확한 사격을 가능케 했다.

'좀 멀긴 하지만 지금의 포스라면…'

활시위를 한참 잡아당기자 얼음 화살에 강한 장력이 걸리기 시작했다. 포스를 강하게 주입할수록 사거리가 늘어나는 빙궁은 이제 터질 것처럼 팽팽해져 부르르 떨리고 있었다.

태랑은 좀비 들개의 시야를 통해 과녁을 보정하며 활줄을 놓았다. 시위를 벗어난 얼음 화살이 큰 포물선을 그리며 깃발을 향해 날아갔다.

쒜에엑-

그러나 화살이 날아 간 지 한참이 지났는데도 깃발을 펄럭이지 않았다. 얼음 화살은 먼 거리에서 육안으로 확인이 되지 않았기에 정문은 태랑의 화살이 빗나갔다고 생각했다.

"음… 아쉽군요. 거의 근처까지 간 것 같은데."

"응?"

"아, 아닙니다. 저 거리까지 화살을 날린 것만 해도 엄청

262 6

납니다.”

정문은 태랑이 민망해 할까 봐 급히 말을 돌렸다.

잠시 후 좀비 들개가 입에 무언가를 물고 왔다. 좀비 들개는 태랑의 손바닥에 입에 물고 온 물건을 뱉어내더니 꼬리를 흔들며 사라졌다.

“이게 뭐죠?”

“응. 국기봉머리.”

“헉! 기, 깃봉 머리요?”

“응. 난 이 부분을 노렸거든. 운이 좋았어. 설마 맞출 줄은 몰랐는데….”

안나는 그 말의 의미를 이해하고는 얼굴이 하얗게 질리고 말았다. 자신은 겨우 깃발을 맞췄는데, 태랑은 눈에 보이지도 않는 깃봉 부분만 노려 떨어뜨린 것이었다.

“마스터 대단하세요.”

“아냐. 넌 거리가 멀어질수록 위력이 증가하는 특성을 가지고 있으니 내 화살 공격에 비할 바는 아니지. 좋은 특기를 가졌어.”

“더욱 분발하겠습니다.”

“그래. 이제 많이 쉰 것 같은데 다시 출발해 볼까?”

세 사람이 오토바이를 타고 움직이려는 데 누군가 길옆에서 튀어나왔다. 적인 줄 알고 당황한 정문이 큰소리로 외쳤다.

“누구냐!”

정문이 오토바이를 세우고 무기를 뽑는데, 태랑이 그를 저지했다.

"긴장하지 마. 어린 애다."

그들 앞을 가로막은 것은 10살 남짓한 소녀였다. 며칠간 씻지도 못한 듯 온몸엔 땟자국이 가득했고, 입고 있는 옷에서도 악취가 났다.

"도, 도와주세요."

태랑은 겁에 질린 아이를 보자 불쌍한 마음이 들어 소녀를 진정시켰다.

"무슨 일이니? 부모님은 어디 계시고?"

"괴물들한테 돌아가셨어요. 아저씨들 총 가지고 있죠? 제발 저희를 구해주세요!"

어린 소녀는 인근에 숨어있다가 안나의 총성을 듣고 뛰쳐나온 모양이었다. 태랑은 긴장으로 허둥대는 소녀를 진정시키며 자초지종을 들었다.

몬스터 인베이젼에서 부모를 잃은 소녀는 이름도 모를 부부의 손에 이끌려갔다. 그들은 소녀 말고도 많은 아이들을 데리고 있었는데, 대부분 15세 전후의 어린 여자애였다.

"…처음엔 고아들을 데려다 먹여주고 재워주는 착한 사람들인 줄 알았어요."

소녀는 두려운 기억이 떠오르는지 계속 울먹거렸다. 안나가 소녀를 위로했다.

"괜찮아. 우린 착한 사람들이란다. 계속 말해보렴."

264

어느 날 부턴가 숙소를 떠난 언니들이 하나둘씩 돌아오지 않았다. 그들을 보살피던 부부는 더 좋은 곳으로 입양되어 갔다고 했다. 음식은 항상 부족했고 숙소도 비좁았기 때문에 어쩔 수 없이 다른 사람에게 보냈다는 것이었다.

그러나 그 말이 거짓으로 드러나는 데는 오래 걸리지 않았다.

부부는 시간이 지나면서 노골적으로 아이들을 '입양' 보내기 시작했다.

한번은 전신이 발가벗겨진 채 처음 보는 낯선 중년 앞에 서야 했다.

그들은 마치 진열대의 상품을 쳐다보듯 어린 여자아이들의 몸을 노골적으로 응시했고, 개중에서 어느 정도 가슴이 봉긋 오른 아이들로 뽑아 갔다. 부부는 그 대가로 한 움큼의 골드를 받았다.

"저랑 친한 언니가 입양되어 가는 날 저에게 몰래 쪽지를 건넸어요."

쪽지에는 꼭 이곳을 탈출하라고 적혀 있었다. 지금껏 입양되어 간 다른 고아들은 사실 노리개로 팔려간 것이며, 이들 부부는 고아들을 데려다 성노예로 파는 악당이라는 내용이었다.

전모를 파악한 소녀는 가까스로 숙소를 탈출해 겨우 이곳까지 도망친 것이었다.

"이 개자식들!"

장정문이 욕설을 내뱉다가 안나의 만류에 씩씩거리며 입을 다물었다. 아무리 화가 나도 어린애 앞에서 욕을 하는 것은 좋지 못했다.

태랑 역시 주먹을 불끈 쥐었다.

'인신 매매상 놈들이군. 혼란스런 와중에 인면수심의 범죄자들이 활개 치고 있어. 맨이터보다 못한 놈들.'

"꼬마야. 숙소가 어딘지 기억나니?"

"훌쩍… 죄송해요. 잘 모르겠어요. 되는대로 도망쳐 나왔어요. 아저씨, 제발 저희를 구해주세요. 아직 숙소엔 저보다 어린 동생들하고 언니들이 붙잡혀 있어요."

"죄송하지 않아도 돼. 우리가 꼭 구해줄게."

안나가 여자애를 달래는 사이 장정문이 태랑에게 말했다.

"마스터. 가봐야 할 데가 있으신데 괜찮겠습니까?"

"하루쯤 늦어도 상관없다. 이런 놈들을 그냥 놔둘 순 없지."

"그런데 놈들 위치도 모르는데 어떻게 찾죠?"

정문의 고민은 의외로 쉽게 해결되었다.

"어! 저 기 있다. 저 계집애! 찾았어!"

그들은 소녀를 추적해온 추노꾼들이었다. 험악한 인상의 사내들 십 수 명이 태랑 주위로 다가왔다.

"오호라. 남의 물건에 함부로 손대면 안 되지. 손버릇을 고쳐줘야겠구먼?"

"…물건이라고?"

태랑의 미간이 꿈틀거렸다. 추노꾼의 등장에 벌벌 떨기 시작한 소녀의 모습을 보자 가슴 속 깊은 곳에서 진한 살기가 끓어 올랐다.

"네놈들 인신매매단이랑 한 패거리냐?"

"인신매매라니? 말이 좀 심하구만. 오갈 데 없는 불쌍한 애들을 몬스터에게 잡아먹히지 않도록 보호해 주는 것도 어딘데? 어차피 우리가 거두지 않았으면 저것들은 이미 몬스터 밥이…."

사내는 말을 다 잇지 못했다. 태랑이 벼락같이 달려들어 주먹을 내 뻗은 것이었다. 강한 포스가 담긴 펀치 한 방에 사내는 안면이 함몰되어 저만치 나가떨어졌다.

"전혀 살려둘 가치가 없는 놈들이구나."

태랑은 안나와 정문에게 아이를 보호하게 하는 한편 등 뒤에서 도끼를 뽑아 들었다. 그 사이 태랑을 향해 추노꾼 10여 명이 둘러싸기 시작했다.

"이 새끼! 도둑질도 모자라 우리 추노꾼을 건드려? 아주 아작 내주마! 애들아 쳐라!"

그들이 든 무기는 평범한 단검이나 쇠파이프 정도였다. 아티펙트 하나 제대로 갖추지 못한 놈들의 수준이란 뻔했다.

"나에게 자비를 바라지 마라."

태랑이 인간을 향해 도끼질을 한 것은 처음이었다. 그러나 태랑은 이미 그들을 인간으로 보지 않기로 했다.

'쓰레기 같은 새끼들. 아무리 혼란스러운 세상이지만, 인간의 도리를 저버린 놈들은 살려둘 가치가 없다!'

태랑의 도끼가 휘둘러 질 때마다 놈들의 머리통이 수박처럼 쪼개졌다. 그들의 쉴드로는 감히 태랑의 공격을 막아내는 것조차 불가능했다.

무기를 들어 막아도 무기 째 두 동강 났다. 눈 깜짝할 사이 추노꾼 무리 대부분이 핏덩이로 변했다. 마지막 남은 두 놈 중 하나는 유일하게 스킬을 보유한 놈이었다.

"매직 미사일!"

1LV의 매직 미사일이 태랑을 향해 날아왔다. 은숙이 보여주는 3LV 수준에 비하면 새 발의 피만도 못한 하찮은 공격이었다.

태랑은 몸으로 맞아도 아무렇지 않았지만, 래그나돈의 견갑이 가진 카운터 매직을 이용해 놈에게 그대로 되돌려 보냈다.

퍽-!

되돌아온 매직 미사일 공격을 맞고 놈이 고꾸라졌다. 그러나 그 틈에 나머지 한 놈이 멀리 달아나고 있었다. 안나가 곧바로 저격총에 총알을 장전에 놈을 조준했다.

"죽이지는 마."

"네?"

"놈들의 본거지를 알아내야 해. 저놈이 지금 유일한 생존자야."

안나가 조준경에서 눈을 때 주변을 둘러보자 사방이 피바다였다. 태랑의 가차 없는 공격으로 모두 즉사한 것이었다.

"네. 생포할게요."

놈은 거의 200m를 달아났지만, 그 정도 거리로는 안나의 사정거리를 벗어날 수 없었다.

탕-!

포스가 담긴 총탄 공격에 도망치던 놈의 왼쪽 다리가 허벅지 위까지 송두리째 날아갔다. 놈은 충격을 입고 그대로 나자빠졌다. 태랑은 놈에게 달려가 멱살을 잡고 끌어올렸다.

"너희들 근거지가 어디야?"

"사, 살려주세요. 저흰 그저 시키는 대로 했을 뿐입니다."

"누가 너희를 시켰지? 인신매매단을 꾸린 배후가 누구냐?"

"로, 로타리 길드입니다."

"로타리?"

"네, 네. 이 부근을 장악한 로타리 길드는 뒤로 아동 인신매매를 통해 자금을 끌어모으고 있습니다. 저희는 그 길드 휘하에서 일거리를 받고 움직이는 추노꾼들이구요. 다 불었으니 제발 목숨만…켁."

태랑이 멱살을 쥔 손으로 놈의 목을 잡고 부러뜨렸다.

경추가 부러진 놈은 혀를 쭉 내밀고 즉사했다.

"…살려준단 얘기는 한 적 없다. 고통 없이 죽일 뿐."

태랑의 잔인한 모습에 안나는 소름이 돋는 것을 느꼈다.

'마스터가 정말로 화났구나. 저런 모습은 처음이야….'

장정문이 태랑에게 다가와 말했다.

"들어본 적 있습니다. 로타리 길드. 50여 명 내외의 비교적 소규모 길드입니다. 평범한 레이드 길드인 줄 알았는데, 돈을 벌려고 이런 파렴치한 짓까지 벌일 줄은…."

"양아치 같은 놈들. 돈 벌려고 애들을 성노예로 팔아 치우다니."

"마스터, 이제 어쩌실 겁니까?"

"내 원칙은 맨이터를 만날 땐 무조건 쳐 죽이는 것이다. 그것보다 못한 놈들에겐 두말할 나위 없지. 오늘 밤 급습한다."

"알겠습니다. 다행히 오늘 밤은 만월이군요."

늑대인간 장정문이 이빨을 드러내며 웃었다.

로타리 길드의 아지트에서 두 명의 사내가 대화를 나누었다.

"젠장, B 가옥에서 도망친 계집애 아직 못 찾았어?"

"네. 어디서 몬스터에게 잡아 먹혔는지 코빼기도 안

보입니다. 그래도 솜씨 좋은 추노꾼들을 붙여놓았으니 곧 소식이 있을 겁니다."

"하여간 이 새끼들 빠져가지고 관리가 엉망이야. 얼마 전에 D 가옥에서도 탈출시도가 있었다며? 대체 애들을 어떻게 다루는 거야?"

"그게 여자애들이라 몸에 상처가 나면 안 돼서 패기도 뭐하고, 아무래도 상품에 하자가 있으면 고객들의 니즈를 맞추기가…."

"니즈? 니즈 같은 소리 하고 있네. 박리다매로 나가."

"박리다매요?"

로타리 길드의 마스터 우충식이 야비하게 웃었다.

"어차피 고아도 찾기 어렵잖아. 그러니까 납치라도 해야지."

"납치라면?"

"양천구 쪽에 말이야. 사람들이 자치구를 만들어서 살아간다는 거야."

"자치구요?"

길드의 부대장 마정길이 눈을 휘둥그레 떴다.

"왜 막고라 길드에서 보호구역 정해서 만드는 것처럼, 거기 시민들끼리 연합해서 자경단을 조직했다는 거야. 근데 생각해 봐. 전문 헌터들도 아니고 자경단 수준이면 실력이야 뻔하잖아. 놈들을 해치우고 애들을 납치해 오는 거지."

"너무 위험하지 않을까요. 자칫 맨이터로 낙인찍히기라도 하면 주변 클랜들이 가만있지 않을 텐데요…."

"크크크. 무슨 얼굴에 로리타 길드라고 써 붙이고 다닐 일 있어? 복면이라도 쓰면 되지."

"마스터. 로리타가 아니고 로타립니다."

"이거나 그거나."

두 사람이 작당모의를 하고 있던 그때였다.

갑자기 아지트 밖에서 비명소리가 들렸다.

"뭐야? 야밤에 무슨 소란이야? 나가서 좀 알아봐."

"네."

마정길이 무기를 들고 밖으로 뛰쳐나갔다.

태랑은 광각의 심안과 분대시야 스킬을 통해 아지트 밖으로 통하는 퇴로를 모두 파악한 상태였다. 나가는 길목 요소요소 마다 태랑의 해골 전사들이 골고루 배치되었다.

'한 놈도 살려 보내지 않겠다.'

태랑은 기지를 물 샐 틈 없이 포위한 후 해골 마법사를 소환했다. 5레벨의 레이즈 스켈레톤 스킬은 메이지 스켈레톤의 종류를 직접 고를 수 있도록 상향되었다.

태랑은 고심 끝에 독 폭탄을 날리는 중독계 마법사 여섯 마리를 소환시켰다. 녹안을 번뜩이는 메이지 스켈레톤 들이 태랑의 명을 기다렸다.

"안나는 후방에서 아이를 지켜줘. 혹시라도 접근하는 놈들이 있으면 주저 말고 날려버리고."

"네. 원 샷 원 킬 낼게요."

"장정문. 너는 나와 같이 적의 본진을 급습한다. 변신 준비해."

"맡겨만 주십쇼."

"침투에 앞서 독 폭탄을 날려 놈들을 중독 시킬 거야. 독기운이 퍼지면 기지 안에 있는 모든 놈들은 제대로 싸울 수 없겠지. 그리고 정문이 넌 이걸 차. 면역의 팔찌라는 건데, 독 기운을 해독을 시킬 수 있는 일회성 아이템이야."

태랑은 아이템 공방에서 이것저것 필요한 물품들을 충분히 챙겨왔다. 윤정민이라는 제작 능력자의 가세로 소모성 아이템은 꾸준히 공급되었기에 아이템은 충분한 편이었다.

여섯 마리의 메이지 스켈레톤은 태랑의 지시에 독 폭탄을 집어 던지며 전진을 시작했다. 최루탄을 연상케 하는 녹색의 매캐한 가스가 로타리 길드 아지트 내부를 가득 채웠다.

"으윽! 뭐야 이건!"

"가, 가스다! 숨을 못 쉬겠어!"

"맨이터의 기습이다!"

메이지 스켈레톤이 투하하는 독 폭탄 마법에 순식간에 기지 전체가 혼란에 빠졌다. 면역의 팔찌를 찬 장정문은 보름달을 한번 쳐다보더니 두 팔을 펼쳐 변신을 시작했다.

순식간의 그의 상체가 터질 것처럼 부풀며 상의를 찢고 나왔다. 송곳니는 밖으로 뻗어 나오고 온몸이 털로 뒤덮였다.

잠시 후 정문이 서 있던 자리엔 늑대의 상체를 지닌 붉은 눈의 괴물이 거친 숨을 토해대고 있었다.

태랑은 변신을 마친 정문에게 물었다.

"이성은 남아있는 건가?"

"크르릉…."

장정문은 대답 없이 고개를 끄덕였다. 늑대인간으로 변하면 전투 본능이 이성을 지배하기 때문에 피아를 구분하지 못하는 경우가 더러 있었다. 장정문은 현재 가까스로 본능을 억제하는 중이었다. 그러나 그대로 뒀다간 조만간 아군에게 발톱을 들이밀게 될지도 몰랐다.

"어서 가라. 가서 너의 분노를 마음껏 풀어내라."

"크와아아앙!"

태랑의 신호에 정문이 총알처럼 빠르게 뛰쳐나갔다. 만월의 기운을 듬뿍 받은 늑대인간의 전투력은 과연 명불허전.

포스와 쉴드가 평소의 5배까지 치솟은 정문은, 닥치는 대로 적을 쓰러뜨렸다. 그의 손톱이 할퀴고 지나간 자리로 세 줄기 깊은 자국만이 남았다.

태랑은 뒤이어 창을 뽑았다.

그는 조무래기들을 정문에게 맡기고 로타리 길드의 수뇌부를 직접 상대할 생각이었다.

"그럼 쓰레기 수거를 시작해 볼까?"

보스 룸 밖으로 나온 마정길은 매캐한 연기가 가득 메운 실내를 보고 급히 코를 틀어막았다.

'이크, 이게 뭐야? 설마 최루가스인가?'

잠깐 독가스를 흡입했는데도 머리가 핑 돌았다. 스텟창을 체크하니 쉴드가 조금씩 떨어지고 있었다.

'중독 마법이군! 대체 어떤 놈들이지?'

마정길은 바람 계열 능력자였다. 그가 크게 숨을 들이며 앞으로 공기를 내뱉자, 마치 태풍이 몰아친 것처럼 독가스가 흩어졌다.

"크흡-!"

독가스를 밖으로 쓸어내긴 했지만, 여전히 중독은 풀리지 않았다. 특히 마법을 쓰느라 공기를 들이마시는 바람에 그의 중독 증상은 더욱 심해져 있었다.

'마, 마스터에게 바로 알려야 해.'

그때 그의 앞으로 창을 치켜든 사내가 모습을 드러냈다.

"뭐냐 네놈은! 쿨럭-."

마정길은 태랑을 맨이터라고 확신했다.

"소속은 됐고, 굳이 소개하자면 환경미화원이랄까?"

"환경미화원? 그건 무슨 개소리야?"

"너희 같은 쓰레기를 정리하는 사람 말이지."

"제정신이 아니군. 치사하게 기습이나 하는 주제에⋯."

"치사라고? 하−. 어이가 없군. 우리가 지금 몇이나 된다고 생각하는 거냐? 단 두 명이다."

"두, 둘이라고!"

마정길은 태랑의 말을 듣고 어이가 없었다. 길드치고 소규모라곤 하지만 로타리 길드의 멤버는 다 합쳐 50이 넘었다. 아무리 독가스 살포 후 기습했다고 해도 둘이서 길드를 박살 낸다는 것은 어불성설이었다.

그는 길드의 넘버2. 갑자기 자신감이 생겼다.

'그럼 밑에서 소란을 피우는 놈 하나랑 눈앞의 이놈이 전부라는 거 아냐? 뭐 이딴 정신 나간 놈들이 다 있어?'

"멍청한 놈 같으니⋯ 만용도 정도껏 부려야지. 감히 폭풍의 지배자를 뭐로 보고!"

"폭풍의 지배자? 설마 널 일컫는 말이냐?"

마정길은 자기 스스로도 살짝 겸연쩍었는지 곧바로 말허리를 잘랐다.

"닥쳐!"

그가 입을 크게 벌리며 거센 바람을 뿜었다. 그의 주특기 스킬인 '몰아치는 태풍'이었다. 좁은 복도 사이로 맹렬한 바람이 밀려오자 태랑은 살짝 몸이 들뜨는 느낌을 받았다.

'이놈 봐라?'

태랑은 발바닥이 떠오르자 발끝에 포스를 실어 무게를 더했다. 마치 천근추의 수법처럼 그의 몸이 굳건히 바닥에 착 달라붙으며 더 이상 바람에 밀리지 않게 되었다.

이는 스탯이 상승하면서 가능해진 것으로, 강력한 포스를 바탕으로 스킬을 쓰는 것과 유사한 육체적 능력이 발휘되는 것이었다.

마치 도약 스킬을 쓰지 않고도 공중으로 높이 뛰어오른다든가, 마이트 스킬 없이도 주먹으로 바위를 부순다든가 하는 것과 유사한 경우였다.

'아, 아니!'

마정길은 자신의 바람을 정면으로 맞고 버티는 태랑의 모습에 깜짝 놀랐다. 더 경악스러운 것은 태랑이 태풍을 뚫고 조금씩 전진하고 있다는 사실이었다.

'이 자식이 지금 무슨 조화를 부리는 거야?'

정길은 남은 포스를 모조리 쏟아낸다는 각오로 더욱 힘을 가했다. 바람은 더욱 거세져 베니아 판으로 만든 천장이 쩍쩍 갈라져 떨어지고, 유리창 역시 풍압을 견디다 못해 깨져나가기 시작했다.

태랑은 밀려나가지 않도록 버티는 와중에 점점 포스 운용의 묘를 깨달았다.

'그렇구나. 신체의 특정 부위에 포스를 집중하니 이런 것도 가능하구나. 뭔가 새로운 경지에 올라선 느낌이다.'

태랑은 이제까지 소환술과 스킬 공격에 의존했다. 스킬을 쓰는 것은 별다른 노력이 필요 없는 일이었다. 해당 스킬만 보유하면 게임에서 버튼을 누르듯 스킬이 시전되었다. 그러다 보니 지금처럼 포스를 운용하는 방법을 고민할 필요가 없었다.

그러나 우연히 마정길의 폭풍 공격에 저항하면서 자기도 모르게 포스를 움직이는 법을 터득하게 되었다. 그것은 예상치 못한 소득이었다.

'이런 느낌인 건가. 어쩌면 같은 스킬을 쓰더라도 포스를 집중했을 때 훨씬 효과가 커질지도 모르겠구나.'

태랑은 바람을 역주행하여 달려간 뒤 잔뜩 입을 벌리고 있는 마정길의 목구멍에 히드라의 사모창을 쑤셔 박았다. 마침 랜덤으로 발휘되는 속성 데미지가 검은색 빛을 띠었다.

물리 데미지를 추가로 발휘되면서 특수효과, 치명타가 발동했다. 히드라의 사모창은 그대로 정길의 목젖 안으로 들어가 후두부를 뚫고 튀어나왔다.

"커헉-!"

마정길은 프로펠라가 고장 난 선풍기처럼 더 이상 바람을 쏘아내지 못했다. 창에 꿰뚫린 구멍에선 벌컥벌컥 피가 뿜어 나왔다. 그는 죽는 순간까지도 자신의 태풍을 거슬러 창을 내지른 태랑의 솜씨를 못 믿는 눈치였다.

태랑이 창을 거둬들이며 생각했다.

'과연 생각대로군. 스킬도 아닌 단순한 지르기 공격도 포스를 집중해 응축시키니 놀라운 위력을 발휘하는구나.'

태랑이 로타리 길드의 수뇌부를 상대하는 동안 늑대인간으로 변신한 정문은 기지 곳곳을 뛰어다니며 닥치는 대로 헌터들을 해치우고 있었다.

"으헛! 완전 괴물이야! 스킬이 전혀 통하지 않아!"

로타리 길드의 헌터들은 정문을 향해 온갖 스킬을 퍼부었지만, 쉴드가 5배까지 상향된 그에게 제대로 된 타격을 줄 수 없었다. 애초 변변찮은 헌터들의 스킬이란 대부분이 1LV 수준을 넘지 못했고, 가진 포스마저 미약했기 때문이었다.

정문의 발톱이 휘둘러 질 때마다 막아서는 자들이 허수아비처럼 쓰러졌다. 몇몇 헌터들은 전의를 상실하고 기지 밖으로 뛰쳐나갔다. 그러나 밖으로 통하는 출구엔 무서운 해골 전사들이 기다리고 있었다.

"뭐야 뼈다귀들이 왜 여기 있어!"

그들은 저급 스켈레톤쯤으로 착각하고 생각 없이 덤볐으나 그 대가로 하나뿐인 목숨을 잃게 되었다. 태랑의 스켈레톤 전사들은 검과 방패 석궁을 쏘아대며 기지에서 도망쳐 나오는 헌터들을 격멸시켰다. 혹여 몇 놈이 먼 거리까지 도주에 성공하면 야광 투시경을 장착한 안나의 저격총이 불을 뿜었다.

탕-!

결국, 태랑의 의도대로 한 놈도 기지 밖을 벗어나지 못했다. 그 사이 태랑은 로타리 길드의 마스터, 우충식과 조우했다.

"이놈이 감히!"

그는 바닥에 쓰러진 마정길의 모습을 확인하고 제법 긴장했다. 정길은 길드 서열 NO.2의 실력자. 그를 일격에 쓰러뜨린 것으로 볼 때 분명 예사 솜씨가 아니었다.

'대체 누구지? 창을 쓰는 능력자라….'

우충식이 자신의 무기 트라이던트를 꺼내들었다. '山' 모양으로 생긴 창끝에선 묘한 오라가 뿜어져 나왔다. 태랑은 독특한 모양새를 보고 곧바로 정체를 파악했다.

'4등급 아티펙트, 벤쉬의 삼지창이군.'

해당 무기에는 한 가지 스킬이 걸려 있었다. 그것은 창끝이 부딪치는 순간 소리굽쇠처럼 진동하여 음파를 쏘아내는 기술이었다. 해당 음파는 몸을 경직시켜 순간적인 마비 증상을 일으켰다.

'기술을 알아채지 못했다면 낭패를 볼 수도 있었겠군.'

우충식은 태랑이 아무것도 모른다고 생각하고 삼지창을 찔러왔다. 그 역시 무기를 들고 있으니 자연스레 받아칠 것이라 여겼다.

그러나 태랑은 삼지창에 맞서지 않고 뒤로 물러서기만 했다. 놀라운 반사 신경으로 창끝을 피해내는 솜씨에 우충식이 조급해졌다.

"흥, 그 잘난 창은 폼으로 들고 왔나?"

"무기 안 써도 너 같은 건 문제없어."

"시건방진 놈! 본때를 보여주마!"

충식의 스킬은 음파 공격만 있는 게 아니었다. 그는 무공

계열의 스킬을 익혔는데, 특히 왼손에서 발출되는 한줄기 지풍이 그의 전매특허였다.

'일양지'라 불리는 그의 스킬은 손끝으로 강한 기운을 담아 보내는 것으로 보통의 장풍이 넓은 면적에 고루 타격을 준다면 한 곳에만 힘을 집중하여 침처럼 뾰족한 기운을 쏘아냈다.

태랑은 순간적으로 밀려오는 지풍에 가슴팍을 얻어맞고 말았다.

'크헉. 뭐야. 눈에 보이지도 않았는데?'

강력한 쉴드가 보호하고 있었음에도 펜싱 칼에 찔린 듯한 충격이 밀려왔다. 태랑이 가슴을 부여잡고 비틀거리자 기회를 잡은 우충식이 곧바로 삼지창을 찔렀다. 태랑은 뒤로 몸을 날리며 등 뒤에 걸린 도끼를 뽑아 집어 던졌다.

"뇌전 강타!"

도끼가 날아오는 것 본 충식이 회심의 미소를 지었다. 결국 놈이 무기를 맞부딪히고 만 것이었다. 이제 충돌음이 발생하면 놈은 한동안 몸이 마비되어 무방비 상태가 될 것이다.

"크하하! 멍청한!"

깡-!

삼지창의 날과 도끼날이 부딪히며 스파크가 튀었다. 그 순간 벤시의 트라이던트가 부르르 떨리며 소름 끼치는 공명을 일으켰다.

지이이이잉-!

하지만 우충식은 태랑의 투척 도끼가 마법을 동반한 기술임을 알지 못했다.

콰르릉-!

느닷없이 번개가 내리치며 삼지창을 피뢰침 삼아 흘렀다. 강력한 전기 마법을 고스란히 몸으로 받아낸 우충식은 엄청난 충격을 입고 몸을 떨었다.

그때 귀를 틀어막아 음파 공격에 저항한 태랑이 창을 떨치고 다가왔다.

"비장의 기술은 너만 가진 게 아니지. 로타리의 마스터."

"크흑… 대체 왜 우릴….'

손끝이 새까맣게 타들어 간 충식은 손에 무기를 들 힘도 없이 바닥에 쓰러져 있었다. 연기가 피어나는 그의 몸에선 단백질 타는 악취가 났다.

"정말 몰라서 묻는 건가? 네놈이 여자애들을 납치해서 팔아먹은 사실을 알고 있다. 사람을 죽이는 사람들만을 맨이터라고 부르지 않는다. 너처럼 인간의 영혼을 갉아먹고, 사람을 도구 취급하는 버러지 같은 놈들 역시 동족의 배신자다."

"큭… 어차피 법도 정부도 없는 세상이다. 누가 네놈에게 우릴 단죄할 권리를 줬나?"

"권리라 생각한 적 없다."

태랑은 지체하지 않고 사모창을 휘둘렀다. 뱀처럼 구불

구불한 단창이 우충식의 목을 깔끔하게 잘라냈다.

"…의무라면 몰라도."

태랑은 그대로 돌아서 정문과 함께 남은 잔당마저 말끔히 쓸어냈다. 하룻밤 만에 로타리 길드가 싸그리 씨가 말랐다.

다음날.

로타리 길드의 인터넷망을 이용해 연락이 닿은 세이버 클랜 멤버들이 지원을 나왔다.

그들은 '가옥'이라 불리는 감금 장소를 찾아 납치된 아이들을 구출해냈다. 박성규의 협조로 아이들은 안전한 거주지로 이동하게 될 것이다

"부마스터. 이번 건 잘 마무리 해줘. 난 다시 출발해야겠어."

"바로 가?"

"응. 시간을 지체해서 서둘러야 할까 봐. 다행히 로타리 길드가 가지고 있던 전기 오토바이도 많이 획득했으니 이건 타다가 버려도 괜찮을 것 같아."

"그럼 아무도 안 데려가려고?"

"응. 말했듯이 혼자가 편해."

그와 잠시 동행했던 안나가 아쉬운 표정으로 배웅했다.

"마스터, 몸조심하세요. 참, 조은이가 할 말 있대요."

"조은이?"

"맨 처음 구한 여자애요."

"아…"

"어서 인사하렴. 마스터는 곧 여길 떠나야 한단다."

안나 뒤에서 숨어있던 여자애가 조심스럽게 얼굴을 드러
냈다. 말끔히 씻고 깨끗한 옷으로 갈아입으니 몰라보게 귀
여운 꼬마 숙녀였다.

"아저씨. 고맙습니다. 이 은혜 평생 잊지 않을게요."

꼬마는 자세를 낮춘 태랑에게 다가가 수줍게 볼에 입맞
춤했다. 태랑은 조금 당황했지만, 아이가 민망해 할까 봐
살며시 안아주었다. 따뜻한 온기가 느껴진다. 아이를 도운
것이 참으로 잘한 일이란 생각이 들었다.

"지금처럼 끝까지 희망을 잃지 말고 살아가렴. 언젠간
다시 평화로운 날이 올 거야. 그리고…."

태랑이 쑥스럽게 일어서서 말했다.

"나 아직 아저씨까진 아니란다. 오빠라고 부르렴."

"예?"

태랑은 그 말을 마치고 곧바로 오토바이에 올랐다.

변신으로 신체를 혹사시킨 정문은 다른 헌터들의 부축을
받아 태랑을 배웅하기 위해 나와 있었다.

"마스터, 꼭 몸조심하십시오."

"그래. 정문이도 푹 쉬어."

태랑은 시동을 걸어나가다가 뭔가 생각난 듯 정문을 돌
아보며 엄지를 치켜세웠다.

"참, 어제 활약은 정말 멋졌다. 앞으로도 기대하겠다."

"감사합니다!"

오토바이를 타고 가는 태랑의 모습은 순식간에 조그만 점으로 변했다. 안나는 망원스코프를 이용해 그의 모습이 더 이상 보이지 않을 때까지 지켜보았다.

'…우리 마스터지만, 정말 멋있구나. 가슴이 따뜻한 사람 같아.'

"안나는 뭘 그렇게 보니?"

은숙의 물음에 안나가 화들짝 놀라며 자세를 바로 했다.

"아니에요. 아무것도."

안나가 도망치듯 물러나자 은숙이 눈을 가늘게 뜨며 생각했다.

'태랑이 또 여자 하나 홀렸나 보군. 하여간 마성의 매력을 갖춘 남자라니까.'

태랑은 한참 오토바이를 타고 달리다 부천역 부근으로 접어들었다. 간신히 이어지던 도로는 이제 형체를 알아볼 수 없을 만큼 파손되어 완전히 끊어져 있었다.

'여기서부턴 도보로 이동하는 수밖에 없겠군.'

쓰러진 표지판을 보고 대략적인 위치를 파악한 태랑은 스마트폰의 지도 어플을 이용해 거리를 계산했다. 목표 지점인 차이나타운까지는 도보로 하루 정도 남아있었다.

오토바이 배터리 잔량을 체크하니 기지로 되돌아갈 정도는 충분했다.

'일단 오토바이는 찾기 쉬운 건물에 숨겨놔야겠군. 다시 되돌아갈 때까지만 누가 훔쳐가지 않으면 좋겠는데….'

태랑이 적당한 곳에 오토바이를 숨기고 움직이는데 근처에서 사람 목소리가 들려왔다.

"젠장! 너무 빠르잖아! 이쪽으로 유인하라고!"

"말이 쉽지! 니가 해봐 그럼!"

"몰이 조는 너였잖아?"

"지금 상황에 그딴 게 어디 있어?"

태랑은 사람들이 다투는 소리에 그쪽으로 몸을 돌렸다. 두 발에 포스를 응축해 지면을 박차자 도약을 발휘한 것처럼 몸이 솟구쳐 올랐다.

'이런 식의 응용도 이제 가능하구나. 포스가 조금만 더 오르면 1LV의 도약스킬에 근접하겠는데?'

2층 건물 위까지 가볍게 뛰어오른 태랑은 조심스럽게 소리가 나는 방향을 찾았다. 폐허로 변한 도시 한가운데 4명의 남녀가 뭔가를 쫓으며 술래잡기를 벌이는 중이었다.

'레이드 중인가? 음? 저건 시궁창 쥐잖아?'

시궁창 쥐는 A등급의 몬스터로 고블린이나 그램린 정도의 약골 몬스터였다. 정식 명칭으로 붉은색의 몸체를 따 레드 렛(Red Rat)이란 이름이 있었으나, 주로 하수구처럼 더럽고 눅눅한 곳에 산다하여 '시궁창 쥐'라는 이름으로 더 많이 불렸다.

제법 날래긴 하지만 허약한 체력 덕에 초보 헌터들의 사냥감 정도로 인식되는 형편이었다. 실제 사냥 중인 남녀가 몽둥이나 식칼 따위를 든 것으로 보아 초심자가 분명했다.

'아직 헌터라 부르기도 민망한 녀석들이군. 낮은 등급의 몬스터를 사냥해 경험치를 쌓는 중인가 보구나.'

그들은 요리조리 도망치는 시궁창 쥐를 뒤쫓았지만, 도저히 그 속도를 따라잡을 수 없었다.

'시궁창 쥐는 약한 몬스터긴 해도 무척 날렵하지. 성인은 몰라도 어린아이들에겐 무척 위협적이기도 하고. 놈을 잡으려면 직접 몰이를 하는 것보다 차라리 덫을 놓는 편이 확률이 높을 텐데….'

태랑은 시행착오를 겪는 초보 헌터들의 모습을 보자 안타까운 마음이 들었다. 그러나 자신이 나섰다간 괜히 스틸을 한다는 오해를 받을지도 몰랐다.

'그래. 뭐 처음부터 잘하는 사람이 없겠지. 괜한 참견 말고 가던 길이나 가자.'

그때 초보 헌터 중 유일한 여성의 목소리가 들려왔다.

"어떻게! 빈손으로 돌아갔다간 강철 길드 애들이 가만있지 않을 텐데…."

"아직 포기하지 마. 어떻게든 잡으면 돼. 놈들이 시궁창 쥐의 꼬리만 가져다주면 상급을 줄여준다고 했잖아."

"헌터도 아닌 우리가 저것들을 무슨 수로 잡아? 제대로 된 무기 하나 없는데."

"불평 그만하고 일단 막으라고! 저러다 맨홀로 도망쳐 버리면 답도 나온단 말이야!"

"왜 나한테 소릴 지르고 그래!"

그 순간 어디선가 얼음 화살이 날아와 도망치던 시궁창 쥐에 적중했다. 시궁창 쥐는 쏟아지는 얼음 파편을 맞고 육 편 조각으로 변했다. 이어 연거푸 화살이 날아오며 사방으로 달아나던 시궁창 쥐를 일거에 폭사시켰다. 시궁창 쥐가 죽은 자리에는 랜덤하게 '레드 렛의 꼬리' 라는 아이템이 드랍되었다.

4명의 남녀는 꼬리를 발견하고도 옥상에서 몸을 날리는 태랑의 모습에 쉽사리 움직일 수 없었다. 명백한 스틸 행위란 걸 알지만, 태랑이 혹여 맨이터일지도 모른다는 우려 때문이었다. 덩치가 작은 시궁창 쥐를 화살을 날려 백발백중으로 맞추는 솜씨는 감히 그들이 대적할 수 있는 수준이 아니었다.

"너희들 방금 뭐라고 했지?"

"네?"

"아무 말도 안했는데요."

"꼬리는 가져가셔도 됩니다. 제발 해치지만 말아주세요."

태랑은 그들이 두려움에 떨자, 들고 있던 빙궁을 다시

허벅다리에 고정시키며 두 손을 펼쳤다. 싸울 의사가 없다는 표시였다.

"사냥 중인 놈을 건드린 건 미안하다. 너희들에게 물어볼 것이 있어 그런 것이니 양해 바란다."

"……."

태랑의 해명에도 그들은 여전히 두려움을 감추지 못했다.

갑작스레 등장한 정체불명의 헌터. 활뿐 아니라 등 뒤에 교차된 도끼랑 창도 범상치 않았다.

"방금 전 강철 길드 얘길 하지 않았나?"

"아, 아닙니다. 강철 길드는 최고의 길드입니다."

"맞습니다. 얼마 전에 동북아 무역 타워 공략도 성공하지 않았습니까? 강철 길드야 말로 인천의 수호자지요."

'흠… 아무래도 나를 강철 길드 소속 헌터라고 착각하는 모양이군.'

"난 강철 길드하곤 아무 관련 없는 사람이다. 다만 너희들이 했던 말이 이해가 안 돼서 그래."

"어, 어떤 것 말씀이십니까?"

"레드 렛의 꼬리를 가져가지 않으면 가만두지 않는다 했는데 그게 무슨 뜻이지?"

4명의 남녀는 서로 얼굴을 쳐다보며 눈치를 살폈다. 섣불리 대답했다가 괜한 불똥이 튈 것을 우려했다. 그러다 그들 중 가장 키가 큰 사내가 조심스럽게 입을 열었다. 어차피 태랑이 맨이터라고 해도 활을 쏘는 솜씨를 봐선 도망치기 힘들

것이다. 그가 다른 편이라는데 도박을 걸어야 했다.

"강철 길드는 현재 인천 서부 전역을 지배하고 있습니다. 저흰 그들의 비호 아래 살아가는 거주민들이구요."

'거주민' 이란 길드가 확보한 안전지대에서 살아가는 시민들을 의미한다. 헌터가 되기엔 부적합한 특성을 받았거나, 자질이 부족해 생산 활동에만 치중하는 사람들이다.

그들은 길드에 노동력을 제공하거나 농작물 등을 경작해 바치고, 길드는 거주민들을 몬스터의 위협으로부터 보호하는 공생관계를 이룬다.

이처럼 전투조직과 노동자들이 전문적인 분업화를 이루면서 점차 '군주' 라 불리는 지배자들이 태동할 수 있었다.

"강철 길드는 최근 아이템 제작 재료를 징발한다며 거주민들을 필드로 내몰았습니다. 주로 A급 몬스터에게서 쉽게 획득 가능한 재료들인데 무기가 변변찮고 스킬도 없는 저희들에겐 아주 죽을 맛이지요."

태랑은 아래턱을 쓰윽 매만졌다.

'소속 헌터들에게 시키면 될 일을 거주민들에게 떠넘긴다? 이건 공생이 아니라 착취나 마찬가지잖아? 강철 길드의 이명훈이 정말로 이런 짓을 벌였다는 건가?'

"그럼 레드 렛의 꼬리를 못 가져가면 어떻게 되지?"

"그게…."

키 큰 사내가 망설이자 옆에 있던 여자가 대답했다.

"아이템에 상응하는 공물을 대신 바쳐야 해요."

"공물?"

"음식이나 옷가지 같은 거요. 보호세 명목으로 뜯어가는 양을 늘리려는 속셈이죠."

"음식이 없으면 굶게 되지 않나?"

"맞아요. 하지만 저희에겐 선택권이 없어요. 그들이 제공하는 안전지대를 벗어나면 어차피 몬스터들에게 잡아먹힐 테니까요."

"지난번에도 폭정을 못 견디고 도망친 거주민들이 얼마 못 가 몬스터에게 잡아먹혔어요. 강철 길드의 정찰대가 그들의 시체를 수습해서 거주지에 던져 놓고 가더군요. 도망친 자들의 최후를 보라는 것처럼."

태랑은 도무지 지금 상황을 이해할 수 없었다.

그가 알기론 이명훈은 분명 인류의 미래를 바꾸기 위해 과거를 거슬러 온 다섯 회귀자 중 하나다.

그런데 그가 이런 악독한 짓을 벌이다니?

태랑은 점점 뭔가 잘못되었다는 생각이 들었다.

"왜 이 사실을 밖으로 알리지 않았지? 레이드 게시판을 통해 도움을 청할 수도 있었잖아."

"인터넷이요? 말도 마세요. 전기를 아껴야 한다며 거주지 쪽으론 공급도 안 해요. 다들 밤에는 촛불이나 쓰레기를 태워서 불을 피우죠."

'거주민에 대한 착취, 노동력 수탈. 거기다 정보의 통제까지… 이게 맨이터들이랑 다를 게 뭐지?'

"일단 너희들은 레드 렛의 꼬리를 챙겨라. 그리고 나를 그곳까지 안내해."

"정말 저희가 가져도 될까요?"

"너희들이 사냥하던 거잖아. 나에겐 의미 없는 물건이야."

"감사합니다. 헌터님."

"고맙습니다."

"그런데 강철 길드에 가시는 건 좀 위험할지도…."

"위험?"

"강철 길드 사람들은 외부에서 오는 헌터를 좋아하지 않거든요."

"맞아요. 괜한 곤욕을 치르시면…."

태랑은 피식 웃었다.

"날 걱정해 줄 필욘 없어. 혹시 허름한 옷가지 좀 구할 수 있나?"

"옷이요?"

태랑은 자신의 눈으로 거주민의 실태를 알아보기로 했다. 아직도 이명훈이 이런 짓을 벌였다는 게 쉽게 납득이 되지 않았다.

갑옷의 장착을 해제해 인장에 넣고, 무기는 고물을 실은

리어카에 숨겼다. 허름한 옷으로 갈아입자 금세 노숙자처럼 변했다.

변장을 마친 태랑은 복귀 중인 거주민들의 대열에 합류해 강철 길드의 보호구역으로 들어갔다.

"뭐야? 이 녀석 처음 보는 녀석인데?"

거주지의 경계를 맡고 있던 강철 길드의 수하가 태랑을 가로막았다.

"아이템 구하러 나갔다 부평역 근처에서 만났습니다. 혼자 숨어 지내고 있었는데 강철 길드의 보호를 받고 싶답니다."

키 큰 사내가 대신 대답했다. 태랑은 연신 굽실거리며 불쌍한 척 연기를 했다.

"제발 받아주십시오, 헌터님."

"흐음. 사지는 멀쩡하니 일은 잘하겠군. 빈집 있으면 아무 데나 데려가 재워."

"감사합니다."

길드가 커나가기 위해선 노동력이 필요했다. 생산인구가 늘어난 만큼 헌터들은 사냥에만 집중할 수 있었다. 따라서 대부분의 길드는 거주민을 늘리기 위해 혈안이었다. 제 발로 들어온다는 노예를 굳이 마다할 필요가 없었다.

'다행이구나. 스텟을 확인했으면 꼼짝없이 들켰을 텐데…'

"일단 저희 집으로 가시지요. 많이 누추합니다만 밤이슬은 피할 수 있을 겁니다."

4명의 남녀는 같은 건물 동에 살고 있었다. 구형 맨션이긴 하지만 건물의 손상이 없어 사람이 살기엔 충분했다. 유리창이 깨지거나 외벽이 무너진 건물에 들어가 사는 사람들에 비하면 그나마 나은 환경이었다.

"여기 거주지엔 몇 명이나 살고 있는 거지?"

"정확한 수는 저희도 모릅니다. 음식을 구하러 밖으로 나갔다가 죽기도 하니까요… 또 헌터님처럼 새로 들어오는 사람들도 많고. 이곳 거주지에만 대충 500여 명은 넘을 거라고 알고 있습니다. 거주지는 모두 4개쯤 되고요. 숫자는 비슷할 겁니다."

"그럼 강철 길드 소속의 헌터는 얼마나 되지?"

"대충 100명쯤?"

"저항할 생각은 안 해봤나? 숫자가 20배는 더 많은데…."

"아유, 말도 마십시오. 헌터님은 좋은 특성과 스킬을 받으셔서 잘 모르겠지만, 거주민들은 사실 각성자라고 부르기도 민망한 실정입니다. 능력이 변변찮다 보니 제대로 사냥도 할 수 없고 격차가 점점 벌어졌죠. 이제 와 모두 들고 일어나 덤빈들 개죽음만 당할 겁니다."

"맞아요. 게다가 사람들도 별로 동조하지도 않을 거예요."

"그건 왜지?"

포식의
군주 6

"익숙해져 버린 거죠. 깡패에게 보호세를 내면 최소한 다른 깡패들은 막아 주는 것처럼요. 어차피 누가 힘을 갖든 상황이 달라질 게 없다면 그냥 현재 상황이나마 유지하고 싶은 거죠."

태랑은 그들의 말을 듣고 속으로 생각했다.

'이건 완전히 노예나 다름없는 삶이군. 이명훈은 대체 무슨 생각으로 이런 짓을 벌인 거지?'

태랑이 직접 둘러본 거주지의 실태는 참담하기 그지없었다. 대부분 기본적인 의식주를 해결하기도 벅찬 상태였다. 무리한 상납을 하다 보니 항상 먹을 게 부족했다. 사람들은 비루하게 말라갔고, 병든 자들의 기침 소리가 사방에서 들렸다.

이것은 당장 죽느냐, 천천히 말라죽느냐를 선택하는 것에 지나지 않았다. 태랑을 거주지로 데려온 4인조 중 유일한 여자가 말했다.

"그래도 여긴 나은 편이에요. 최소한 여자들을 성적으로 학대하진 않거든요. 다른 곳에서 넘어온 사람들이 해준 말인데, 거기선 여자들을 헌터의 위안부로 삼는다고 하더라고요. 저항하면 죽여 버리고. 심지어 남편이 보는 앞에서 아내를 겁탈한 적도 있었데요."

"음…."

태랑의 가슴 속 깊은 곳에서 진한 분노가 피어올랐다.

지옥은 몬스터 때문이 아니라, 인류를 저버린 인간들이

만들고 있었다. 태랑이 더욱 분노한 것은 다름이 아니었다.

'이명훈은 분명 과거의 기억을 되찾았다. 그럼에도 자신의 임무를 망각하고 이런 짓을 벌이다니….'

인류의 구원을 위해 회귀한 자가 오히려 인류를 핍박하고 착취하는 광경은 태랑을 진심으로 화나게 만들었다.

굳게 쥔 그의 주먹이 부르르 떨리고 있었다.

'헌데 이명훈은 왜 변심한 것일까?'

태랑은 의문이 들었다.

그는 미래를 알고 있다. 힘을 빠르게 되찾은 것을 보아 결코 자신처럼 불안전한 기억을 갖고 있진 않을 것이다. 하지만 그의 선택은 인류를 구원하는 것보다, 그들을 지배하고 억압하는 것이었다.

도대체 왜?

'그를 직접 만나 물어보는 수밖에….'

태랑은 자신을 거주지까지 인도한 사내에게 물었다.

"강철 길드의 본거지가 어디지?"

"여기서 멀지 않습니다. 차이나타운 거리에 구 일본영사관 자리를 베이스로 주변의 건물들을 연결해 아지트로 쓰고 있습니다."

"도대체 어쩔 생각이죠?"

여자가 불안한 목소리로 물었다. 그들은 자신들이 데려온 태랑이 문제를 일으킬까 두려워하고 있었다. 태랑이 눈치를 채고 그들을 안심시켰다.

"걱정 안 해도 돼. 너희들까지 연루되겐 안 할 테니… 놈들의 기지에 자연스럽게 잠입하고자 하는데 방법이 없을까?"

"새벽마다 차이나타운 쪽 공사를 위해 인부들을 모집합니다. 공물 대신 노역으로 때우는 셈인데, 그 편에 섞여 들어가는 게 좋을 것 같습니다."

"괜찮은 아이디어군. 혹시 무기도 나를 수 있을까?"

"공사 자재를 실어 나르는 트럭이 한 대 있습니다. 제가 운전수랑 적당히 친분이 있는 편인데, 공구로 위장해 실으면 될 것 같습니다."

태랑에게 정보를 제공해준 사내는 한마디 덧붙였다.

"저희가 헌터님을 도와드릴 수 있는 것은 이 정도 까집니다. 다만…."

"알겠다. 혹시 발각되더라도 너희들에게 도움받은 얘긴 안할 테니 안심해라."

"정말 감사합니다!"

머리를 조아리는 그들을 보며 태랑은 씁쓸한 기분을 감출 수 없었다. 감사를 바란 건 아니지만, 자신의 안위를 걱정하는 이들을 도와주는 것이 허탈해졌기 때문이었다.

'아니다. 이건 이들의 잘못이 아냐. 평범한 사람들을 이렇게 두려움에 떨게 만든 이명훈의 탓이지.'

다음날 새벽.

태랑은 일찍부터 채비를 갖췄다. 사정을 들어보니 공사 현장으로 뽑혀 가는 것이 선착순으로 결정된다는 것이었다. 새벽 추위에 몸을 웅크린 사람들이 삼삼오오 집합 장소로 모여들었다.

"이른 시간인데 사람들이 많군."

태랑을 배웅 나온 키 큰 사내가 대답했다.

"막노동이 고되긴 해도 일하면 먹을 것을 주거든요. 보호세도 면제구요."

"어이가 없군. 일을 시켰으면 응당 대가를 지불하는 것이 당연한 법인데 보호세라는 명목으로 착취하는 것뿐이잖아? 이건 옳지 못해."

"뭐… 그렇긴 한데 지금은 법보단 힘이 지배하는 세상이니까요."

"아무튼, 내 무긴 트럭에 실려 있는 건가?"

"네. 혹시 몰라 헝겊 같은 것으로 돌돌 말아 놓았습니다. 운전수에게도 대충 둘러댔고요."

"어쨌든 고맙군."

"아닙니다. 시궁창 쥐를 대신 잡아 주신 덕에 저희도 편했는걸요."

"그건 원래부터 너희들 몫이었어."

"네?"

"너희들이 사냥하던 거잖아."

"그래도 헌터님께서…."

"아냐. 엄밀히 말하면 스틸 행위지. 자신의 권리를 그렇게 쉽게 포기하지 마. 솔직히 놈들에게 아이템을 구해다 바칠 필요도 없는 거야. 너희가 사냥해서 얻은 건 너희 거니까. 무슨 말인지 알겠어?"

"아…."

"맞아. 포기하면 편하지. 가만히 있으면 중간은 갈 거야. 하지만 그런 안일한 생각으론 절대 지금의 굴레를 벗어날 수 없어. 실력이 밀리는 것은 이해할 수 있어. 하지만 마음까지 져선 안 돼."

"……."

태랑은 더 이상 말해봐야 잔소리라고 생각하고 인부들이 타는 트럭에 몸을 실었다.

가축을 실어 나르는 용도로 쓰던 트럭이라 안에서 심한 악취가 났다. 태랑은 미간을 찌푸리며 코를 틀어막았다. 함께 트럭에 오른 인부들은 자주 맡아 익숙한지 아무런 내색도 하지 않았다.

'현실에 완벽히 순응해 버린 모양이군. 이것이 분명 잘못된 것이라는 걸 알 텐데….'

덜컹거리는 트럭은 금세 거주지를 빠져나가 잘 닦여진 도로 위를 달렸다. 도로의 장애물을 제거하고 크랙을 매운 것도 분명 이런 노동자의 몫이었을 것이다.

태랑이 생각에 잠겨 있는데 누군가가 말을 걸어왔다.

"젊은이 못 보던 얼굴인데 어디서 왔나?"

늙은 사내였다. 영양 공급이 부족해 앙상히 마른 팔목이 안타까움을 자아냈다.

"부평 쪽에서 왔습니다."

"부평… 좋은 동네였지. 그래도 거긴 쓰나미 피해는 적었겠구먼."

"쓰나미. 아, 모히베스 말이군요."

태랑의 기억에 따르면 인천은 몬스터 인베이젼 당시 제대로 직격탄을 맞은 곳이다. K등급 거대 괴수 모히베스가 인천항 부근에서 일으킨 쓰나미로 서인천 대부분이 물에 잠겼다.

갑작스레 들이닥친 해일로 인구의 1/3이 익사한 걸로 모자라, 물을 타고 도시로 들어온 바다 괴물들은 닥치는 대로 인간을 도륙했다.

"그땐 정말 지옥이었지. 인어라고 해야 하나? 아무튼 하반신은 물고기긴데 상반신은 사람 형상인 괴물들이 범람한 바닷물을 타고 들어와 사람들을 막 잡아먹는데…."

"어이, 김 씨. 그딴 얘긴 왜 또 꺼내는 거야? 아침부터 재수 없게."

"아니 그냥… 나도 모르게."

김 씨 옆에 있던 또 다른 사내가 그를 나무랐다. 두 사람은 구면으로 보였다.

"어차피 다 지난 일이야. 이제 강철 길드가 있으니 괴물들에게 다신 잡아먹힐 일 없다고."

"…그렇지."

"우리도 좋은 특성을 받았더라면 헌터는 못해도 헌터 보조라도 하는 건데, 하필 쓸모없는 특성을 받아서는…."

"그래도 장형님은 올 스텟+1이라도 받았으니 다행이죠. 저는 쉴드만 달랑 2 올랐다구요. 이걸 누구 코에 붙여요."

"에이, 스텟이라도 오르면 다행이게. 날 보라고."

인부 하나가 자신의 귀를 잡고 주욱 늘어뜨렸다. 놀랍게도 그의 귀가 고무처럼 두 배로 늘어났다. 길쭉해진 형상은 흡사 엘프의 귀를 연상시켰다.

"귀만 늘어나는 이따위 특성이라니…."

"크하하, 늘어나는 것도 하필 귀가 뭐냐. 꼬추라도 늘어났으면 마누라가 좋아했을 텐데."

"우리 마누라 죽었어."

"아, 그랬지. 미안하네. 내가 깜빡깜빡 허이."

어느새 대화는 태랑을 제쳐 두고 자기들끼리 시시콜콜한 잡담으로 넘어갔다. 사람들의 관심에서 멀어진 태랑은 그편이 차라리 다행이라 생각했다. 지금은 눈에 띄지 않는 편이 좋았다.

'그나저나 수천, 수만의 특성 중에서도 헌터가 될 만한 특성들이 그리 많지는 않구나.'

따지고 보면 참으로 불공평한 세상이었다.

좋은 특성은 가뭄에 콩 나듯 있었다. 뛰어난 특성을 받는 것은 과거로 치면 금수저 물고 태어난 것이나 다름없었다. 세상은 한바탕 뒤집혔지만, 결국 또다시 가진 능력보다는 운에 의해 많은 것들이 결정되었다.

오히려 과거보다 그 격차는 더 심하다 할 수 있었다. 과거엔 돈이 없으면 불편할 뿐이었지만, 지금은 능력이 없으면 죽을지도 몰랐다.

'하지만 강한 힘엔 강한 책임감이 필요한 법이야. 남보다 운이 좋아 뛰어난 능력을 받아놓고, 결국 자기 자신만을 위해 사용한다면 아무 쓸모가 없는 거야.'

그런 생각을 하는데 마침 트럭이 멈춰 섰다.

"내려. 도착이다."

강철 길드 소속의 헌터로 보이는 사내가 거리낌 없이 하대했다. 태랑이 보기엔 여기 인부 중 그보다 어린 사람은 없어 보였지만 전혀 아랑곳하지 않는 눈치였다.

'건방진 놈. 나이도 한참 어린 녀석이 힘이 있다고 우쭐대는 꼴이라니.'

도착한 공사 현장은 온갖 잔해들로 가득 차 있었다. 충격으로 무너진 건물들의 잔해를 치우는 게 오늘의 일인 모양이었다.

"오전까지 여기 싹 다 치워놔. 만약 돌덩이라도 하나 나오면 점심 없을 줄 알아. 알겠어?"

"넵."

사람들은 군소리 없이 대답하더니 트럭에서 이런저런 장비를 꺼냈다. 태랑은 눈치를 살피며 자신의 무기를 따로 챙겼다. 필요하다면 언제든 싸울 태세를 갖춰야 했다.

현장 감독을 맡은 헌터는 잠시 작업 지시를 내리더니 차를 타고 다른 곳으로 이동했다. 관리하는 구역이 여러 개인 모양이었다. 감시의 눈길이 사라지자 태랑이 조심스럽게 아까 그 김 씨에게 물었다.

"여기가 혹시 차이나타운입니까?"

"그렇지. 강철 길드는 이곳을 전면적으로 개편해 길드의 장원으로 삼을 계획 인가 봐."

"장원이요?"

"왜 이명훈 마스터가 왕이 되려고 한다는 소문 못 들었어? 저번에 갔을 땐 차이나타운 외곽으로 외벽을 쌓는 공사를 하더라고. 그게 뭐겠어. 여길 성처럼 두르려는 거지. 지금이 무슨 중세시대도 아니고…."

'성을 쌓는다고? 제정신이 아니군. 그래서 노동력을 강제로 징발했던 것인가?'

태랑은 들으면 들을수록 이명훈의 행보를 이해할 수 없었다.

"저기 보이는 저 건물 구 일본영사관이야. 해방 이후엔 시청으로 쓰이다가 나중엔 중구청이 되었지. 일제 강점기 때 지은 건물인데 어찌나 튼튼하게 지었는지 이 난리 통에도 외관의 손상이 없었다는구먼. 지금은 강철 길드의 본거지로 쓰이고 있지."

"그렇군요."

태랑은 목적지를 파악한 뒤 일에 몰두했다. 무거운 돌을 들어 공터로 옮기는 일은, 포스로 힘이 강력해진 태랑에게 너무나도 쉬운 일이었다. 다른 사람들이 낑낑대며 드는 돌덩이를 혼자 번쩍번쩍 들어 올리자 다들 눈이 휘둥그레졌다.

"아니, 젊은이 고래 심줄이라도 삶아 먹었나? 무슨 힘이 그렇게 세?"

"아… 별건 아니에요. 제 특성이 힘쓰는 거랑 관련 있거든요."

"그렇구먼! 차라리 헌터를 하지 그러나? 길드에 거주민 중 실력 있는 젊은이들을 뽑아 가기도 한다던데."

"맞아. 헌터만 되면 귀족 같은 생활을 누릴 수 있다고. 우리처럼 밑바닥 인생 말고."

"네. 그러잖아도 고민 중이에요."

태랑은 적당히 둘러대며 열심히 작업에 집중했다. 그의 활약으로 건물 잔해는 순식간에 말끔히 치워졌다. 사실 힘을 숨길 수도 있었지만, 자신이 조금만 신경 쓰면 다른 인부들이 편해질 것 같아 굳이 자청했다.

다른 곳을 보고 돌아온 감독관은 말끔히 치워진 현장을 보고 만족스러운 표정을 지었다.

"그새 열심히들 했다. 수고했다. 배식받아."

"감사합니다."

식사라고 해봐야 감자 몇 덩이뿐이었다. 그러나 다들 굶주렸는지 허겁지겁 먹어 치우기 바빴다. 감독관이 다시 말했다.

"여긴 작업은 얼추 끝났으니 오후에는 북동 쪽 성벽으로 이동한다. 참, 그전에 본부에 시멘트 공사가 하나 있는데 혹시 경험자 있나?"

'본부? 설마 놈들의 아지트를 말하는 건가?'

기회라고 생각한 태랑이 가장 먼저 손을 들었다.

"제가 미장일을 좀 배웠습니다."

"그래? 미장이면 완전 전문가구만. 또?"

눈치를 살피던 인부 두 명이 연거푸 손을 들었다. 허리가 안 좋은 이들에겐 성벽 공사보다 시멘트 작업이 낫다고 판단한 모양이었다.

"좋아. 너희 셋은 날 따라와."

"넵."

태랑은 작업 장비라고 둘러대며 헝겊으로 말린 무기를 챙겨 뒤따랐다.

차이나타운은 무척이나 이국적이었다. 과거 중국식과

일본식의 건물들이 도로 좌우에 즐비했다. 도시 곳곳엔 거주민으로 보이는 사람들이 분주하게 움직이고 있었다.

태랑이 동행하던 인부에게 귀엣말로 물었다.

"여기에도 거주민들이 있습니까?"

"몰랐나? 영내에 거주하는 사람들은 그래도 어느 정도 능력은 있는 사람들이야. 헌팅에는 쓸모없지만 잡다한 능력을 갖춘 사람들 말이지."

태랑은 그 말을 듣고 대략적인 계급 구조를 파악할 수 있었다.

이명훈은 헌터를 피라미드의 맨 위에 놓고 그 밑에 기타 특성을 갖춘 전문가들, 마지막으로 생산과 노동력을 제공하는 거주민 등 모두 3단계로 구분하고 있었다.

이는 전형적인 중세의 계급 시스템이었다.

힘을 갖춘 기사, 대장장이 등의 전문가 그룹, 마지막으로 농노로 이어지는 계급 구조가 현대에까지 동일하게 이어지고 있었다.

다만 과거와 다른 것은 순수하게 능력 위주로 구분된다는 점이었다. 지금은 능력만 있으면 누구든 헌터가 될 수 있었다. 물론 그 말은 변변치 않은 능력을 가지고선 평생 윗자리로 올라설 수 없다는 말과 같았다.

'이명훈은 이 짧은 사이에 폐허로 변한 인천에서 이런 사회를 구축했단 말인가?'

태랑은 차이나타운에 대해 알면 알수록 이명훈이란 사내가 궁금해졌다. 그는 분명한 의도를 가지고 움직이고 있었다.

"여기다. 이쪽 배수로가 망가져서 비만 오면 물바다가 되고 말아. 시멘트랑 모래는 저쪽에 있으니 바로 작업해라."

"네."

"잠깐. 넌 근데 뭔 장대 같은 걸 들고 다니는 거야?"

공사 감독을 맡은 헌터가 태랑의 헝겊 무더기를 보고 물었다. 태랑이 태연하게 대답했다.

"제 공사 장비입니다. 도구를 아무 데나 놔두면 훔쳐가는 일이 많아서요."

"하여간 하류층 놈들의 도덕의식이란… 최대한 빨리 작업해. 오늘 저녁까지 마무리하면 특별히 저녁 배식까지 챙겨주마."

"감사합니다."

"열심히 하겠습니다."

감독관이 다시 자리를 뜨자 태랑이 두 인부에게 말했다.

"시멘트 게울 줄 아시죠?"

"모래 세 삽에 시멘트 한 삽 아녀?"

"근데 배수로니까 마감작업 할 땐 2:1로 섞어야지."

"일단 그럼 배합 작업 좀 부탁드릴게요."

"왜? 어디가게?"

"화장실이 좀 급해서요."

오전 작업 때 태랑이 혼자 무거운 돌을 나르는 걸 보았기 때문에 그들은 태랑의 행동을 크게 의심하지 않았다.

"그래. 얼른 다녀와. 괜히 헌터들 눈에 띄면 혼날지도 모르니 조심하고."

"네."

태랑은 헝겊에 말린 무기를 들고 건물 안으로 발걸음을 옮겼다.

강철 길드의 아지트는 관공서로 쓰던 건물을 개조해서 그런지 무척 컸다. 세이버 클랜의 본부보다 3배 이상은 되어 보였다.

태랑은 방대한 건물 구석에 무기를 숨기고 위치를 기억했다. 필요한 시기에 좀비 들개를 시켜 가져오게 할 요량이었다.

'계속 무기를 들고 다니면 너무 눈에 띌 거야.'

태랑은 작업하는 인부로 위장해 본부를 돌아다녔다. 다행히 건물 내에는 이곳저곳 사람들이 분주하게 움직이고 있어 그를 특별히 신경 쓰지 않는 분위기였다.

'불필요한 전투를 피하려면 최대한 빠르게 이명훈을 찾아야 해. 놈은 어디에 있을까?'

태랑이 1층을 서성대는데 허리에 무기를 찬 사내가 그를 불러 세웠다.

"야, 너 이리로 와봐."

"저 말입니까?"

"그래. 2층 페인트 공사하는 애 아냐?"

"…아, 네 맞습니다."

"이것 좀 들고 올라가. 작업하는 데 사다리 필요하대서 구해왔다."

태랑이 보니 그는 왼손에 푸른색 아대를 차고 있었다. 아까 현장 감독하던 헌터가 붉은색 아대를 찬 것으로 보아, 그것은 지위를 구분하는 표식으로 보였다.

'무기가 조잡한 걸 보니 수준 높은 헌터는 아니겠군. 혹시 아까 사람들이 말하던 헌터 보조라는 직급일까?'

태랑의 예상대로 강철 길드는 철저한 서열로 구분되어 있었다. 크게 3단계로 구분된 신분도 그렇지만, 헌터들 사이에서도 또다시 단계의 구분이 이루어졌다.

푸른색 아대는 헌터 보조.

중세로 치면 기사의 종자 같은 역할로 잡병 역할을 수행했다. 나쁘게 말하면 전장의 총알받이요, 운이 좋으면 정식 헌터로 승급이 가능했다.

붉은색 아대는 보통 길드나 클랜에서 전투원 역할을 수행하는 정식 헌터였다. 전사나 마법사 계열이 주를 이루었다.

노란색 아대는 길드의 간부들로 모두 10명이 존재했다. 강철 길드는 순수한 실력 위주로 간부를 선발했기에 언제든 밀려 나갈 수 있는 구조였다. 간부와 평대원 사이의 권력이 천지 차이였기 때문에, 다들 기를 쓰고 자리를 보전하려 했다.

"얼른 가지고 올라가. 사다리 때문에 위에 작업 올 스톱이야."

"네, 넵"

태랑은 2단 접이식 알루미늄 사다리를 들고 2층으로 올랐다. 아마도 보스룸은 고층에 있을 가능성이 컸다.

"어, 여기야."

태랑이 사다리를 들고 오르자 마침 페인트 작업 중이던 인부들이 그를 불렀다.

"엉? 못 보던 친구네?"

"네. 아래서 다른 작업 하다가 불려왔습니다."

"그래. 이쪽에 좀 설치해봐."

태랑이 사다리를 펴자 인부들은 페인트칠에 열중했다. 태랑은 대충 서성대다가 자연스럽게 작업현장을 빠져나왔다. 일부러 옷에 페인트를 묻혀 누가 봐도 수상해 보이진 않도록 위장했다.

'2층이 헌터들 숙소인가 보군.'

복도식으로 이어진 방문 앞에는 헌터들의 이름이 적혀 있었다. 4인 1실로 사용되는 방에는 4명의 이름이, 그리고 안으로 들어갈수록 2인 1실, 끝에는 방 전체를 한 명이 쓰는 경우도 있었다.

'서열에 따라 확실한 차등을 두고 있군. 혼자 방을 쓰는 헌터들이 아마도 간부들인 모양이지?'

태랑은 간부들의 방으로 추정되는 문패를 하나씩 보다가 익숙한 이름을 발견하고 깜짝 놀라고 말았다.

'윤태준… 고동식?'

분명 태랑의 설정 집에 등장했던 인물이었다. 태랑이 영입하고자 했지만 방법을 못 찾고 포기했던 사람들.

그들을 이명훈이 자기편으로 끌어들인 모양이었다.

'그도 나와 같은 생각을 했구나. 자질이 뛰어난 헌터들을 포섭해 강력한 세력을 구축했어. 역시 혼자서 타워 공략까진 무리였겠지.'

태랑이 훑어본 독방의 이름들은 대부분 등장 인물록에 언급될 정도로 뛰어난 헌터였다.

태랑이 겨우 유화, 민준 그리고 슬아 정도를 끌어들인 것에 비한다면 이명훈의 섭외력이 얼마나 대단한 것인지 짐작이 갔다.

'그는 나보다 훨씬 발 빠르게 움직였어. 미래의 모든 기억을 처음부터 가지고 있었단 말이지. 그런데 왜 장건우처럼 다른 회귀자들을 찾으려 하지 않았을까?'

회귀자들은 치트키를 들고 있는 것이나 다름없다.

뛰어난 동료, 훌륭한 아티펙트, 몬스터의 약점 및 공략법 등 모든 것을 알고서 시작한다. 태랑의 경우는 회중시계의 부작용으로 그 특전을 일부밖에 누리지 못했지만, 장건우나 이명훈은 완벽한 상태에서 출발했다.

그 괴리는 생각 이상으로 컸다.

장건우는 9등급의 전설 아티펙트, 조던링까지 자신에게 무상으로 건네줄 정도로 엄청난 스펙업을 이루었다. 63빌딩급 타워를 공략해낸 이명훈은 그보다 더하면 더했지 부족하진 않을 것이다.

'그가 정말로 변심한 거라면, 나에게 그를 막을 힘이 있을까?'

태랑은 답답함을 느꼈다.

처음엔 또 다른 회귀자를 찾아 빨리 동료로 삼겠다는 생각뿐이었다. 그러나 이명훈의 실체를 알고부터는 그가 아군이 아닐지도 모른다는 걱정이 들었다.

하지만 여기까지 와서 그냥 물러설 순 없었다. 적어도 그의 의중은 파악해야 했다.

그의 길드가 거주민들을 억압적으로 착취하긴 하지만, 적어도 맨터는 아니다. 정말로 악독한 자였다면 인명을 살상해서라도 스텟을 올리고자 했을 것이다. 지금은 그것을 믿어 보는 수밖에 없었다.

태랑은 주변을 살피다 자연스럽게 3층으로 오르는 계단으로 향했다.

❖　❖　❖

이명훈은 3층 간부 회의실에서 부하들과 회의 중이었다.

사각형 테이블의 좌우에 앉은 헌터는 모두 4명.

서열 1위부터 4위에 이르는 자들로 하나같이 범상치 않은 기도를 풍기고 있었다.

서열 1위 이재춘은 몹시 추남이었다. 광대가 툭 불거나오고 하관이 좁아 한눈에도 원숭이를 떠올리게 했다. 그러나 눈빛에 흐르는 안광은 감히 그런 단어를 입 밖으로 꺼내지 못할 정도로 흉흉했다.

"마스터, 타워 공략도 성공했으니 슬슬 동인천 쪽으로 세력을 뻗쳐야 할 것 같습니다."

"그렇게 되면 수비 범위가 너무 넓어져요. 거주민들을 보호하려면 헌터들을 지금보다 더 증원해야 해요."

이재춘의 말에 반대편에 있던 여자가 대답했다. 그녀는 서열 2위인 백설화. 한 떨기 꽃처럼 굉장한 미모를 가진 여자였다. 입술 옆에 있는 조그만 점이 어딘지 모르게 뇌쇄적인 느낌을 자아냈다.

"근데 어중이떠중이들 몇백을 받아봐야 소용없잖아요. 이번 타워 공략 전에서도 제일 먼저 쓸려나간 게 하급 헌터들이었죠. 헌터 보조들이야 말할 것도 없고."

서열 4위 은휘랑이 백설화의 말을 받았다. 그는 상위 서열 10위 중에서 가장 나이가 어린 축으로 이제 겨우 22살이었다. 다소 촐싹대는 성격이긴 했지만, 순수하게 실력으로 자리를 차지한 만큼 결코 호락호락한 존재는 아니었다.

그때 과묵하게 앉아있던 덩치 큰 사내가 입을 열었다. 서열 3위 윤태준이었다.

"마스터, 쥐새끼가 한 마리 들어왔습니다."

그는 '기감'이라 불리는 독특한 특성을 가지고 있었다. 이는 근거리에서 상대의 스텟을 보지 않고도 대략적인 포스를 예측할 수 있는 능력이었다.

그의 능력은 주로 헌터들의 수준을 판별하거나, 처음 보는 몬스터의 등급을 측정하는 데 사용되곤 했는데, 지금처럼 거대한 기가 느껴질 때는 침입자를 사전에 알아챌 수도 있었다.

"쥐새끼라고요?"

상석에 앉아있던 이명훈이 호기심 어린 눈으로 물었다. 그는 커다란 박스티에 스냅백을 쓰고 있어 얼핏 봐서는 동네 한량처럼 보이는 차림새였다.

그는 격식에 얽매이는 걸 무척 싫어했기 때문에 레이드할 때가 아니면 항상 편한 옷을 걸치고 있었다. 그것은 자유분방한 그의 성격을 단적으로 드러내는 부분이었다.

이명훈이 발목 위까지 올라온 새하얀 조던 농구화를 흔들거리며 개구쟁이처럼 말했다.

"배짱이 대단한데? 여기가 어디라고 왔을까?"

"마스터. 포스가 상당합니다. 이 정도 수준이면…."

"왜? 나보다 쎄?"

이명훈은 그렇게 말하면서도 싱긋 웃고 있었다. 절대 그럴 리는 없다는 것을 이미 아는 사람처럼.

"그 정돈 아니지만… 최소한 재춘 형님 정도는…."

"뭐라고?"

원숭이상의 이재춘이 버럭 소릴 질렀다. 간부 서열 1위인 그는 마스터를 제외하고는 누구도 자신의 적수가 될 수 없다고 믿었다. 그는 무척 자존심이 강한 사내였고, 윤태준의 발언이 그를 자극했다.

"네 기감 측정이 잘못된 거 아냐? 나보다 센 놈이 지척까지 접근했는데도 부하들이 그냥 두 눈 뜨고 있었다고? 이것들이 경계를 어떻게 서는 거야?"

"그보다 기감으로 느껴질 정도면 이 건물 안이라는 소리 아냐?"

백설화가 아랫입술을 매만지며 말했다. 도톰한 그녀의 입술이 매력적으로 번들거렸다. 그녀는 무의식적으로 그런 행동을 하곤 했는데, 그럴 때마다 주변의 사내들은 마른침을 삼켰다. 백설화를 몰래 흠모하고 있던 서열 4위, 은휘랑은 멋진 모습을 보여주고 싶은 충동에 빠졌다.

"제가 마중 나가 볼까요?"

"막내 네가?"

"기감으로 느껴지는 정도는 네가 상대할 수준이 아닌데…."

"에이, 어차피 스텟 가지고 싸우는 거 아니잖아요. 스킬이나 특성이 더 중요하지."

"물론 그건 그런데…."

"그래. 휘랑이가 가봐."

이명훈도 불쑥 침입자의 실력을 시험해 보고 싶어졌다.

"진짜요?"

"강철 길드를 우습게 본 놈에게 처음부터 소 잡는 칼을 쓸 순 없잖아? 그거야말로 정말로 우스워지는 꼴이라고. 막내 선에서 정리해."

"저 그래도 서열 4위인데…."

"나이는 막내 맞잖아. 지금 어디쯤인 거 같아?"

"2층에서 3층으로 올라오고 있군요."

"어서 가봐. 본때를 보여주라고."

"네, 마스터!"

간부 회의실에 앉아있던 은휘랑이 자리를 박차고 나갔다.

태랑은 조심스럽게 3층으로 향하는 계단에 올랐다. 분명 이명훈은 이곳 어딘가에 있을 것이다.

"어라? 일하는 사람밖에 없네? 혹시 수상한 사람 못 봤어요?"

계단 위에서 노란색으로 염색한 청년이 계단을 오르는 태랑에게 물었다. 샛노란 머리는 이마에 찬 헤어밴드로 세워 올라가 쾌활한 인상을 주었다.

"수상한 사람은 따로 못 봤습니다."

"여기 형 혼자라는 건가요?"

은휘랑은 처음 보는 태랑에게도 서슴없이 형이라고 불렀다. 그는 평소에도 특유의 친화력과 막내다운 치기로 주변 사람들에게 귀여움을 받는 편이었다.

태랑은 그가 차고 있는 노란색 아대에 주목했다.

'이전까지와는 다른 색이군. 어쩌면 상위 헌터일까? 조심해야겠어.'

"네. 저밖에 없었습니다. 저는 페인트 작업을 하다가…."

"응? 안 물어봤는데?"

"네?"

"형이 뭐 하고 있었는지는 안 물어봤다고요. 굳이 둘러대는 걸 보니 형이 수상한 사람이구나?"

"예? 저는 그냥 평범한 인부, 흡!"

은휘랑이 느닷없이 선공을 날렸다. 평범한 주먹 같아 보이지만 주먹 주위로 푸른색의 오라가 둘러싸인 것으로 보아 스킬이 분명했다.

태랑은 몸을 젖히며 계단 아래로 굴러떨어졌다. 그러나 뒤로 물구나무를 서듯 곧장 균형을 잡으며 자세를 바로 했다.

이 놀라운 균형감각은 포스로 강화된 신체였기에 가능했다. 태랑의 재빠른 반응에 은휘랑이 씩 웃었다. 적이지만 매력적인 미소였다.

"거봐. 이럴 줄 알았다니까. 분명 여기로 올라오고 있다고 했는데 한 사람밖에 없으니 형일 수밖에."

'뭐야? 내가 오는 줄 알았다고?'

이미 정체를 들켰다고 생각한 태랑은 재빨리 좀비 들개를 소환해 기억한 장소로 달려 보냈다. 은휘랑이 태랑이 소환한 들개를 보고 말했다.

"어라? 소환술사였네?"

"…이명훈을 만나러 왔다."

"우리 마스터에겐 무슨 볼일이지?"

'무기를 가져올 때까지 시간을 끌어야겠어. 놈의 권각술로 봐선 무투가 타입이 분명해.'

"마스터에게 김태랑이 왔다고 전해. 그럼 알아들을 거야."

"김태랑? 나랑 이름이 비슷하네. 근데…."

은휘랑은 두 손에 주먹을 쥐자, 아까처럼 푸른색의 오라가 그의 몸 전체를 둘러쌌다. 그 모습이 마치 푸른색의 불길에 온몸이 타오르는 형상이었다.

"언제 봤다고 나한테 명령이야?"

'푸른색의 기운? 그렇군. 이 녀석이 은휘랑이란 녀석이구나.'

태랑은 그의 나이와 특성을 보고 대번에 그가 누구인지 알아챘다.

'은휘랑. 별칭은 사이어인. 드래곤볼의 초사이어인처럼 파워업을 할 때마다 온몸에 오라가 피어올라 붙은 별명. 파워업을 하면 모든 스텟과 스킬이 2배씩 상승하는 특성을

가지고 있었지.'

"여기서 싸우면 애써 수리한 건물이 다 망가지고 말걸? 괜찮겠어?"

태랑은 무기가 도착할 시간을 벌기 위해 계속 말을 걸었다. 이를 아는지 모르는지 은휘랑은 아직 여유가 있었다.

"침입자 주제에 별걱정을 다하시네. 지금 되게 웃긴 거 알아?"

때마침 좀비 들개가 태랑의 무기를 들고 왔다. 하지만 좀비 들개의 움직임을 본 헌터들도 뒤따라오고 있었다.

계단 위아래로 포위된 태랑이 난색을 표했다.

'젠장. 되도록 소란을 안 일으키려 했지만 어쩔 수 없겠군.'

태랑이 작심하며 무기를 꺼내려고 하는데 은휘랑이 계단 아래 몰려오는 헌터들을 보고 소리쳤다.

"오지 마. 가서 일들 봐."

"네? 휘랑님, 그쪽으로 웬 개 한 마리가 올라갔습니다."

"몬스터가 분명합니다. 정상적인 생김새가 아니었어요."

"내가 괜찮대도 그래! 설마 내가 똥개 하나에 벌벌 떨 것처럼 보여?"

은휘랑의 호통에 몰려오던 헌터들이 주춤했다. 강철 길드에서 상위 서열자의 명령은 절대적. 그것도 서열 4위에 은휘랑의 말이라면, 보초를 서는 헌터들로서는 거역하기 힘든 명령이었다.

"물러들 가. 내가 처리한다."

"넵."

태랑은 부하들을 쫓아 보낸 은휘랑의 결정을 보고 의아함을 느꼈다. 그러나 은휘랑으로서는 혼자서 태랑을 상대해 보고 싶었다. 괜히 쪽수로 그를 압박했다는 평을 받았다간 호기 좋게 소리친 꼴이 우습게 될 것이었다.

"자, 훼방꾼들도 다 물러났겠다. 이리로 올라오시지."

은휘랑이 계단 위에서 건방지게 손가락을 까딱거렸다. 태랑은 창을 한쪽으로 비껴차며 생각했다.

'일단 이놈을 물리쳐야 이명훈이 튀어나오겠군.'

〈7권에 계속〉